回声

李佳奇◎著

当代世界出版社
THE CONTEMPORARY WORLD PRESS

图书在版编目（CIP）数据

回声 / 李佳奇著. -- 北京 : 当代世界出版社, 2022. 6

ISBN 978-7-5090-1667-1

Ⅰ. ①回… Ⅱ. ①李… Ⅲ. ①长篇小说-中国-当代 Ⅳ. ①I247. 5

中国版本图书馆 CIP 数据核字（2022）第 082950 号

书　　名：回声
出 品 人：丁　云
统筹编辑：刘娟娟
责任编辑：魏银萍　姜松秀　马永一　徐嘉璐
装帧设计：王昕晔
版式设计：韩　雪
出版发行：当代世界出版社
地　　址：北京市地安门东大街 70-9 号
邮　　编：100009
邮　　箱：ddsjchubanshe@163. com
编务电话：(010) 83907528
发行电话：(010) 83908410（传真）
13601274970
18611107149
13521909533
经　　销：新华书店
印　　刷：北京新华印刷有限公司
开　　本：880 毫米×1230 毫米　1/32
印　　张：10. 5
字　　数：207 千字
版　　次：2022 年 6 月第 1 版
印　　次：2022 年 6 月第 1 次
书　　号：ISBN 978-7-5090-1667-1
定　　价：48. 00 元

本故事纯属虚构

创作手记

这本书，送给 L

有个要好的朋友 L，认识十年。

她勤奋、聪明，人又漂亮。智商足以碾压任何一个自以为是的男人，我看她一路高歌、人生开挂，看她成为掌管数百人团队的高管。

就是这么一个美好的女人，突然有一天消失了，没人找得到她。

2018 年，大年初八，原本她要去美国参加一个全球性的科技展会，去机场值机，被告知限制出境，而后她接到公司法务副总裁的电话，要求她立即回公司。结果她刚到办公室，保安破门而入，身后是警察，直接把她带走了。

那画面，充满了电影感。

再见她的时候，已经是 2020 年。在阳光上东 Ponte 咖啡馆，整个人变了一副模样，清瘦了很多，眼神之中再没有先前的那份跋扈飞扬凌厉尖锐，变得小心翼翼。微信名字也改了，英文名Phoenix，不用翻译了吧，大家都懂，涅槃重生。她淡淡地对我说，作为女人，原来这世界上最难卸掉的妆，是伪装。

她累了。现在一无所有，却重新获得了安全感。

“你孤独吗?”我问。

“当你内心有想见的人，就不再是孤身一人。”她说。

我想，那一刻，至少她内心是自由的，至少会拥有她想要的生活。

她说有时候她还是会有强烈的挫败感，经历了长时间的幻灭，真的觉得什么都没有意思。一切皆空。于是，她学会了一个人在家酿酒的活计。在北方的冬天，她不知道什么时候天气暖和，可以继续酿酒。她说，酿酒是目前最接近神性的东西了。她又把尼采的悲剧诞生卷翻出来了，晚上失眠的时候重读。

“有人说我野心勃勃，有人爱我灵魂有火，这个星球偶尔脆弱，而我也偶尔想过沉没。因为接受的那一刻起，恐惧就像橱里的妖怪一样彻底消失了。你可以写写我，至少把一部分的我，写出来。”

“那我试试看，可能写得不太好。请你见谅。”

这个以L为原型的故事在内心酝酿了好久，迟迟动不了笔，总觉得小说中的她，要有几分抽离，不能照搬照抄。于是，沈素被刻画成了一个“被动犯错”的女人，被她老公构陷，重新归来后，生活的折叠令她没有选择，不得不加入一家她原先根本不会正眼瞧的小广告公司，创始人还是先前被她开掉的乙方。

钱塘江上潮信起，今日方知我是我。这是属于一个女性的蜕变与重生。

我一直认为是人骨子里的本能驱使她一点点变成现在的样子。或好或坏，或不好不坏。人心涌动，世事无常。事实上，我越来越觉得，所谓的客观都是各自的主观，这个世界没有绝对的对错，只有观点和角度；甚至我们这一生也没有所谓的成败，只有收获不同而已。

一封写给自己的信

2007 年，距离大学毕业还有半年之际，异想天开想着凭借着参与过几次大学生戏剧节还拿了些奖的剧本，还有两支学生时代拍摄的稚嫩短片，似乎可以去敲开一些专业电影公司或者电视剧制作公司的大门，做个职业编剧。那个时候，还没有什么优爱腾 B 站这些大平台，想进圈子，还是要十分传统地找熟人介绍。我无人可找，只能按照大公司网站上面提供的邮箱地址逐一发过去个人介绍以及作品。

结果，音讯全无。

现在想想，太正常不过了。

生活总要继续下去。开始投简历，漫无目的地投，什么行业都投。也没有什么职业规划。突然有一天接到一个电话，你好，我们是一家广告公司，在找一个文案的实习生，看你的文字，可以来聊聊。对传播完全没有概念的我就去面试了。面试我的女孩叫毛毛，很清秀的一个姑娘，留着一头及肩的长发，是一个资深文案，还有一个很帅气的创意总监，叫大周。他们仔细看了我的作品，对我说，虽然你不是这个行业的，但是你的文字应该可以写一些Slogan（广告标语）或者视频脚本吧。我点点头，可以的。做这个行业，有机会参与拍片吗？我问。她点点头，笑着说，还可以有机会接触不少明星，我们的客户有什么什么，你在电视上面看到的那些广告都是我们做的。

于是，我误打误撞地加入了这个从来没有想过的行业。我的专业是国际关系，大多数同学都是去做外交官或者进入政府机构。广告公司对于我来说，是一个从没有想过的行业。于是，北京四惠附近的惠通时代广场就成了我实习的第一家公司所在地，每天早上我还会在公司订阅室内看到许许多多的广告类书籍，有《广告档案》，还有一本叫《鲜氧 O_2》的杂志，那时华贸中心还没有完全修建出来。

一开始做文案，搭档是一个女孩，美术出身，名字有趣，叫孔海底。每天我们的工作就是一起做平面创意，偶尔也会做做电视广告。时间倒也过得飞快，只是一个月500元钱的实习工资有些捉襟见肘。公司有班车，可惜班车就像班花一样，转眼就错过了。我住在西三环北外后面的为公桥，每天乘坐公交车去公主坟坐地铁一号线，然后从八王坟出来，步行20分钟后到公司。

每天花在通勤上的时间约三个多小时，但是在杂志上看到创意大师李奥·贝纳有句名言——伸手摘星，即使徒劳无功，亦不致一手污泥。

那句话，一直激励着我。

那个阶段，还特意去看了在艾美奖上拿奖拿到手软的美剧《广告狂人》。

那里有抽不完的烟，有喝不完的酒，有消费主义带来的光环和孤独，就像唐·德雷伯（Don Draper）在最后一集里提案时说的，“Nostalgia，is the pain from an old wound，is a twinge in your heart”（怀旧，是来自旧伤口的疼痛，是心脏里的一阵刺痛）。但这种怀旧却让我们沉迷，钻进去就不想出来，让每一个时代的人，都止不住地幻想上个时代是何等的美好。

慢热、复古、有腔调。剧本扎实，台词见功底，众多形形色色却个性鲜明的人物。麦迪逊大街装扮精致的女人和商业精英们，不忠之外留恋过的情人们，每个人心中隐藏的那些秘密，都飘出屏幕之外，变成了那个60年代的印记。

美国人的60年代就像我们的80年代。有很多人怀念，但是不知道为什么。

记得当时一起在楼下抽烟的时候，孔海底和我闲聊，她问我：“你毕业之后打算做什么？”

我毫无头绪，从没投过简历，也没找工作，也没问过老板有没有机会留下来。我说："我知道我肯定在北京，不管做什么职业，我希望我还有机会回到创作上，可能是三年之后或者五年之后，然后就这样生活，这大概就是我的终极目标了。"

孔海底说："人的欲望是会变化的，之后你还会有别的想法。"

"不会的，这就是我最理想的生活，我很清楚。"

当时我没在意她的话，因为觉得实现创作这个愿望会很快。

王小波有一段很著名的话："那一天我二十一岁，在我一生的黄金时代。我有好多奢望。我想爱，想吃，还想在一瞬间变成天上半明半暗的云。后来我才知道，生活就是个缓慢受锤的过程，人一天天老下去，奢望也一天天消逝，最后变得像挨了锤的牛一样。可是我过二十一岁生日时没有预见到这一点。我觉得自己会永远生猛下去，什么也锤不了我。"

这和我在楼道里的大言不惭，是同时期同心理吧，那时候我认为什么也锤不了我。一下子，十多年过去了。我渐渐明白"受锤"是什么意思。

在广告行业待了15年。接触了许许多多行业的客户。拿了些不大不小的奖。

以为就这样了。

突然某一年过年在家的时候，在电脑中无意间看到那张2005年和2006年分别在广州和北京参加大学生戏剧节时候的碟片，眼泪湿了眼眶。

我还是应该努力创作。包括记录这15年一直从事的行业。虽然我已经开始对它产生了倦怠，甚至一度质疑它的价值。

一直想逃离的地方么，也给予了我很多。给予了让我能够在这座城市留下来的基本物质条件。

我觉得应该写下来。记录下来。

李奥·贝纳、大卫·奥格威所代表的广告黄金年代，早就一去不复返了。自己这些年，做过甲方也做过乙方。这本小说中主角们所经历的故事，我多多少少也经历过一些。感谢过去的这些相遇，这些人情世故冷暖自知，让我多了一份视角，多了一份素材。

这不也是对于作品的一番正解，一种新趣味吗？

知止而后有定。似乎明白自己除了所谓的职业那点专业之外，还能有的，还没有落下来的手艺，就只剩下创作这件事了。创作的念头又回来了，我对答案还是明确且坚定的。生命在于折腾，突然又觉得很自由，且对未知的事物依然兴奋。

脑子里想过很多次全职创作这件事情，到后来还是没有下定决心。但是总算认清一件事情：似乎于我而言，工作不仅仅是一份工作，除了满足养家糊口的需求之外，还是一个能够给我提供素材和见识的平台：

你可以在里面遇到形形色色的人与事。

因为我有这样的经历，才可以写出这些文字，这都是生活赋予我的。

这就是我还在职场上拼搏的重要动力，只有这样似乎才能够写出来让大家共鸣的作品？也只好这样宽慰自己。

最后，也把这篇作品送给我最初的搭档——孔海底。她人去了墨尔本，早已经转行，成了一家健康医疗公司的负责人，日子倒也过得开心舒适。

毕竟，做一回久违的自己，十年不晚。

是为序。

“所以我们掉转船头，逆时代潮流而行，不间歇地向过去驶去。”

——弗朗西斯·司各特·菲茨杰拉德《了不起的盖茨比》

目　录

第一章　生日快乐

一个人不眠不休，到底可以坚持多久？

根据史料记载，答案是 264 小时，也就是 11 天。

1965 年，17 岁的中学生兰迪 · 加德纳（Randy Gardner）在全程监测之下创造了这个世界纪录。后来，考虑到可能存在的健康风险，吉尼斯不再收录关于睡眠剥夺时长的世界纪录。

这人，要是能够清醒 11 天，然后只需要睡 1 天去弥补，该多好。

沈素深夜由于太累反而睡不着觉的时候，就会忍不住想这个问题。其实她心里明白，年过 30，以开会、决策、汇报作为日常的主要运动，能够做到一年 365 日天天安眠的，万无一人。

不过这阵子，她开始觉得睡眠也不完全是件浪费时间的坏事，至少可以过滤掉白天产生的一切焦躁与烦闷。

上海车展的日子渐渐临近，集团旗下的首款电动汽车即将亮相，为了筹备这场备受关注的发布会，她和老公杨峥分床睡一个多月了。有人在她旁边睡觉，稍有些轻微动静，她都会被惊醒，尔后辗转反侧，再难以入睡。白天便会因此烦闷不堪，无精打采，还得连喝四杯以上的黑咖啡续命。

好在，杨峥从国外代购回来的这款褪黑素还算有效，好不容易，这个晚上，她终于安稳地睡了一个长觉。

清晨的第一缕阳光洒落屋内，沈素睡眼惺忪地掀开被子起身，透过卧室的门，她隐约听到厨房里面传来忙碌的声响。杨峥他究竟是什么材质做的，像脑袋里植入了芯片一样，不用闹钟就能够起床，精准无误，日复一日。

沈素伸了个懒腰，穿着睡衣走出房间，果然杨峥正在宽敞的开放式厨房里紧张有序地做着早餐。他迅速且灵活地挪动着身子，煎蛋、炸香肠、从烤箱里取出全麦面包、倒牛奶，手法娴熟，一气呵成。

眼看他刚刚还在品尝靓汤的味道，转眼就在菜板上飞快地切什么东西，又从电冰箱里取出什么盛上，一回手把用完的锅涮好。从后边望去，那样子不禁使人想起乐队的专职鼓手来：刚击响那边的大鼓，用槌杆敲击镲的边沿处，旋即拍打小鼓。那节奏感顺畅极了，彼此的配合与衔接天衣无缝，令人不禁食欲大增。

杨峥听到了她开门的声音，柔声道："老婆，很快就好了，你赶快洗漱吧！"

沈素应了一声，顺势向餐桌走去。桌上整齐地摆放着大盘小盘七八道菜，中间是一个精致的小蛋糕，上面插着一根蜡烛。

她不免有些诧异："做这么多早餐，吃的了吗？你今天是怎么了？"

杨峥转过身来望着她，那目光充满爱意：“你真的是忙晕了吧，沈小姐，生日快乐！”

沈素这才醒悟到今天是自己的生日，内心不禁掠过一丝感动，嘴上还是不免埋怨了一句：“哪有大早上给人过生日的？你可真行！”

杨峥一边讪笑，一边用围裙擦着手：“谁知道你去了公司几点回来？我这不就先预热一下嘛！万一错过了，也算给你过了生日。”

沈素内心一暖，脸上却还是不领情的模样：“老公，你知道我从来不喜欢过生日的。”

杨峥一脸憨笑：“老婆，你的生日时间这么好，不过太可惜了。”

沈素看着他，笑吟吟道：“编，接着编——”

杨峥全然不顾她的讥讽，一本正经地说：“九月是很好的月份，中秋月圆，云淡风轻，温和飒爽，好运降临。秋天生的孩子最聪明，因为这是智慧成熟的季节。”

沈素没忍住，扑哧一下子笑了：“大哥，省省吧，按照你这个说法，一年四季生下来的孩子都聪明。因为，是个孩子，他就聪明！”

杨峥眨了眨眼，有些顽皮地说：“亲爱的，我还给你准备了一份特别的礼物，你一定喜欢！”

沈素疑问：“礼物？在哪里？”

杨峥故意露出来一副神秘的笑容：“暂时保密。等你收到就知道了！”

沈素主动走上前来，轻轻地抱住了杨峥，算是给予对方一份肯定：“老公，我知道你对我好，不过上午 10 点有个非常重要的会，我不能迟到。”

杨峥的脸上顿感失落：“你的意思是，你什么也不吃了……”

沈素其实并没有什么胃口，但又不忍心拂去他的好意：“这样吧，我拿一些路上吃吧，这蛋糕先留着，我晚上尽量早点回来。”

听到这里，杨峥连忙转身从厨房壁柜里取出来餐盒，把每样早点都取一些放进餐盒：“你啊，天天就知道忙，一天到晚都是会，午餐根本就没时间好好吃。”

“好，好，老公，我知道了，我会按时吃饭的。”沈素笑着应付着，她走进了洗手间，梳妆打扮起来。

“再有十分钟就可以做好。能不能在那儿等一会？能等不？”

“当然能等。”

沈素无奈地笑了笑，望了一眼又转回身专注做饭的杨峥的背影，有些歉意道：“抱歉，我没时间帮你的忙。”

“你赶紧收拾吧。”说着，杨峥朝这边转过脸笑了笑。烹调台上方窗口射进的明晃晃的阳光，为他的轮廓镀上了一层恍惚而隐约的光膜。

杨峥做的菜一向颇具水准，龙井虾仁、生切牛肉、西湖醋鱼、宋嫂鱼羹、东坡肉、清汤越鸡、干菜焖肉，辅之以姜末、料酒、香醋、酱油，胡椒等佐料，味道清淡但不失厨艺精湛之造韵，是地地道道的江浙风味。

这是沈素和杨峥婚后的第六年。

有他在，总会觉得安稳、体贴与踏实。

他们所居住的别墅在京城顺义这一区域，房间面积并不算大，但是地段优质，风景迤逦，两人都很是喜欢。洗漱完毕，焕然一新的沈素走出来，就着温煦的阳光，在客厅里囫囵吃了点儿，算是没有让杨峥白忙活一场。

杨峥倒是一口没吃，又忙碌着给她打包，亲手放进奔驰商务车宽敞的后备箱里，再三叮嘱她记得准时吃饭。司机驱车离开，杨峥微笑着目送她远去。

等到车子渐渐地驶出他的视野，杨峥的脸色却一下子阴沉了下来。

外面好多熟悉沈素的朋友都颇为好奇，能够驾驭沈素这个典型女强人的，究竟是一个什么样的男人。杨峥是标准的上海长宁人，但是久居北京习惯了，居然也能够讲出一口流利的京腔来。

放在桌上的食物，刚才他没来得及吃，现在回到客厅不紧不慢地吃了起来。对于最为钟爱的特制云南米线，他完全懂得如何享受，不紧不慢将各种生肉片下入沸着鸡汤的砂锅碗，搅弄几下后，舀一勺鸡汤送到嘴边。吸溜完这一勺浓浓的鸡汤，他才如释重负地满足了。

把这些盘子碟子细心洗好之后，杨峥才悄然回到书房。眼瞅着光线过于充足，他皱了皱眉，猛地一下子拉下窗帘，刹那间屋内暗淡了下来。

他平静地点了根烟，平日里的饮水杯子直接被他粗犷地当作烟灰缸来使用。他原地踱了半天的步，而后摁灭烟卷，默默打开笔记本电脑，进入自己的邮箱。草稿箱里面，安静地躺着一封事先已经拟好的邮件，发送对象是大名鼎鼎的世界500强朗睿集团商业反舞弊专用的接受举报邮箱。

那邮件标题赫然入目：

“举报朗睿集团市场副总裁沈素贪污受贿数千万元人民币”

杨峥屏气凝息，眼睛恶狠狠地盯着电脑屏幕，将所有文字再次阅读了一遍之后，他轻轻叹了口气，再无犹豫，如释重负地按下了发送键。

（附：匿名举报邮件全文）

From：justic2022@xxx. com

To：woyaojubao@longriver. com

标题：举报朗睿集团市场副总裁沈素贪污受贿数千万人民币

时间：2023年09月01日09：56：49

附件：四个资金往来相关证据

大小：740. 1 K

朗睿集团反舞弊部门的主管，您好！

这封邮件的目的只有一个，举报朗睿集团高级副总裁沈素利用职务之便贪污受贿的事实。

首先这不是空穴来风，所有的举报都是建立在我们团队长期以来调查与核实的基础上。自从加入朗睿集团以来，沈素在市场与公关等多个重要岗位任职期间，利用职务便利，侵吞公司资产，非法收受供应商贿赂，其行为严重违反公司管理制度和基本职业操守，严重损害公司利益。通过深度了解与其合作的相关代理公司，我们私下里已经掌握了她的大量犯罪证据，包括千万级媒体合作中收受个人返点、中标广告公司的秘密利益输送等。沈素在费用报销、项目经营中疏于管理，存在着长期的渎职行为。具体表现为：

1. 沈素的涉案金额预估在数千万规模。沈素在进行利益交易时非常小心，一般都是借其丈夫杨峥之手来进行，通过现金收受、股权代持、年终分红、代购大宗礼品等方式贪赃枉法，将公司财产占为私有，造成朗睿公司资产流失，并通过各种手段掩盖事实；

2. 善于溜须拍马，与高层关系密切，因此近年来得以飞速晋升，从小小的市场经理跃升为高级市场副总裁。广结党羽，并和竞争对手白思琪之间形成两股水火不容的势力，同事夹杂在其中苦不堪言；同时，铲除异己，私自克扣不服从管理的员工福利、晋升及年终奖，以 KPI（关键绩效指标）未达成为由克扣部门员工的年终奖，并且擅自挪为他用。

3. 妄图成为职场版的武则天，沈素与其麾下数位年轻男性长期保持着不正当关系，这一点上对于公司形象造成了恶劣的影响。特别在引进新人以及每年校园招聘期间，总是挑选外形帅气的男生并许诺以高薪及快速升职通道，然后将其逐步发展为自己的情人，目前在其管辖下的市场部门已经俨然成为她的后宫。

沈素以上行为严重违反了《中华人民共和国刑法》第二百七十一条第一款规定：公司、企业或者其他单位的人员，利用职务上的便利，将本单位财物非法占为己有，数额较大的，处五年以下有期徒刑或者拘役；数额巨大的，处五年以上有期徒刑，可以并处没收财产。其中，数额在三百万元以上的，应当认定为“数额特别巨大”，依法判处十年以上有期徒刑、无期徒刑或者死刑，并处罚金或者没收财产。

身为朗睿集团对外的窗口，沈素必须对自己的一言一行负责！她本应廉洁自律尽职履职，却长期置国家法律与公司核心价值观于不顾，利用职务便利侵害公司利益。是可忍，孰不可忍，我们有义务对这样已经明显违反了相关法律的行为进行曝光！

附件是迄今为止我收集到的部分证据。如果贵司需要，我可以随时提供更多的证据细节，并且配合公安机关对于沈素实施立案调查工作。

杨峥

2023 年 9 月 1 日

第二章　会说话的哑巴

1

（清晨 7：00——距马萨迪新车上市提案三小时）

领仕（中国）传播集团坐落在北四环外的一个创意产业园内，外观修建得气派非凡，由两座高低不同的独立锥形建筑构成，中间连接的玻璃通道扭曲着，像一把双子利刃，狂怒不休地与苍穹作战。

蜿蜒的曲面前台展现出匠心独具的设计感，侧面的荣誉殿堂墙壁里摆放着近十年来领仕传播在业界斩获的各项国际国内创意奖杯，开放式的狭长画廊过道，访客可以看到以各色主题命名的头脑风暴室：堂吉诃德、醉生梦死、66 号公路、小野纱里奈、丘吉尔、低俗小说……

这家京城最为炙手可热的传播集团掌握着上百个影响着全球

经济命脉的业界顶尖客户的广告生意，横跨了互联网、科技、汽车、新消费等热门行业，每天在这里都会诞生出上百个创意。

行色各异的商业传播内容，像是流水线上的工业制品一样，从这里源源不断输出，不断衍生出新的内容，通过今天中国异常发达的资讯渠道与社交网络，激发着一批又一批红尘男女的狂热消费欲。好似一台永动机，24 小时不停创造着潮流趋势，吸引人消费而后又迅速被遗忘。

善男子，善女人，沧海无边如恒河沙数，唯纸醉金迷是岸。

营销的本质说到底，四个字，七情六欲。

公司二楼拐角处被称为“丘吉尔”的会议室里传来了阵阵肆无忌惮的笑声，不时吸引着路过的员工朝着里面驻足观望，从门缝当中不时传出来的雪茄与香烟混合在一起的味道，呛得人不时捂住鼻子。

Miko 坐在距离这个会议室最近的位置上，戴着口罩，镜子中的自己，憔悴而疲惫。桌子上面摆满了咖啡。昨天彻夜加班一直熬到现在，方案修改的方向被推翻了数次，指令不断从旁边的会议室传出来，Miko 负责修改方案，同时协调创意部门的设计重新调整板式。电脑屏幕上，从 Final V1 到 V18（最终版第 1 稿到最终版第 18 稿）的方案标注显示着这版方案被修改的次数。她揉了揉干涩的眼睛，努力让自己的大脑清醒起来。

这个时候门打开了，麦翎从会议室里面走了出来，这一夜显然他过得也并不轻松，声音中透露着疲惫：“不好意思啊，我们刚才又聊了下，你老板秦澈的意思是，还用上一版的方案方向，辛苦你再调整回去吧。”

Miko 的脸上显露出一丝明显的不悦，但是口罩掩盖住了一切，她没说话，默默点了点头，重新打开标注为 V18（第 18 稿）的方案。

一位习惯早来公司的法务人员正巧走过来，她捂着鼻子对 Miko 抱怨着：“喂，公司明令禁止员工在会议室吸烟，违反者罚款 5000 元。你们这里味道也太大了吧。”

麦翎眼皮也没抬一下，丢过去一句话：“有本事你就去找行政部门举报呗，还能有 5000 块钱的奖赏不是。”

“你这是什么态度——”对方显然不乐意了。

Miko 见状连忙将口罩摘下来，常去走合同的她显然与法务的同事更为熟络，她做了一个“嘘”的动作，低声示意着：“楚歌在里面，算了吧。”

那人听到楚歌的名字当即怔了一下，再没说什么，自顾自地离开了。

“要不是我们在这里彻夜加班，你能每天六点坐班车回家么?!”麦翎冲着远去法务的背影不满地嘟囔了一句，索性转身推门进去。

2

（清晨8：00——距马萨迪新车上市提案两小时）

会议室内，所有人正低头在各自笔记本电脑前忙碌着，桌上摆满了红牛、可乐、咖啡等。挂在墙壁上的钟表，时间一点点过去。众人将各自笔记本电脑中的方案，像击鼓传花一样丢进微信群，全部汇集一处。

“策略部分OK!”

“创意部分OK!”

“媒介部分OK!”

“活动部分OK!”

“数据部分OK!”

大家起身围在客户总监秦澈的工位四周，只见他异常专注，以令人眼花缭乱的速度点击微信中的文件，通过“另存为”在桌面将来自各方的文件汇合在一起，形成一个完整提案——朗睿集团全新电动车代号“口袋”整合营销传播方案。

最后，秦澈娴熟地点击Ctrl+S完成最终的保存工作。

他疲惫但又有些兴奋地喊道：“兄弟们，大功告成!”

众人欢呼雀跃，相互击掌庆祝。

Miko 如释重负地吁了口气，她卸下眼镜，有气无力道："最新的熬夜纪录诞生了，三天三夜没有合眼……我是不是已经快成仙了……"

麦翎一口喝完杯中的咖啡，苦笑着："方案民工终于可以下班了。有家回不去，只为了碎银几两，为了哥几个能一起走下去。"

"Miko，你去喊老板吧，提案提交之前还是要请他把把关。"秦澈不放心道。

隔壁"醉生梦死"会议室，办公桌上摆着一瓶昂贵的山崎威士忌，楚歌的双腿悠然自得地翘在桌子上，心安理得倚在椅子上睡觉，对外面发生的一切浑然不觉。

Miko 轻轻地敲敲门后，一把推开。

"老板，醒醒了。方案 OK 了！"她小心翼翼道。

楚歌的呼噜声骤停，用手使劲搓了搓脸，他红着眼睛坐了起来，毫无预兆地抄起了桌上的酒杯，把剩余的酒一饮而尽。

"走吧！"他喷着酒气道。

3

身为领仕（中国）传播集团北京公司的五大 BU（事业部）主管之一的楚歌，拥有一支上百人规模的团队和两只手数不过来的优质客户。过去十年，楚歌一直被自己的伯乐老板、首席执行官林宗诚所赏识，从新人迅速成长为独当一面的创意总监，后来转型做了业务，为领仕在中国的发展立下赫赫战功。这使得楚歌颇有特权，成了各大职能部门都不敢轻易得罪的人物，很多规章条例放在他的部门都只好不了了之。

坐在这间会议室的三人正是楚歌麾下最为倚重的大将：

秦澈，校园招聘就被楚歌发现、一手从实习生带到客户总监，近年来成长迅速，肩负着部门营业额的半壁江山。他天性擅长沟通，无论客户、还是媒体总是能够打得火热，疑难杂症到了他手上，总能快速解决；

创意总监麦翎，为人稳重，从业内的其他创意热店来了之后一直忠心耿耿，除了有时有些情商不足，已经是年轻一代创意人中的翘楚；

客户经理Miko，英国留学归来，天赋最好，虽然家境优渥，但是身上全无任何娇惯的痕迹，踏实肯干，颇有大将之风。

就在一个月前，楚歌带领着这支战斗力彪悍的团队在七家竞争对手的惨烈围剿中，经过漫长的半年比稿，兵不血刃拿下这笔业界颇为瞩目的生意——以地产、金融、科技等多元化成功经营而著称的500强公司朗睿集团麾下的电动汽车年度广告创意业务。

领仕（中国）官方还特意发布了新闻稿来庆祝这一来之不易的胜利：

近日，经过多轮比稿，领仕（中国）斩获了马萨迪品牌与全系产品2023—2025年度广告创意代理业务，这也是马萨迪首次将品牌和产品业务合并交与一家代理商负责。领仕（中国）在今后三年中将为品牌与全系产品提供广告创意，负责其日常运营与传播工作。

朗睿集团市场副总裁兼马萨迪（中国）首席营销官沈素表示："我们对领仕团队印象深刻，他们能提供的不仅仅是一个无比强大的营销创意，更是一套具有洞察力和整体性的方法，以推动我们在中国的业务。中国是我们在全球最为重要的市场，我们期待与领仕团队合作，我们相信他们有能力凭借专业知识将我们的品牌推向市场。"

任何冠冕堂皇的成功之外，都有不足为外人道也的磨难。

事实上，在极其有限的策略与创意资源支持下，楚歌团队凭着向死而生的决心，硬撑出一抹血红的光彩。秦澈说他这次竞标压根儿就没想着能够活着回来，一向喜欢打游戏的麦翎更是感慨这根本不是一场商业竞标，就是一场赤裸裸的RPG（角色扮演）游戏。

豪华车马萨迪的竞标一共由五个形态各异的关卡组成，沈素作为幕后玩家，将参与竞标的所有广告公司玩得团团转，体力不支提前退场的公司大有人在。到了第三轮，就有将近半数打不起消耗战的广告公司被迫退出这场游戏，毕竟长达半年时间内消耗的人力成本都是白花花的银子，而这是不会有任何人买单的。

除了要冒着方案被抄袭的风险，竞标常常意味着大量人力、时间成本的消耗。甲方花一份钱却享受到了加倍的服务，十家公司参加比稿就会有九家公司落选，这九家公司的人力投入就化为了泡影。

这还不说陪标，后者更甚。

难怪前阵子有数家独立创意公司发出了拒绝免费比稿的联合倡议，一时间震动业界。

满纸荒唐言，一把辛酸泪。

马萨迪的第一轮竞标重点考察整体市场策略与对于豪华车产品的理解；第二轮以马萨迪品牌某款豪华电动 SUV 为命题，进行创意实战规划；第三轮重点考察团队，被选中的人需要奔赴考场进行 360 度无死角考核；第四轮考察对于赛车运动的理解，要求团队前往赛车场在车手的指引下，来一次如头文字 D 般的轰轰烈烈。

还没完，前四场加权平均分数占比 70%，而剩下决定命运的就是 30%的商务标的，也就是赤裸裸摆在台面上的价格。

领仕在前四轮排名第一，但是仅仅领先对手五个百分点。这就意味着如果竞争对手使出来砍价撒手锏，领仕团队将会铩羽而归。

最后一场，是最令人感到绝望的碾压式竞价。

客户采购部负责人徐弘是出了名的刀工了得，传言无论是什么来头的供应商，达官贵人也好，贩夫走卒也罢，他都能游刃有余地砍下价来。

好在楚歌最后拿下了这笔业务。

流淌着鲜血的胜利算是胜利吗？

当然算。

他太需要这场胜利了。

流年不利，他所主管的部门连续丢掉了三个重要大客户，仅有的一个大客户的预算被一再砍掉，说好的业务全部难以兑现，但是年初所堆砌出来的服务团队却搁在了那里。

这个导火索被新上台的 CEO（首席执行官）韦伯利用，迅速进行组织架构调整，管理团队大换血，自己的顶头上司林宗诚被架空，楚歌的部分下属被强行安排调到另外一个子公司，裁员裁员再裁员，他的部门只剩下十几个人。

他内心清楚，这次被动调整，一定是和林宗诚有关，也一定和前段时间公司传得沸沸扬扬的林宗诚和韦伯之间的那场高层内斗有关……“林宗诚要离开领仕了！”楚歌还记得一周前的某个午后，一条上海公司同事发来的微信在他手机上闪烁，他大吃一惊。

“林宗诚要离开领仕？是真的吗？为什么？”

没有任何征兆。在 2022 年新年后的第一个工作日，楚歌惊讶地发现，在领仕中国的官方网站上已经没有了首席执行官林宗诚的名字。

这一切突然发生，让人倍感意外。

楚歌这段日子一直尝试联系林宗诚，但是他的电话总是处于无人接听的状态。他发微信给老板，很久之后，对方回复过来，内容是模棱两可的回答：

“谢谢关心，我很好，目前这件事很多东西没有弄清楚，请理解。”

楚歌心里暗自叫苦，今年生意岂止是不太好做，简直是太不好做了。这一年，与他合作的大多数客户都需要向股东们证明公司可以创造更多的价值，但是既然在产品上难有作为，那就只好在市场上节约更多的钱。

不是为了青史留名，不是为了自我标榜，更不是为了“虽千万人吾往矣”的悲壮，那些都无关宏旨，楚歌现在觉得唯一重要的——只有活下去的欲望而已。

夏天终归是会来的，但它只向着可以忍耐它的人们走来。他反复告诫自己。

4

熬了一个通宵后的秦澈精神依旧不减，笔挺地站在幻灯片前，激情高昂地讲演，屏幕上面显示的是即将在两个月后上市的全新马萨迪跑车。

“所以这款新跑车，到底是为谁而准备的？通过大数据词云分析，我们发现它的核心买家就是35岁到45岁的中国男性。当然，这个年龄段有购买力的用户为了家庭考虑通常会去选择豪华SUV，因此我们需要向潜在消费者传递一个坚定的信息：这是一款能够日常使用的超级跑车！更为重要的是，这款车，将会成为治疗他们中年危机的良药！”

麦翎和Miko早就熟悉了秦澈那一套略显浮夸的提案风格，彼此心领神会，相视一笑，倒是新来的实习生崇拜地看着这位帅气的客户总监，一脸神往。

楚歌翘着二郎腿，一边抽着雪茄，一边在微信中和昨晚刚结识的姑娘打情骂俏，熟络地发送各种表情包。听着听着，他忽然抬头，神情不满地打断秦澈的话：“什么是中年危机，你懂吗？”

这个问题令秦澈一脸懵：“老板，你的意思是？”

楚歌放下手机开始指点：“少年心气散尽，中年修为没来。看事没看透，看花没看够。这才是中年危机的真谛。你以为这辆车真的是那群中年loser（失意者）能够买的吗？不不不，根本不是。”

秦澈满眼疑惑地朝着楚歌看去：“所以老板你觉得是？”

楚歌悠闲地吐出一口烟圈：“什么中年危机的人才会去买这辆车，遇到中年危机的人上有老、下有小，只能买自行车才是真的。”

“那么老板你说，到底谁才是这款车的消费者呢？”秦澈反问。

楚歌看着他没说话。

秦澈当即大彻大悟："如梦方醒！这款车的受众就是像老板这样的男人，有型有款，智趣不凡。"

楚歌满意地点点头，继续抽了一口雪茄："孺子可教。"

不想，一直坐在角落里默不作声的麦翎猛地站出来抗议："老板，能提下不同意见吗？我觉得其实秦澈这次对于消费者人群的画像是很精准的，有突破，过去我们做过那么多次消费者画像，不管他是居住在江南还是东北，其实就是一种人——30 多岁，事业有成，爱家庭、爱妻子，正处于人生的上升期。但是这种洞察根本就没有任何突破，放在任何产品上都是放之四海而皆准的道理，简言之，就是根本没错的废话！"

楚歌一愣，旋即笑道："当然，你们有什么想法都可以说，我只是表达我自己的观点而已，大家畅所欲言！"

"老板，你说的这个我们其实考虑过了。"麦翎一脸正色地辩驳道，"其实打中年危机这张牌最早就是秦澈提出来的，他觉得这款车在创意上应该玩儿点不一样的，不要总是广告、新车发布会、车展、媒体试驾这些过时玩意。应该去关注人而不仅仅是产品，回到车主本身，去看看他们过得开不开心，而不是坐在办公室里面拍脑袋！"

"是的，老板。"Miko 补充道，"在我们的调研中发现，他们渴望把时间的主权拿回来，他们渴望更多的自由！到了 37 岁仍无法自己做决定，无法做想做的事，就是我们洞察的出发点！”

楚歌脸色一沉，放下雪茄：“你们是想和我辩论一下对于中年男人的理解，对吗？”

麦翎并没有理会楚歌的不悦，继续坚持他的主张：“我只觉得秦澈这次提得不错，老板，你是不是能再考虑一下？”

现场沉默了起来，颇有些对峙的意味。

不想，原本提出来这个想法的秦澈却猛地站了起来：“麦翎，别说了，我想了下，觉得我的这个想法还是不太成熟，我支持老板的看法。”

众人一脸愕然，纷纷看着他，不知道他的肚子里卖的是什么瓜。

麦翎惊讶地张大嘴巴：“秦澈，你有没有原则，这么快就缴械投降了。”

秦澈自嘲似地笑了笑：“兵贵神速，天下武功唯快不破，再说了，又不是开房上床，快一点怕什么，这叫做头脑灵活，能够迅速转化轨道好吗？”

“你……”麦翎还想说什么，却被坐在身旁的 Miko 用手敲打了一下大腿，他只好就此打住。

Miko 见状圆场道：“好了，我们加快进度，还有两个小时就要去客户那里提案了。现在如果大家没有什么异议的话，那么关于消费者的定位就放在 35 岁事业有成的这些人身上了。对了，老板还有什么其他建议吗？”

楚歌一愣，还真被 Miko 给问住了，他压根儿就没有花心思看方案，刚才光顾拿手机和姑娘互动了。他急中生智，连忙打起官腔胡乱应付起来：“呃，这个，我看你们的提案文件，那么花里胡哨干什么，记住，就四点：一、标题要画龙点睛；二、逻辑简单易懂；三、懂得取舍才能突出主题；四、花拳绣腿不如一招致命……”

现场只有一名实习生拿着白色小本子细心地记录着，其他人都佯装点头聆听着，大家心知肚明，等到下午提案的时候，楚歌恐怕早就忘记方才的一番指点了。

5

（上午 9：30——距马萨迪新车上市提案半小时）

20 层的电梯门打开，沈素从里面走出来。

她穿着一双亮眼的 Rene Caovilla（芮妮·乔薇拉）红色高跟鞋，头发扎成马尾，脸上的轮廓清晰分明，双眸明亮，眼神凌厉且坚定，穿着修身的香奈儿套裙，竖条纹职业套装，展露小 V 脖颈，裙摆开口拼接的比例非常完美，接近于黄金分割。浑身散发着一种明亮但不刺眼的光芒。

与她表面上的风平浪静不同，沈素的内心有种隐隐的不安，刚过去的一个月时间里，她已经去看过三次医生。吃了杨峥从澳洲买来的昂贵褪黑素，失眠问题倒是解决了，但是随之而来的，却变成了半夜自然醒，而且醒来就睡不着了，医生说，这叫作早醒，属于睡眠障碍的一种。她被这病症折磨得疲惫不堪，白天精神大打折扣，脾气更是容易急躁。她低头看了眼手表，已是10点半了。

穿过三大片公共办公区域，沈素径直地向自己的专属办公室走去。刚推门而入，眼尖的助理南希就冲进来殷勤地端上了一杯她最爱的摩卡咖啡，同时以最快速度告诉她今天的所有行程安排：

10：00—11：00 集团新能源电动车K2的品牌策略与创意预算供应商汇报会议

11：00—12：00 朗睿集团市场部门薪酬改革与组织架构调整会议

12：00—13：30 同英国战略合作伙伴午餐会

13：30—15：00 牛津大学 Future First Project 合作事宜

15：00—19：00 飞上海，参加本财年朗睿集团（海外）市场业务年会

“老板，五家代理商全部就位了，K2的研讨会随时可以开始了。”南希贴心嘱咐道。

沈素啜饮了口咖啡，点点头："好，我收下邮件就过去。今天的行程我都知道了，不用再 briefing（汇报）了。"

南希如释重负，正准备离开，又突然被女人叫住。

"老板，还有什么吩咐？"南希内心一紧，转身问道。

"你脖子上的吻痕太明显了，光天化日，你这是给你男朋友的嘴巴做广告呢？去我柜子里面取瓶粉霜盖一盖。"沈素责怪了一句。

"好的，老板，我错了，保证下次不会了。"

南希不禁内心感慨老板的眼睛太尖了，自己特意把平时绑的马尾放了下来做遮掩，还是被她的火眼金睛发现了。

"好了，你也不用那么紧张，至少能够说明一点：你男朋友还算爱你。男人的嘴巴会说谎，可是嘴唇不会。"沈素笑着示意助理可以走了，"对了，帮我叫一下白思琪来我办公室。"

南希的内心暗自叫苦不迭，连忙逃离了办公室。

6

朗睿集团 22 层最大的会议室"白宫"里面，参加 K2 上市讨论会的五家来自广告、公关、数字营销、活动及媒体投放的代理公司聚集一处，30 多人不约而同地保持缄默，围坐在巨大的长桌边。坐在前排位置上的是市场部总监级与高级经理级职员以及各大代理商的负责人。坐在第二排和第三排的则是负责执行工作的甲方经理、专员以及乙方的客户经理。

每位与会者的桌子上，都摆放着一份厚厚的品牌整合营销提案文件，作为负责新车上市宣传的主导代理商，领仕的 Miko 正在紧张地调试着笔记本电脑与投影屏幕的连接。

南希见状有些不悦，朝着秦澈发火："老板还有五分钟就到了，你们投影怎么还没弄好?！秦澈，你不能每次都是带实习生来开会吧?"

沈素的秘书，那是最不能得罪的了。

眼见着对方没好气，秦澈连忙道歉："对不起，应该是系统兼容问题，我们马上调试好!"

麦翎拉下百叶窗，关闭灯光。Miko 继续紧张地调试着，终于，幻灯片上面出现了投影的提案标题：

马萨迪全新电动车代号"口袋"（K2）整合营销传播方案。

就在这时，会议室门被推开，沈素和她麾下的头号红人——市场总监白思琪两人风风火火地走了进来，众人纷纷起身问好。

"沈总!""沈总好!""沈总早!"

沈素面无表情，没有回应，径直走到了长桌顶部的位置。白思琪说话的语速极快，只见她眉毛扬起，伶牙俐齿，与她老板的老道内敛不同，她更像是一个锋芒毕露的革新派。

"今天沈总时间紧迫，只有一个小时听这个案子，提醒下，一会儿大家提案直接说重点上干货，每家十分钟，今天不允许超时，超时我会直接打断，请大家自觉遵守！”她的话干净利索，不怒自威。

所有人坐了下来，沈素拿起桌上的资料浏览了起来。按照惯例，新车上市的 IMC Workshop（整合营销传播研讨会）都是由主导代理商来主持的，因此，首先站在台上的是负责市场策略和营销创意的广告公司领仕。只见秦澈站起身来，精神抖擞地来到了投影面前。

“各位上午好，我今天的提案内容将会围绕着即将上市的 K2 电动车策略与创意展开，我们为此精心准备了一个月……这款新豪华电动跑车，到底是为谁而生的？通过大数据词云分析，它的核心买家就是 35 岁到 45 岁的中国男性。当然，这个年龄段有购买力的用户为了家庭考虑通常会去选择豪华电动 SUV（运动型多用途汽车），因此我们需要向潜在消费者传递一个坚定的信息：这是一款能够日常使用的超级跑车！更为重要的是，这款车，将会成为治疗他们中年危机的良药！”

楚歌的酒还没有彻底醒来，昨晚他和一个新认识的姑娘打得火热，两人喝酒喝到半夜，以至于原本要陪秦澈等人加班，结果自己干脆睡死在办公室。他对提案内容并没有上心，还在思忖今天晚上带着姑娘去哪里吃饭。

就在这时，他的手机响起震动提示音。他低头瞟了眼手机，一下子怔住了。是他的顶头上司林宗诚发来的微信。

寥寥数语，却足以让他的酒意全醒！

“韦伯要动手了，裁员名单里第一个就是你。”

楚歌急忙打字回应：“老板，还有翻盘的机会吗？”

1 秒，10 秒，60 秒，对方再无回复。

“秦澈，请等一下，正式提案之前，我认为有件事情，我需要和在座各位 align（对齐）一下。”

毫无预兆地，沈素突然打断了秦澈的话。只见她眉宇之间的威严不容置疑，声音虽轻，却令在座所有人都心头一凛——没想到女王这么快就要发威了。

秦澈一个人孤零零地站在投影前，面对这突如其来的指令，他怔住了，站也不是，坐也不是，尴尬地留在原地。

她直接点名了楚歌：“楚总，上次开完竞标会以后我就没收到你们的消息了，感觉不是太好，后续的跟进也不够及时，工作安排都没有看到，竞标不是比下来就完了。”

楚歌的紊乱思绪被一个冷不丁传来的声音打断，一个激灵，他努力寻找着声音来源。也是他倒霉，他的视线错误地停留到了坐在他正对面的白思琪身上。

对方正好下意识地压了下嘴唇，这个细节让他误以为是她在向自己发难。

“呃，这个，Lydia，我们自然会检讨，也请您给出意见。”Lydia 是白思琪的英文名，他态度谦逊地应付着，还没完全从遐想中反应过来。

现场哄堂大笑。

答非所问。

“请问楚总，这么重要的提案，你带着脑袋来了吗？”白思琪冷冷地质问道。她的脸色异常难看，也不打算给楚歌留什么面子。

“脑袋我，我肯定带着的。”

楚歌试图开个玩笑自嘲，免得让场面太冷。

不想，现场无人讪笑。

他故作镇定地干咳了两声，秦澈连忙向他使眼色，楚歌这才明白自己弄错了对象，连忙向沈素道歉：“不好意思，沈总，是我的错，都是我的错！我听岔了，我以为是 Lydia 对我说的。”

想不到，沈素并不吃这一套：“我之前再三强调过，不要竞标的时候是一支团队，服务我们的时候又是另外一支团队，我不要空头支票！楚歌，这次提案原本不应该你来讲吗？为什么是你的下属来提？”

楚歌脑子一刹那短路了，他还沉浸在突如其来的裁员风暴之中，怔住了几秒钟，这才意识到沈素亲自在问他。

楚歌说了句他最不该说的：“沈总，我刚才没听清楚，请你再说一遍？”

沈素嘴角抽动了一下，显然对方的话大出她的意料，愤怒正在消耗她所剩无几的耐心。

只见她轻轻地吐出来几个字：“我不会再重复第二遍！”

楚歌的脸上一阵红一阵白煞是难看，内心很不是滋味，当着团队的面儿被客户打脸的感觉实在难堪。不过现在楚歌也顾不上这些了，和即将被开除离去相比，一次客户当面投诉着实不算什么。

一向反应快的秦澈赶紧凑到楚歌的耳边，告知了他方才的对话，楚歌听罢恍然大悟。他立即辩解道："沈总，我亲自提案……不是不可以……我只是觉得应该给年轻人机会。"

沈素咄咄逼人寸土不让："楚歌，竞标的时候我就清清楚楚地讲过一个原则，谁负责提案，未来就谁负责提所有重要的案子！"

这次没有理由了，众目睽睽之下，楚歌只好硬着头皮提案。

他哪里还有什么心情去提案！

当初竞标……没错，竞标时的案子的确是他提的，只不过那一次他真的是拼尽全力，而且每一页都有备注，他完全可以根据演讲者模式顺着念下来。但是现在，摆在他面前的只有似曾相识的 100 多页 PPT（演示文稿）文本。

对于现场提案，楚歌内心有个对谁也没说过的秘密——他有个迈不过的坎儿，那就是现场提案心理困难症。他可以在场下口若悬河，也能够在会上谈笑风生，但是一到了亲自提案环节，尤其是在众目睽睽之下，如果 PPT（演示文稿）没有备注，他就会紧张地说不出来一句话。他曾私下见过很多次心理医生，但都无疾而终。现在，面对来自沈素的责难，他着实没有任何退路了。

楚歌清了清嗓子，眼睛死死盯着方案上的标题，生硬的、按部就班地逐字介绍着每页内容，就像是一个词藻干涩的导游，面对一群兴致盎然的游客，干脆拿起本地方志逐字逐句地宣讲当地的名胜古迹，付了大价钱的游客肯定不会愿意为此埋单。

“所以……这个方案的思路就是……希望我们的用户可以找到一个最好的解决方案……也就是说马萨迪的电动车品牌还是有非常大的市场机会的……好的创意可以为产品注入灵魂，让人们在享用产品时多一分想象，增添享受的乐趣，借此增加产品的价值，这就是品牌的价值，这就是看似没什么不同的产品可能卖更高价的原因吧……”

他自己都不知道自己在说些什么词不达意的话。

果不其然，麻烦接踵而至，沈素再次强势打断了楚歌的话。

“如果提案都是这样，就不用麻烦你了吧，我们直接看方案不就得了？怎么提案给客户，或者更加直接点儿，怎么成功卖稿子给客户，我想就不用我教你了吧！写而不说、说而不讲、深入浅出、跳出方案讲方案的道理，不用我当着这么多同行的面儿再教你了吧？”

话音落下，楚歌怔在那里一动不动，周围这么多双眼睛看着他，简直丢人现眼到家了，以后传出去他还怎么做人？都怪沈素，哪壶不开提哪壶，他这点儿心病，她沈大人就不能心慈手软一次放过他吗？还非要赶尽杀绝不可。

“不好意思，沈总，我今天身体不舒服，还是请秦澈来讲吧，”丢下这番话后，楚歌主动退了下来，“下次我一定亲自上阵来提案。”

沈素冷冷地说：“楚歌，没有下次了，今天当着所有人的面儿，我说过，试用期不过关，我们可以随时解除合作。在竞标期间，我就说过这句话，谁负责提案，谁来服务，不能偷梁换柱、暗度陈仓。这个行业的症结就在于，竞标的时候，一批人来提案，服务客户又是另外一批人，这个情况必须改改了！”

楚歌涨红了脸，还在努力苍白地辩解着：“下次我会亲自提案，今天实在是身体不舒服。”“哼，果真是店大欺客，你们领仕是行业第一，这个我承认，”沈素冷笑着，那冷笑让所有人不寒而栗，对于“女王”而言，对错并不重要，但是在这么多人面前扫了她的面子，这是对她而言完全不能接受的事实，“但是对于客户来说，我不在乎，你们规模多大，有多少个客户，这个真的和我没有任何关系！请你记得，客户首先在乎你有多关心，其次才是在乎你有多了解！”

这个时候，楚歌的手机又响了起来，他赶紧低头一看，果不其然，又是林宗诚的微信。

“大局已定，没有退路。事到如今，我只能尽力为你争取补偿。”

寥寥数语，打消了他最后一丝渺茫的希望。

若是放在以往，楚歌绝对想不到裁员这两个字会落在自己头上。可是现在是韦伯主政，早已不是林宗诚的时代。

是的，不管昔日你如何为它卖命，当它不需要你的时候，你做的一切都不再有意义。他在领仕工作十年了，可就在短短的半小时之内，公司就不再有他的任何痕迹。

他刹那间意识到，自己被服务了十年之久的公司抛弃了。

所有人看着楚歌的“个人表演”，看他时而喃喃自语，时而恍恍惚惚，时而诧异惶恐，对着女王的场子，他居然可以做到熟视无睹。

这沉默，消耗掉了沈素最后一丝耐心。她被楚歌这敷衍潦草的态度彻底激怒，她猛地起身，指向楚歌的鼻子喝道：

“够了，你给我出去，我不想见到你！”

7

举座皆惊，无人出声。

其他几家代理商的负责人，今天当真钦佩起楚歌的气度来。能在如此强势的职场女王面前，做到这种虚怀若谷的境地，想来即便放眼整个行业，也无人能够出其右了吧。

日中则仄，月满则亏，人生要留有余地。是可忍孰不可忍，忍无可忍，无须再忍。楚歌忽然想起来这句话。韦伯，你不是不重视我吗！你不是觉得干掉我也能够稳稳当当地服务好这个客户吗！好，那我现在就给你点儿颜色看看，我得不到的，即便毁掉它也不会让你得到！

多年来的乙方经验让楚歌早已习惯了忍气吞声，宿醉后的酒意又不知何时已泛上心头。

这一刻，他不想再忍了。

楚歌突然大笑，笑着笑着，仿佛一口气没喘上来，开始了剧烈地咳嗽。

沈素看着他，也有点懵了。

“老板，你没事吧？”秦澈小心翼翼地凑过来。他看出来楚歌的神情有些怪异，像是隐忍了许久突然癫狂的状态，眼见着他要和客户发生冲突，他不禁忧心忡忡地站起身来，试图维护住短暂的平和。

没想到楚歌压根儿就没有把他的好意放在眼里，他猛地推开秦澈，手指着沈素，情绪十分激动，喝道：

“哈哈哈，沈素，你好大的威风，一句话就能定了我们公司的生死。我们准备了半年时间、豁了命拼死拼活地竞标拿下来这个客户，到头来你像训狗一样一句话就要把我踢开！你以为你是客户就了不起吗？！实话告诉你，这笔生意老子不要了，今天我就是要骂你，骂你怎么了！接下来我要说的这番话，就是今天到场的所有乙方敢怒不敢言的心声！”

“你——”沈素做梦也没想到楚歌居然敢现场翻脸，她还没遇到过这种叛逆的场面，一时间反倒语塞起来。

乙方单挑史上最强甲方？！

这么精彩绝伦的对峙画面让现场所有人都陷入了深深的震惊之中。

在场的其他几家乙方公司负责人也都是纵横营销传播圈子多年的前辈人物了：素有“山中老人”之称的品牌策略专家沙德金、公关界教父 Kevin、社交媒体营销专家袁兴刚，以及资深媒体出身的活动专家 Coco 等。这些老家伙什么样的场面没见过？今天，他们集体处于惊愕之中，不知道楚歌要玩儿哪出。

反倒是在场资历更浅的年轻人不管这些，如此精彩的场面岂能错过？有几个胆子大的偷偷拿出来手机，趁着客户不注意，将眼前发生的这一切原封不动地记录下来。

“沈素，我今天就是来和你摊牌的！仗着手上有几个亿的生意，你从来都不把乙方当人看，呼之即来挥之即去，你以为你是谁？你可以试试看，今天你要是离开朗睿，还有多少人会对你前呼后拥！没错，有钱就是厉害！为了拿你的这笔生意，你知道我的团队前前后后花了多少时间和金钱吗？为了给你提这次上市的案子，我们团队的年轻人们，这些“九五后”“零零后”们真的不容易，已经好几天没睡了。但是，但是你们这些甲方现场听案子的，你看，你自己看，包括你在内的所有人，有没有认认真真地尊重乙方！要不就是在那里玩手机，要不就是在那里看电脑聊微信，我们辛辛苦苦写出来的案子，你们根本就没有仔细听！”

“老板，您别说了，别说了。”

秦澈这下子也彻底慌了，他还算脑子清醒，知道任由楚歌这么发挥下去，场面将失控到无法收拾，这个客户简直就不要做了。他拼命地拉住楚歌，在场的其他人被他的这番言语惊得呆若木鸡。

沈素完全没料到，楚歌竟然“揭竿而起”，还在这么多人面前发表这样一番“宣战”言论。她先是震惊，紧接着是激动地颤抖，她哪里有经历过这种羞辱，她彻底被激怒了，吼道：

“南希，给我叫保安来，把他给我赶出去！这里是什么场合，还轮不到这个人在这里撒泼！”

楚歌眼见着对方发出逐客令，也丝毫不示弱：“赶紧来！老子怕你们不成？有本事你报警把老子抓起来?！再给我扣个罪名，说是乙方提案不尊重甲方！你看看警察会不会给我定罪！”

甲方的一票儿高级经理们，包括南希在内，全部傻眼了，都怔在那里，一动不动。

“南希，我在跟你说话，你耳朵聋了吗?!”沈素兀自尖叫了起来，那音量不知道比起平日里高了多少分贝，胸脯还在剧烈地一起一伏。

显然这次，她是真的动气了。

听到老板的一声令下，南希立马清醒过来。她唯唯诺诺地答应下来，一溜儿小跑迅速离开会议室，赶紧出去叫保安过来收拾残局。

就在这时，会议室的门被推开了。

在座所有人的眼睛都瞪大了！

不对，不是保安人员！

楚歌站在那里，停止了吼叫，怔住了，像是被封印住了一样，呆若木鸡，他有点儿不相信自己的眼睛。

他重新擦拭了下自己的双眼，没看错！

不是保安，而是四位身穿制服的警察。

在场的所有人都惊呆了。

8

“警察同志，我无非就是和沈素各执己见，我也没有对她有任何人身攻击，你们这么兴师动众，没必要吧？”

尽管嘴上这么说，但是眼见警察冲着自己来了，楚歌脖子上的冷汗已经悄悄地流了下来。

十米、五米、一米……

楚歌面色苍白，身体抖动如筛糠，他没想到沈素背景这么强硬。

“我，我真的，没做什么违法的事儿……”楚歌还是怂了。

眼瞅着就到眼前了，带头的警察只是瞥了他一眼，压根儿没理会他的辩解，径直从他身边走了过去。

楚歌下意识地朝着警察走动的方向看过去。

警察们直接走到了沈素的面前。

这次轮到沈素愣住了。

穿着制服的警察笔挺地站在她的面前，每人的肩上都有一台执法仪。

“你是沈素吧?”一位男警察走上前来，主动出示自己的工作证件，“我们是北京市朝阳区经侦大队五队的警察，我姓张。沈素，你在朗睿任职期间，涉嫌职务侵占罪和非国家工作人员受贿罪，目前已经立案调查，现对你进行传唤拘留，请你和我们回警队协助调查!”

此话一出，现场所有人都惊呆了。

反转，反转，太反转了!

从朗睿集团的市场团队到各家代理商的与会代表，完全没人想到警察的目标根本就不是楚歌，而是方才颐指气使不可一世的沈素。

沈素一脸错愕，下意识地脱口而出:“你们是不是搞错了?”

“没错，就是你。”姓张的警察显得十分笃定。

“凭什么，你们有真凭实据吗?”沈素反诘道。

警察的态度十分客气:“沈素，你放心，我们会给你出示证据的，请先和我们回去协助调查吧。”

沈素很是强势，依旧不依不饶:“我要找律师，我现在不能和你们走!”

“当然，沈素女士，你有请律师的权利，但是现在你需要配合我们警方的传讯。”

沈素尝试着从包中掏出来手机:“我需要给我老公打个电话!”

“沈素，你以为我们警察跟你开玩笑呢！”其中一位高个子警察脸色一沉，厉声喝道：“想走就走，想留就留。你以为你是谁?!麻烦你现在配合我们的工作！”

沈素被警察的呵斥声吓了一跳，悬在手上的手机一下子滑落到地面上，发出沉闷的撞击声。

尽管她还在强作镇定，但是楚歌能够感到她似乎身子一软，险些瘫倒在地上。一旁的女警察连忙扶住沈素，只见她的眼神瞬间失去方才的不可一世，变得万分惶恐与迷惑。

一位略显年长的警察走上前，二话没说，动作麻利地给她戴上了手铐。原本气焰嚣张的沈素刹那间变得柔弱了起来，事发突然，她完全被震慑住了。她瞥见警察身后站着一位穿着灰色夹克的瘦高男人。她认识他，但两人并不熟悉。他叫吴天赋，半年前空降公司，担任集团反舞弊中心的首席监察官。

沈素曾经听说在不同的公司，这样与经侦对接的职责由不同团队负责，有些叫内审，有些叫廉政合规部，有些叫职业道德委员会，有些叫反舞弊团队。吴天赋的办公室在朗睿大厦的 22 层，与老板一墙之隔，神秘极了。她隐约听说他曾经是个警察，还破获过不少大案要案，但是没人说得清楚他的来头。据说是大老板栾贺臣亲自请来的，并且只向他一个人汇报。

她无助地看了吴天赋一眼，想要说些什么，但最终还是欲言又止。

楚歌意外地发现，原来现实中的手铐和电影里面看到的很不一样，比想象中的大了整整一圈。沈素的双手被铐上之后，立即耷拉下去，显然很重，手背后面被遮掩的部分是块铁片，像一只阴冷的车锁。

高个子警察像变魔术一样不知道从哪儿找来一件黑色外套，径直蒙在沈素的手铐上，周围的人还没有回过味儿，她就已经被他们带走了。

事情发生得太过突然，全场焦点缺失了一个之后，所有人的视线自然而然地转移到了就像一枚钉子似的狠狠杵在地面上，久久没有挪地儿的楚歌身上。

“楚歌，这是你报的警吗?!”

虽然讲出来的是疑问句，但是却像是肯定句。白思琪缓过神来，眼瞅着顶头上司被警察带走了，当下冷冷地质问道。

“不，不是我干的……我什么也不知道!”面对这变故，楚歌目瞪口呆，矢口否认。

“我老板到底犯了什么事儿，你要这么整她?!”虽然不知道楚歌背后是什么来头，但是气不过的南希也气鼓鼓地冒出来了这句话。

一双双眼睛盯着他，流露出来的怪诞神色不一，耐人寻味，愤怒、不解、诧异、恐惧、幸灾乐祸皆有……

糟糕！简直糟糕！

楚歌这才反应过来，白思琪居然当众指控是他动的手脚，这个毁灭性的逻辑简直就是杀人诛心：一定是楚歌手握证据，心怀不满私下举报，又理直气壮地现场发难，这才有了他对峙沈素的一场好戏！

“你不要血口喷人，不，真的不是我！”他赶紧辩解。

“不是你，难道是我？”白思琪冷笑着，“你不用那么急着洗白自己，不是不报，时候未到。”

“我……我……”

这，百口莫辩，他急得直跳脚！虽人有百手，手有百指，不能指其一端；人有百口，口有百舌，不能名其一处也。正要申辩之际，他那该死的手机再次震动起来。他低头一看，原来是公司人力资源总监 Serena 打来的。那震动的嗡嗡提示音仓促急迫不依不饶，在这寂静环境之中显得尤为突出。他只好接起电话。

“楚歌，有时间吗？来趟我的办公室吧，有件很重要的事情和你商量。”

9

“不对！我不认可！”

匆匆赶回公司的楚歌狠狠地拍了下桌子，那声音震得 Serena 险些耳鸣。楚歌面红耳赤地看着眼前打扮精致的女人，几乎就是吼了：“这就是你处心积虑把我叫到你办公室来要说的事儿吗？你完全可以当着我团队的面儿说，不用顾忌我的面子！”

Serena 的双眼中隐约有些不安，但还是鼓起勇气掩饰着自己的怯懦："对不起，但这是我现在必须告诉你的事实。"

"你们——"楚歌涨红了脸，一向伶牙俐齿的他居然语塞了。他真的没想到公司下手这么快，直接玩了一出"杯酒释兵权"。

Serena 轻轻地叹了口气："楚歌，我不知道该如何向你解释，但是我没得选择。"

"虽然我们部门的业绩不好，但是我也并没有让公司亏损，你明白我的意思吗？马萨迪品牌我们刚刚拿下来，团队士气也正高，我们有能力让业绩变得更好。"楚歌的情绪开始变得更加激动，挥舞着双手，"今年的实际运营情况，管理层能不能考虑一下？客户个个都像被外围姑娘们骗精了的富二代，嘴上说的都是千万级的合作，真落到实处时恨不得能连砍两个零，想象中的爱马仕直接落到七匹狼，你就说要不要吧？就算侥幸能让客户掏点钱吧，各种流量变现、各种 KPI（关键绩效指标）、各种花式要求一条不能少！"

"楚歌，你别激动，你说的这些我都能理解，但是现在公司要得不仅仅是不亏钱，更重要的是要多赚钱。"Serena 话锋一转，幽幽地说道："你是公司的老人了，你也知道，公司战略性调整的意思就是说——不是以你的业绩为标准，换句话说，就是没有绝对的标准。"

楚歌愤怒不已："这到底是谁定下来的？韦伯吗？我打电话给他！"

Serena 面露难色："这是整个管理层的一致意见……公司高层决定对各大 BU（事业部）采取精简裁员的方式，老板认为不赚钱的业务和团队该砍就砍掉，考核不合格的团队直接一票否决。"

马萨迪这个客户只是个引子，楚歌对此心知肚明，他心直口快地说："到底什么原因，还不能直说吗？这不就是林宗诚倒台，韦伯上台做出来的大清洗吗？用得着找借口吗！"

Serena 这次学乖了，没说话，任凭对手声嘶力竭，她都冷眼相对。结果楚歌突然间什么也不说了，就是看着她。

四目相对。

像是要急于结束这场对话一样，Serena 只好说道："周末你先好好休息下，下周来了我安排同事帮你签署解除劳动合同协议书吧。"

楚歌气得直拍桌子，他腾得一下子起身，直接逼近 Serena。

Serena 呼吸急促，胸脯一起一伏显得格外紧张："楚歌，你放心，我们给你留了三个月缓冲期，此外我们还会按照劳动法规定的上限，按照工资的 N+2 来赔付你的，也就是 12 个月的工资……"

楚歌眼睛当中像是要冒出火来："这个数你都帮我算好了，还说没有处心积虑？"

Serena 满脸惶恐地看着楚歌："楚歌，有话好好说，你这是要做什么？你要是再走近一步，我就告你性骚扰。"

楚歌停下脚步，手指着 Serena 的鼻子，一字一顿地骂道：

“你的提议，我不接受，如果韦伯还是坚持想要开掉我，拜托请他自己来找我谈!!”楚歌转身离开，狠狠将门关上。

事实上，Serena 并不想自己一个人顶这颗随时会爆炸的雷，天晓得对方有没有不怀好意地录音，回头再传播到网上，弄个阅读量 10 万+出来还不够受的。前阵子，国内一家互联网上市公司就因为在开除员工过程中用词不当，被员工弄得灰头土脸，媒体火上浇油各种质疑，股价一直萎靡不振，最后背锅的还不是 HR（人力资源）。

除了失落，楚歌现在更多的还是愤怒，他心里清楚在 Serena 面前发作，根本没什么实质意义。虽然表面上还是强作镇定，但是他现在内心空荡荡的，感觉突然和公司一点牵连都没有了。

10

楚歌走后，Serena 惊魂未定。她喘着粗气捋了下头发，深深地陷入了昨天晚上由韦伯临时召开的管理层会议当中……

20 点 30 分，领仕中国区管理层秘密召开紧急会议，北京、上海、深圳、香港、台湾五家分公司董事总经理全部到齐。

与其他刚刚履新的高管不同，韦伯并没有按照前任的惯例搬到八层的总裁办公室，而是破天荒地选择了四层一处并不起眼的地方作为自己的独立办公室。Serena 善意地提醒他以往老板的位置都在八层居中，一方面显示权威，另外一方面也便于和大家沟通。韦伯则是态度坚定地婉拒了，他希望可以低调一点。Serena拗不过，只好作罢。

韦伯文质彬彬，戴着一副眼镜，穿着阿玛尼西装，更像是一个严谨的投行高管，反而少了几分广告公司老板的潇洒风度。韦伯的办公桌背后挂着徐悲鸿的书法“一怒定天下，千秋争是非”。作为女性，Serena总感觉韦伯身上有一种阴郁的气质，不知道是不是在英国居住久了的缘故，有一种英伦天气的阴郁在里面，久久难以散去。

主管们各怀心事，沉默不语，都在听韦伯一个人在那里训话。现场还有一位长相干干净净的中年男子，戴着副眼镜，文质彬彬的，看上去并不像什么总部派来的高管人员，长相似乎更像是一位国企干部。他没有广告公司那种浮夸的做派，而是安静地坐在韦伯的旁边，若无其事的模样就像一个局外人。

“或许是总部派来的某位高管吧。”Serena内心嘀咕着。

“可以开始了，Serena。”韦伯说话的声音很低，“你来主持吧。”

Serena清清嗓子，开场道：“好，各位主管都到齐了，这是韦伯出任CEO（首席执行官）后的第一次管理层例会。各位，公司刚刚发布了三季度报告，前三季度我们收入增长了接近一半，但是利润却同比下降了60%！公司的净利润相比去年大幅下降，为什么？营销传播行业正在迎来一个巨大的困难时期，客户对结果的要求越来越高，对预算的管理越来越精细；竞争日趋激烈，毛利率不断被压缩，呈现逐年下降的态势；而人力成本还在上升，流动率不断扩大。所有这一切就导致了目前的局面：还是那么多人，还是那么忙，客户的需求和项目还是不少，但是忙忙碌碌完了一算账，发现不赚钱。利润的压力越来越大，整个行业的日子都不好过。因此，老板今天要郑重和大家沟通一下接下来的计划。”

“我这个人最喜欢直接，最讨厌绕来绕去，没个重点！”Serena 的话音刚落，操着一口标准港普的韦伯立即接过来话茬：“不用我说想必大家也清楚，整个营销服务行业都在面临着前所未有的严峻挑战。品牌的预算越来越难，客户越来越难服务，我们必须做出改变，必须拥抱变化。所以，我请 Serena 做了一个全新的裁员计划，和各位商量。”几位主管面露难色，“裁员”这个字眼是谁也不愿意听到的。

“别说我没有调研，你们都看看，都给我擦亮眼睛看看！”韦伯二话没说，打开自己办公室大门。四位董事总经理的眼光齐刷刷地朝着外面开放的员工工位望去，只见硕大的办公区域，只有零星的工位亮着灯，大部分都已经人去位空。

“各位，这是现在晚上九点钟的公司，基本上没什么人在加班，外面的人都觉得在领仕待得太舒服了，适合养老。想干得好，想活得好，是得拼的！从我司离开去了别的企业巨头的人都觉得在领仕，那真是养人。我们可是乙方！可是为什么活得比甲方还要甲方！希望大家好好看看自己管的部门，到底是什么情况，第四季度我会考虑公司的减员，释放一些招聘名额，给那些真正需要用人、冲锋陷阵的部门。公司加班的永远是那些部门的那些人，忙者恒忙，而闲人太多，这是对努力奋斗的他们最大的不公平，如果大家放任这个事情，公司就真的没救了！我现在宣布，公司减员 15%，春节前完成，Serena，你拿出解决方案，15%不够，咱就接着减！"

所有董事总经理噤若寒蝉，现场鸦雀无声。韦伯黑着脸继续说道："下午我们召开了财年的战略管理会，在我看来，没有任何意义！全部都是过去那一套！我重申，我和林宗诚不一样！大家不用模式化，拿出来激情，拿出来你们的创造力。我也再次申明，在领仕，没有人的位置是固定不变的，能做好，就上，做得不好，就下台，就是这么简单，目标和战略都已经明确，接下来就是上下同欲，三军用命，为了我们共同的目标努力和奋斗！不愿意奋斗的，我们也只有请你离开！"

这无疑像是一颗重磅炸弹丢在会议室，尽管主管们面部依旧不露声色，但是内心显然已经被这句话掀起惊涛骇浪。

"身先士卒，我带头打个样，省得你们不敢动手。名单上面的第一个人，就是北京公司的楚歌。"

所有人内心又是一震，谁都知道，楚歌可是林宗诚的心头好。

Serena 小心翼翼地问："老板，为什么要动楚歌？那家伙可是个刺头。”

韦伯盯着手上擎着的那支雪茄，意味深长地笑了：“区区一个楚歌，顶多算是个开胃菜。”

Serena 还是提出来自己的疑惑：“可楚歌在公司这么多年，手里有不少资源，万一又被那几个老家伙拿来做文章，在总部兴风作浪……”

烟雾缭绕中，韦伯面色阴沉，冷哼一声：“硬骨头就是要请 HR（人力资源）来啃的，难道要我来替你说不成?! 你也不用为难，裁掉楚歌并不是毫无理由的，他连续几个季度的业绩都很不理想。作为 CEO（首席执行官），不赚钱的业务和团队该砍就要砍，难道我还有错了？”

眼见韦伯如此坚持，Serena 只好点点头附和。

“Serena，别着急，再给你介绍一位新同事。”韦伯也替 HR（人力资源）着想了一次，“这小子肯定会大闹一场。我会请沈鹏先生尽快搜集一下楚歌的财务流水，还有他近几个季度的业绩报表，越详细越好。”韦伯伸手指了指旁边那位文质彬彬戴着眼镜的中年男人，那男人不怒自威，天然带着一丝威严，眼神当中全部都是冷峻。

所有人的视线都投到了他的身上。

韦伯冷冷地说：“公司有规定，中层以上员工离职的时候都要做离任调查，这位是沈鹏先生，公司新的内审部门主管，他可是我们花了好大力气才请来的。我的原则一向简单，对于能够理解公司的员工，公司也能理解他们，好聚好散，大家正常解除劳动合同；如果理解不了，沈鹏先生，我想你很有兴趣和他好好聊聊吧。”

Serena见状立即明白了，软硬兼施，楚歌根本没办法反抗公司的决定。眼见着林宗诚手下的头号战将楚歌也难以自保，看来韦伯这次是要玩真的了。分公司董事总经理都是审时度势的人精，老板既然已经发号施令，就再无退路了！众人的态度不再摇摆，表示将会坚决贯彻韦伯的指令，并且争先恐后地表态一定在第四季度完成裁员计划。

见老板已经做足了开场白，Serena就按部就班将整个计划公之于众。她一边说一边观察几位董事总经理，他们脸色各种压抑，Serena的内心更是五味杂陈。进来之前，她已经拿到了韦伯交给她的最新裁员计划，指标都是总部直接定的，讽刺的是究竟是按照什么指标定下来的，身为人力资源总监的她并不知晓，而她的唯一任务就是将计划完美地执行掉。Serena闭上眼睛，脑子当中设想了一下马上就要在公司发生的情景：6日启动计划，7日讨论名单，8日提交名单，9—10日HR（人力资源）审核，办理手续，11日面谈。整个过程一气呵成。

面谈日难以避免地来了。在B座一层的两个小会议室，对进去的人，HR（人力资源）首先肯定他过去的成绩，然后解释战略裁员的意思，告知支付的补偿金数额，最后递上所有已经办好的材料，让员工在解除劳动关系合同上签字。平均每个人20分钟。被裁的员工事先都完全不知情。在面谈之前，他们的一切手续公司都已经办完，在他们被叫到会议室的同时，邮箱、人力地图、IC卡全部被注销，当他们知道消息以后，两个小时之内必须离开公司。所有这一切都是在高度保密的过程中进行。

楚歌是这份裁员名单中唯一一位事业部主管级别的员工，由于这个级别的员工往往涉及诸多客户的稳定以及对公司可能造成的不利声誉影响，一般来说HR（人力资源）部门没人敢轻率地将他们扫地出门。

但是现在，既然韦伯做出了这个艰难的决定，身为人力资源部的负责人，Serena只好亲自出马，把自己推到风口浪尖，和这个最为难缠的对手过招。

11

从Serena办公室出来之后，楚歌拖着沉重无比的步伐走回去，他感到这段不长的路如此延绵而烦乱。

眼看着秦澈提议大伙儿晚上一起去喝酒，楚歌的内心更是前所未有地陷入了纠结当中，到底要不要现在就告诉大家？如果不说，很快消息就会传到他们的耳边，那个时候只会更加难堪与尴尬；如果选择说，他始终说服不了自己说出口，他甚至不相信这一切是真的。

“我，我和大家说个事儿——”终于，他下了决心告诉大家。

包间里，众人围绕着半椭圆形的桌子而坐。楚歌低着头，没有看大家的表情，他甚至忘记了自己在用什么语气告诉他们这个突如其来的残酷事实。他十分平静，甚至不像是在交代他自己的事情，仿佛旁若无人地在讲述一个别人的故事。

就像《最后的晚餐》，门徒们分坐于他的身旁，楚歌化身耶稣孤寂地坐在中间，他的脸被明亮的光线映照，显得庄严肃穆。背景强烈的对比让人们把所有的注意力全部集中于楚歌身上。

楚歌旁边那些各怀心事的弟子们，每个人的面部表情、眼神、动作各不相同：秦澈满脸震惊，嘴里面叼着烟，忘记了继续抽下去，任凭那灰烬一点点燃尽，他的嘴巴张开，惊讶得不知所以；麦翎身体后仰，一种蓄势待发的惊诧之情简直溢于言表；Miko 拿着手机的手迟迟没有放下来，僵硬地停在半空中，愤怒呼之欲出……

楚歌的话音刚落，就炸了锅，偌大的空间似乎都承载不了这份震惊。

“天啊！”

一声破天荒的怒吼横空出世，那是 Miko 平日里最具标志性的中性声线，与她落落大方的迷人外表完全不成正比。楚歌的下属当中就属她的脾气最为火爆，四川妹子，气势汹汹，得理不让人，客户有时候都拿她没办法，比甲方还强势。

秦澈不由得手一哆嗦，烟卷掉在了烟灰缸里面。

“扯淡吧他们？这么玩儿有意思没！”Miko气不打一处来，“这群假洋鬼子都是一丘之貉，韦伯小烟叼着，小曲哼着，小茶溜着，小妞搂着，做盗版CD的感觉真好！”

麦翎的嘴里也没闲着，嚷嚷道：“公司不能这么没人性吧，说不行就不行，那我们当时费尽千辛万苦拿下来这个客户的时候，怎么就没人来说这个事呢？！这不是在玩儿我们吗？那我们集体辞职表示抗议吧！”

近年来，麦翎脾气越来越大，大有与楚歌分庭抗礼之势，偶尔还会惹得楚歌有些不爽，但是在最为关键的时刻，他总能够站出来扛着团队往前走。现在他同仇敌忾般的表现至少还让楚歌内心有些宽慰。

秦澈更是显得格外激动：“老大，你要是不干了，我就不干了！”

“没错，老板，如果你走了，我也跟着你走。”Miko眼眶都泛红了，“老大，这个事情真的一点儿挽回余地都没有了吗？”

楚歌神情漠然地摇摇头，“应该已经没有余地了，就是韦伯亲自定下来的！”

“他们吃相能不能好看点儿？！大不了我们去和客户谈，改门换庭，自立门户，创业呗！”Miko不屑一顾道。

秦澈脸上写满了失望：“现在就是韦伯一手遮天，没有人能制衡他了。”

“我们不能束手就擒，熬夜通宵的时候老板去哪里了，有本事自己去抢啊，自己拿不了生意，就有本事在背后搞这些蝇营狗苟的事情，有意思吗?” Miko 还是一副忿忿不平的样子。

尽管这些叽叽喳喳的观点并没有什么实效，但在楚歌听来还是格外亲切，至少他觉得自己不算一无所有，在流动率如此之高的广告公司，收获了一份人心也算是难得的事情。

秦澈说道:“老板，我看这个事情还没到木已成舟的地步，韦伯他们也一定在试探你的底线，现在我们必须拧成一股绳，一定还有机会挽回!”

“你快说，怎么弄?” Miko 在一旁急切地催促道。

秦澈停顿了下，心平气和地讲道:“外企嘛，邮件这个武器肯定少不了。第一，我们可以给亚太区老板和全球总部老板写一封联名邮件，告诉他们这个事情的来龙去脉，不管结果如何，至少可以拖延时间，还能留下往来的证据;第二，我们可以拒绝向韦伯提供对接客户的任何信息，从沈素、白思琪到下面市场部的人，反正马萨迪的客户他们压根儿也不认识，他们想死磕都没有门路;第三，如果以上两点都不奏效，我们就干脆集体离职! 你知道现在业内招人有多难，他们爱找谁服务就找谁去服务好了，老子们不陪他们玩儿了还不行?! 我倒想看看他们怎么收场，让沈素去收拾他们呗!”

长时间的沉默，大家心知肚明，一旦选择这么做，就算是和公司全面开战了，这也就意味着距离离开公司不远了。

“秦澈说得对! 就这么做!” 一向快人快语的 Miko 率先表态。

众人纷纷热血沸腾地表态支持，只有麦翎一个人坐在那里无动于衷。

Miko 横眉冷对："麦翎，你什么意思？！"

麦翎忧心忡忡："我听说过一个八卦，不知道是真是假，据说韦伯最擅长政治斗争……我只是担心，连林宗诚都被他架空了，咱们这么硬碰硬，能不能打赢这场仗……"

Miko 不满道："麦翎，不用说那么多没用的，你就告诉我一句话，你到底愿不愿意参与我们的计划？要是你怕了，担心丢掉这份工作，我们不会怪你的！"

麦翎苦笑："我，我不是这个意思，你当我是什么人……"

楚歌暗自思忖，自己的结局已然这样了，把大伙儿牵扯进来是不是太过自私？他连忙劝阻："Miko，别这么说，每个人都有自己的选择，不要去绑架别人，也不要被别人绑架。这个事和大家无关，他们只是冲着我一个人来的，你们没有必要卷进来。大家的好意我心领了，你们别受我的影响，该怎么做事还是怎么做事，别让他们看我们的笑话。"说完这话，楚歌拿起酒瓶又喝了一大口。

那酒真是火辣，直接冲到了嗓子眼，楚歌脑子"嗡"地响了一下，既炸裂又绵延，心跳加速，余震绵延。

麦翎情绪激动地辩驳："老板，我不是怕事的人。Miko，你多说无益，算我多虑了，我愿与大家共进退，不就是一份工作嘛！"

秦澈见状，起身举起酒杯动情地说："老大，你放心，我们在座的所有人都支持你，刚入行那年，是你告诉我，什么才是团队精神——赢当举杯同庆，输则拼死相救！这在西方叫 promise，在东方就叫承诺！让我们一起迎接举杯同庆的时刻！”

楚歌十分感动，向所有人鞠躬：“其实，他们只是针对我一个人，谢谢大家。我不会妥协，不会放弃，我会要求韦伯亲自组织一个高管会议来解释这一切！一旦他接招，我将会全部摆在桌面上来谈，大不了鱼死网破，我要跟他死磕到底！”所有人听罢热血沸腾，共同将杯子举过头顶，一起喝掉了这杯酒。

“老板……你上热搜了。”放下酒杯的秦澈像是发现了一片新大陆，高声喊道，打破了刚才短暂的沉寂。

“什么？”喝多了的楚歌简直不敢相信自己的耳朵。

秦澈将手机送过来，一支视频在网络上遭到疯传，视频的名字十分惊悚并且极具传播噱头：史上最牛的乙方，就是把他服务的甲方送到监狱。

视频内容十分粗糙，甚至还有点摇晃，但是并不影响它的清晰度，原来在上午研讨会的参会现场，有人偷偷录下了整段会面。

这下子全都曝光了。

从沈素的突然发难，到楚歌忍无可忍地争吵，再到沈素气急败坏让保安进来，警察破门而入二话不说将她带走的全过程，都被完整收录了进来。

整个圈内的热情与八卦算是被彻底引爆了。朗睿在行业里那绝对是有分量的甲方，而领仕又是创意公司里面的旗舰，强强对决，这么精彩的话题，所有行业媒体可不能错过。

“老板，你看，现在不仅是短视频，公众号也都出来写了，我的朋友圈好多人都在转发。”

气急败坏的楚歌又从 Miko 手里接过来一看，公众号标题五花八门：

乙方广告公司高层举报甲方贪腐黑料，甲乙方现场精彩撕逼！

事态严重，朗睿市场副总裁现场被警察逮捕，爆料人竟然是乙方客户负责人！

一波未平一波又起。

楚歌头脑“嗡”地一声，这下子彻底懵了，连对抗公司的勇气都没有了。

出了这档丑闻，就算是自己再折腾，也几乎没有生还的可能了。

铁证如山，没有任何一家公司能够容忍自己品牌的声誉受损。

12

沈素还记得那天是个星期五，大概是上午 11 点钟的时候，她被经侦大队的警察从公司直接带到所在辖区派出所。

刚到审讯室，一份正式的刑事拘留通知书径直摆在她的面前。不消十分钟时间，沈素的手机和个人物品都被警察拿走了，按照流程要求，体检、拍照、打手指模、验尿液、询问吸毒与艾滋病史，她还被剪了一小撮头发。

一路上理直气壮一直要求见律师的沈素面对警方，眼神中也丝毫没有闪躲与后退，她据理力争，表现得愤怒而无辜。不到十平方米的小屋，她和审讯者隔桌而坐。狭小、密闭的空间让对峙感更加浓烈。她明白了刑侦剧里的嫌犯为什么一坐下来就会感到害怕。

“你最好实话实说。”警察表明他们已经掌握了确凿的证据，“如果你交代的和我们掌握的有差异，后果会更加严重。”

沈素茫然地摇摇头：“警察同志，肯定是有人在陷害我！”

一切的转折点，就发生在警察向她出示完整的证据链那一刻，她彻底呆住了，眼睛死死地盯着那张按着手印的供词和警方提供的证据，一言不发。

2017 年圣诞节，上海淮海路商场逛街奢侈品消费 22 万元。现金 10 万元。与沈素相识，酒店餐厅花费 12 万元。

2018 年春节，京东卡 10 万元，携程旅行卡 10 万元。提供沈素花销超过 60 万元。

2019 年沈素生日，一口气送了 33 个礼物，补齐之前的 32 个生日。28 岁的生日礼物是一个心形的盒子，里面装有 28 万现金，还有一只纯金的杯子，寓意着一辈子合作到底。

2020 年年底，现金 200 万元。全年提供花销超过 150 万元。

2021 年春节，购买衣服、包等物品，合计消费 52 万元。全年花费 500 万元。

2022 年，现金 15 笔，合计 820 万元。在豪华酒店套间的花销超过 60 万元。

……

那份心情，唯有当事人才能体会。

沈素面露疲惫，端坐在一个老旧的黄色板凳上。坐在她对面的警察，那位经侦大队的队长，经验老到，一张天生的“纪委脸”不怒自威，态度温和，但是语气中却带着不容分说的压迫。

年轻警员用笔记录着谈话内容，老警察则是不停地翻看着手里的资料。

“这些银行流水，交易往来都是真实的。”

沈素喃喃自语：“这根本不可能！我的财务信息、银行流水，还有我家，你们尽管查！”

年轻警员不动声色地说道：“不用你说我们也会查的。现在你要做的就是全力配合。主要是举报你的人，身份很不一般。”

沈素诧异极了：“不一般？难道举报还能举报出个三六九等来！你倒是跟我说说，是哪个了不起的大人物？！”

警员这次笑了：“请注意你的态度！我说的不一般，不是你想的那个意思。这个举报人，是你的丈夫杨峥。”

听完这话，沈素的身体出现了严重的生理不适感，她的眼前阵阵发黑，冷汗直冒。她知道这个证据来源于谁，只是她实在想不明白杨峥为什么要这么做。

沈素眼前一黑，知道自己完了，但本能上还是抱着最后一丝侥幸，她咬了咬牙，拒不承认。

老警察的每个问题都像子弹一样精准无误地击中她的内心，沈素无助地颤栗着，内心高高筑起的围墙一点点地坍塌下去。

无尽的恐惧笼罩着她，沈素试图收紧十指，但是由于戴着手铐，只能够感到一种令人窒息的冰凉感。她原本还打算挣扎的心渐渐落了下来。铁证如山，不由得她负隅顽抗，她面如死灰，瘫倒在椅子上。

但是她绝对不能承认，因为她根本就没拿那些钱！

等到沈素录完口供，所有程序走完之后，已是凌晨两点多钟，她又被送到附近的看守所内。眼前有三道铁门，沈素进去后先是脱光衣服，然后再次量血压、身高、体重，她穿着拖鞋、底裤与文胸，领了一条白色毛巾、一把没有柄的牙刷、一块香皂、一卷纸巾，在女管教的带领下朝着号房走去。

与沈素走在一起的，是一个“零零后”年轻女孩儿。她浑身酒气，还没有完全从醉驾状态中清醒过来。简单和她交流了两句后，沈素才得知那姑娘进来的原因——原来是失恋后一个人开车去酒吧买醉，结果不想在三环边醉驾直接撞了人。

两人被关在同一个号房里面，女管教走过来，给两人松了手铐，然后打开铁门，将两人送进号房里。沈素走进去，好奇地四处打量了一番，里面的人几乎都睡了。这间号房大约 20 米长，6 米宽，两边是大通铺，一个大通铺上面有 30 多人，人挨着人依次躺着，每个床铺下面是可以存放个人衣物的小型炕洞。

两位正在值班的女人分别站在狭小空间内的两侧，她们眼神警惕，左顾右看，悄无声息地打量着处于熟睡中的人群。单调乏味，一遍遍地重复着这个机械的动作。

女管教告诉两人，看守所晚上都会有人值夜，每班两人，一班两个小时。外面的狱警每小时也会沿着走廊巡逻一次。如果值班的人第二次见到狱警巡逻就可以喊醒下一班的人，狱警也会打手势告诉值班的人开始换班了。

其中一位值班女人走上来，悄声告诉两人，要脱下裤子，跳两下，以防夹带东西进来。沈素按照她的要求做了，然后把带来的香皂、纸巾一起塞到第一个炕洞里。每个床铺上有木板，睡觉时两人垫一张棉被，一人盖一张棉被。沈素放眼望去，发现床铺没有位了，女管教人还不错，特意给她们两人找来一块垫褥，安排两人躺下，悄声耳语交代上厕所冲水要小点声，否则会惊醒其他睡着的人。沈素和女孩连声应下来，她们勉为其难地躺倒在了距离厕所蹲位最近的地铺上面。

作为女人，人生有许多第一次。不过沈素没想到自己在看守所的第一夜来得这么快，恍恍惚惚，像是提线木偶一样，完全在别人的指令下一点点完成规定动作，她从没有想过自己会在众目睽睽下去如厕，心里顿时沉重了起来。

时间这两个字在看守所里面显得分外漫长，没有手机这个重要“器官”，沈素还不知道将来的每一天做什么来打发时间。

监室里面的灯光是 24 小时开着的，不会关，她的脸正对着灯泡，十分刺眼，对于平日里早已习惯关灯睡觉的沈素来说，简直是一场灾难。

那姑娘毕竟年轻，再加上喝醉了酒，很快就沉沉睡了过去。沈素满心忐忑，即便强行闭上眼睛，也压根儿睡不着觉，只能不停地辗转反侧。

躺在地铺上面，她脑子里就像一个混乱不堪的无序剧场，各色人等在台上轮播个不停：家人知道了这个状况该多伤心，奶奶一大把年纪心脏会不会受不了；一向不善交际的小弟现在在做什么呢？唔，一定彻夜未眠四处托关系找律师吧。整个行业都得知了这一丑闻，即便有一天出去了，自己还能从头再来吗？杨峥，他为什么要这么做？明明一个月前，他还在为自己庆祝生日……

也不知道过了多久，她迷迷糊糊地睡着了。

进看守所的头一个夜晚，就这样过去了。

早上六点钟，值班的人拍拍手掌，把大家叫醒。

13

一阵嘈杂的脚步声传来，躺在看守所地铺上的沈素又一次被惊醒。又是一场接一场乱七八糟的梦，在梦里，她不停地忏悔，不停地认罪。沈素一直在安慰自己，梦境都是反着的，所以自己一定可以全身而退。

“沈素，你的律师来了。”一位女警走到门前对她说。

“好的，谢谢。”她揉了揉发酸的眼睛，看着黯淡的天花板，不住地发呆。她前方那小得可怜的格子窗户里透出一丝微弱的光线。

唔，已经是清晨了，又该起床了。她心里默默计算着，这已经是她来到这里的第 17 天了。

这个彻夜亮灯的地方，她一开始尤为不适应，总是彻夜彻夜地失眠。即使勉强睡着，又总是容易在凌晨醒过来。脑子里频繁做着各种梦，支离破碎，恍若隔世，每一处细节又清晰可见。她想着过去在学校读书时的快乐时光，想着在外面不知所踪的杨峥，想着等她可以出去之后，她曾经引以为傲的履历无法提及，那些出入各色酒会峰会的商界朋友不知所踪，比她小十几岁的“零零后”市场总监成了职场上的绝对明星，昔日围着她众星捧月的供应商早已不在，每天等在她的办公室门外需要秘书安排接见顺序、等着汇报工作和签字的下属们也早已四散而去。

沈素对律师苏晓冉感慨："以前是办了瑜伽卡没时间去练，现在倒是好了，有用不完的时间来练习打坐了，每天在硬邦邦的木板上坐上两小时，想想那种感觉，以后要是找不到工作的话，就去当瑜伽老师好了……"

苏晓冉没多说什么，只是对她淡淡地笑了笑。

坐台的、赌钱的、盗窃的、诈骗的、吸毒的，沈素在里面见到各色各样的人。她和那个醉驾被捉的"零零后"小姑娘关系不错。

"不瞒你说，在里面待了一段时间，我都快成半个律师了，对于各种案件是怎么判都有一些了解。以前总觉得自己视野全球化，现在想想，真是可笑，咱们这些在写字楼上班的人，其实距离这个世界很遥远……你以为出国就是去看世界，其实根本就没有看过这人间万象……唉，这次算是长见识了。奇怪的是，这些明明在道德上有瑕疵的女人，我反而觉得她们都很真实友善，我们在里面互相照顾，互相听对方的故事……回想公司里面那些衣冠楚楚的人，我倒是觉得他们才真是虚伪，人们为了生存下去都会不择手段去做事。"

轰隆轰隆轰隆，外面热浪卷来的音量被她自己的耳朵放大了无数倍，那窗外吸收进来的车鸣声、手机声、孩子叫喊、街边狗吠，夹杂在一起将她紧紧地包裹起来，同这辆没有开足冷气的车厢一般，闷热得让人窒息。

她落入这山谷之中，奋力挣扎，遍体鳞伤，只为了苟延残喘地活下去。勉强爬出泥淖，却又直面无人深空，她忍不住想去发声，假设有同类对她尖叫嘶吼甚至辱骂都可以，她只是想去释放在体内压抑许久的东西。

可是，即便是如此强烈的生理反应，那些来自她体内的、真实的、声嘶力竭的呼喊，也很快就被无情淹没在车厢这狭小逼仄的世界里，根本发不出来任何声音，连一点点微乎其微的残痕都被抹去了。

那一刻，她觉得她把自己辜负掉了。

14

郊区富人区的一栋别墅。

杨峥正在宽敞明亮的开放式厨房里紧张有序地做着早餐，煎蛋、炸香肠、从烤箱里取面包、倒牛奶，手法娴熟一气呵成。他像往常一样，做好了所有饭菜之后舒了口气，一个人坐下来默默地享用着丰盛的早餐。他一边享受食物，一边漫不经心地浏览着平板电脑里面的新闻。一条关于沈素的新闻引起了他的注意。

他立即停止了嘴里的咀嚼，全神贯注地盯着那篇文章，生怕漏掉一个字：

朗睿集团市场副总裁沈素离职当天被警方带走，供应商即将迎来腥风血雨的洗牌行动

来自北京的消息，以多元化成功经营著称的500强企业朗睿集团今天傍晚传来突发讯息，原朗睿（中国）集团高级市场副总裁沈素（Lisa Shen）离职当天被警方带走，限制人身自由。

朗睿集团的内部邮件通知表示沈素的工作内容分别由现任朗睿集团中国公共关系与企业传播副总裁白洁（JoJo）和朗睿集团市场总监白思琪（Lydia Bai）两人暂代。

沈素于2010年7月正式加入朗睿集团，多年来一直负责朗睿集团旗下各大业务的市场推广工作。此前，她曾在朗睿集团公关部担任多年品牌公关总监职位，并已在朗睿供职长达十余年。

或许，在不久的将来，随着沈素的离任，朗睿集团众多的市场营销服务代理商会迎来全新一轮大洗牌。

放下电脑，他的眼神中却多了一份失落。

他尤为钟爱的米线突然间有些食之无味，他用勺子搅弄几下，最后还是舀了一勺鸡汤送到嘴边，吸溜完这一勺鸡汤后，他突然间胃里有些不适，是泰国当地的食材味道不对，抑或是自己今天没有胃口？

他一向克制，做什么都很有分寸。但他现在却无法克制自己不去想沈素。

我很想你，但是我最终还是，永远地失去了你。杨峥想起来大卫·芬奇的电影《消失的爱人》影片结尾，男主角说，我们是相爱过，但我们现在做的不过是相互憎恨和控制对方罢了。女主角面无表情地回复了他一句，这就是婚姻。

现在，轮到他理解婚姻了。

结婚前三年，沈素带着他一起冒险，一起创造令两个人自豪的人生，但聪明的她又总是让他觉得自己才是主宰。

但是越来越拥有自主意识的他，内心深处却愈发反感这种地心引力。他甚至一度认为沈素就像是一只猫，人总是认为自己豢养了猫，但在猫的心中，她才是这段关系的主人。

被驯服且豢养的那个人，反而，是他。

他曾经试图依靠爱情来拯救自己。没人知道的是，杨峥大学毕业后就把自己投入了第一段婚姻，但三年后就离婚了。后来，沈素的出现让他仿佛找到了少年时代那个女人的感觉，他们很快在一起了。

杨峥记得两人刚在一起那会儿，商量好相互保留足够长的新鲜感，所以就没有住在一起。每次把她送到家楼下，一种孤零零的感觉就油然而生。

每天如此，结果分开不久，半夜一条微信，“出来吗”“嗯”。

地上都是积水，雨会突然下起来，泥点顺着烧烤摊破烂的大伞往下滴，沈素拉着凳子往里坐了坐，很困，吃东西、说话、喝酒，杨峥抽很多烟，出很多汗，吃东西很少，她表现出前所未有的耐心。那就是爱情吗？坐在他对面，听她感兴趣或不感兴趣的东西。

他们有一种默契，第一次见面的时候就有了，这是一个罕有的灵魂，他抓到了。两个不安的灵魂，困在这个汗流不止的夏天。

之后的过程极度地拖沓，有的没的，不时见面，啤酒、宵夜和烟，不变的满脸汗。她已经记不清楚他的单眼皮，浓密的头发，瘦瘦弱弱，他不看她的样子，傲娇却美丽的样子。

然后他送她回去，到了楼下，聊了星星和天上的云，该告别了，各回各家。拥抱、告别，抱得特别紧，都不想走，像少年恋爱似的。也许是他想多了，也许只是夏日里黏稠的荷尔蒙，谁会真去在意，他只想跟她多待一会儿。

奇妙的灵魂少见，他们彼此认定了对方。他们都不是那种懂得轻易妥协的人。人的灵魂，如果它融入了太多人的语境，只会变得平庸且不伦不类，经过无数人打磨出来的那种性格，可能它是正确的，但它肯定是没有力量的。

她和他，棋逢对手，势均力敌。

就像是一部由命运导演的舞台剧，逆光中，他拼命狂奔，光影交错的眩目让他为之癫狂，沈素疯狂又细腻，迷茫而坚定，孤高且易碎，他们仿佛在深黑色的夜里点燃了一把熊熊烈火，燃烧的欲望使激情愈加浓烈。

再后来，使他内心感到疲惫的，不是远方的高山，而是鞋里的一粒沙子。沈素和他，在这段并不算长的家庭关系中都缺乏足够的自我拯救能力。信任、衰老、情绪无处安放、枯燥的日常生活，这些都是需要他们共同面对的。

每个人都有自己的故事，不是吗？说得出来的，说不出来的，该发生的已发生。

他很想她，但是他不说。

他一度认为，自己过去对沈素的理解都那么表面、单薄。私下里，她是一个情绪变动很大的女人，并非在职场上见到的那般强大。

曾经，杨峥也和很多人一样，只看到沈素耀眼又独特的一面，看着她各种闪亮的人生经历，却没曾细想，这背后究竟藏着怎样的痛楚与脆弱。

然而可怕的是，一个人格没有健全的人，对自己、对爱情、对婚姻的认识必然是肤浅且片面的，他再次坠入了难以挽回的深渊当中。

一个自己还不够完整的人，也很难通过和另一个人的结合来彻底弥补自己先天的漏洞，实现自我的救赎。那时的杨峥，甚至不给自己太多理性思考的时间，习惯性地用仓促的行动，放任自己跟着感觉而走。

在一片时间的静默中，杨峥却发现自己并不满足于现状，他的内心开始觉察到他并不需要一个同他一样强势的女人，两人常常相左的观点更令他逐渐怀疑自己的选择。

……

就在思索之际，门外响起来敲门声。

杨峥连忙穿好衣服走了出去，门打开了，是一位晒的黝黑的女人。这是一位快递员，手中拎着当天主人所需要的蔬菜和果品。

“萨瓦迪卡。”杨峥双手合一，表示感谢。

“萨瓦迪卡。”对方表示感谢后转身离去。

杨峥的目光落到远处的街道上面。窗外的路牌、路人、街景都是泰语。高高低低架设的电缆让这座城市看起来朴实又温馨。街边行走着的虔诚信众脱掉鞋帽，或跪或蹲，将托盘里的食物缓缓递给赤脚化缘的僧侣。信仰的力量，已深入到布施者的每一寸肌肤。

整座城中只有一条主要街道，街道西边几十米处有一座小山，经过 100 多级石阶可以登上山顶，站在山顶的观景亭上可以一览全镇风光。

马蒂亚是泰国清迈旁边 50 公里处的偏僻小镇。

这里深受阳光眷宠，四季如春。

第三章　创意是创造记忆吗？不，是创造回忆

1

夜深了。

楚歌眼神空洞，盯着酒吧里的壁炉，一动不动，像是一座静默的雕塑。

“我还要玩儿一次这个游戏。”

“少喝点儿吧，您几乎喝了一瓶酒了。”年轻的酒保有些担心。挑战 30 秒喝 12 杯龙舌兰是这间小酒吧的特色，成功挑战者将会免单。但是很不幸，今天这名客人足足尝试了十几次，全部以失败告终。

“我……没事，再玩一次。”他很执着，双眼在酒精的作用下变得通红。

“我看您今天状态不对，要不我一会儿送您回家吧？”

“不用。”他语气坚定，不容置疑，“对了，你在这家酒吧干多久了？”

“大概有六年时间了吧。”

“难得，能够在一个位置上待这么久时间……来，我们继续。”

酒保拗不过他，只好又从酒柜里取出来酒瓶，倒在 12 个小杯子里面。

“准备好了吗？”

楚歌屏气凝息，点了点头，示意对方可以开始了。

酒保看了下表，道：“倒计时，3，2，1……”

这家颇有禅意的小酒吧叫“杳”，坐落在东四胡同深处，抬眼就能看见大雨洗过的夜空，以及格外闪耀的星星，衬托着灰黑沉寂的屋脊，地板下流水透过透明的玻璃地板，和头顶干净的天空相互辉映。

遇到想不通的事情，楚歌就会一个人跑来这里发呆。

入行的第一年，公司请了一个风水师，顺便给楚歌“看”了下他的前三世，结果发现他前三世中有一世是武士，一世是忍者，一世是猎人。他恍然大悟，难怪自己从小就喜欢看那些打打杀杀的东西。

少年时代，他读太平天国那段历史，发现曾国藩从来不与敌军硬碰硬地短兵相接，即使在胜算很大的情况下也从不主动发动攻击，而是每到一个地方就在城外扎营，然后挖战壕、筑高墙，把进攻变成防守，先让自己处于不败之地。

太平军骁勇善战，总想跟湘军野战，而湘军就是守着阵地不动，就算太平军再能打，碰到这种路数，也是毫无办法。只要一有时间，湘军就不停地挖沟，一道又一道，直到让这个城市水泄不通、断草断粮，等到城里弹尽粮绝之后，再轻松克之。

就这样，一座城接着一座城，一点一点地挖沟，一步步地往前拱，就把太平天国给拱没了。湘军每打一个城市，都不是用一天两天，而是用一年两年，大部分的时间都在挖壕沟，当时的湘军看起来更像是一个施工队，被湘军攻打过的城市，如安庆、九江等，城外的地貌都被当年挖的壕沟改变了。

湘军与太平军缠斗 13 年，除了攻武昌等少数几次战争伤亡人数超过数千人，其他时候，几乎都是以极小的伤亡获得战争胜利。

这就是曾国藩的六字战法：结硬寨，打呆仗。

如此来看，原来多数人对战争的理解是错的——战争不是由拼搏和牺牲组成的，而是由忍耐和煎熬组成的，楚歌想。可是现在，面对来自韦伯的步步紧逼，他实在忍无可忍了。

他恶狠狠地盯着眼前的一杯杯烈酒，那就是他的敌人！

没错，他要一口气干掉它们！

5 秒、15 秒、25 秒、30 秒……

这一次，在其他酒客的见证下，他终于成功了一次！那些喝到胃里的高度刺激性酒精，顿时翻腾上来，楚歌强撑住没有吐出来。绝对不能这样认命！他想要当一回职场太平军，要和韦伯，和老东家，死磕到底！

然而，他不知道的是，年轻的酒保实在担心这个客人这么喝下去迟早出大事儿，私下里在时间的计算上偷偷放了水。

事实上，楚歌喝完眼前的酒花掉了 32 秒。

2

楚歌梦见和一大堆人在一个大体育馆似的地方，梦中暗表所有人都无法离开，被隔离了。沙土地面，偶尔有风，有点儿微冷。一个男人在直播，说现在就是这么个情况，说多了呢怕不让播，你们说我说不说呢？他周围七八个人，大妈、小姑娘七嘴八舌，你说吧！说吧！男人说，好！来，拉！然后所有人抓起脚边一堆密密麻麻的绳子，开始围成一圈儿用力往外拉扯，楚歌也在其中。很快地，他们手里的绳子被绷直并升高，像是圆圈的中间有什么结构，但楚歌什么也没看到，只是一个巨大的圆锥状的帐篷赫然立了起来！帐篷虽然没有篷布，只是由他们一堆人手里的绳子编织成的，但非常高耸，感觉有个二三十米。大家爆发出整齐的惊呼，两字音节短促有力地一直重复着，在像是体育馆的空间里，震耳欲聋。这时有人尖叫，帐篷突然开始快速升高，有人被拽离了地面。有人开始喊别松手，但随着越来越多的人被拽离地面，越来越高，又有人喊，快跳！快跳！但都来不及了，龙卷风一般地，整个帐篷飞到了十来米的空中，楚歌周围的人纷纷跌下，下雨似的，未知死活。

在回家的出租车上吓醒之后，楚歌喘着粗气回忆着，这飞起来的哪是什么帐篷，不就是张网吗。

“您没事儿吧？”司机关切地问了句，他看这乘客神色不对。

“哦，没事，没事。”楚歌下意识地掏了掏口袋，这才意识到家门钥匙似乎落在了办公室里，“师傅，调头，咱们去一趟这个地方。”他告诉出租车司机具体位置，汽车调头，朝着领仕办公室的位置飞驰而去。

半小时后，楚歌下车，摇摇晃晃地走到前台，拿出来门卡，刷卡。

那道原本应该打开的门，却纹丝不动。

两次，三次，结果都是一样，门岿然不动。

守夜的保安人员走了过来：“怎么，进不去了？”

楚歌扬了扬手中的门卡，无奈道：“不知道为什么消磁了。”

保安人员认识他，给了他一张临时卡，嘱咐他出来时刷卡就可以通行了。

楚歌心里明白，这是老东家给他下的最后通牒：

这里已经不欢迎他了。

公司格外安静，只有几盏灯光在依稀闪烁着。

怒火中烧的他回到办公室，狠狠关上门，下意识地望了望漆黑的窗外，那宽大的玻璃映射出来一个业已中年的男子，留着长发蓄着胡茬，和办公桌上摆着的那张合照中的自己相比，判若两人。

15年前，那个时候22岁吧，正值青春无敌，当初面试自己的林宗诚问自己为什么要加入广告行业，林宗诚嘴里面的那些高端词汇对于非科班出身的楚歌来说，实在晦涩，但是他接下来的一句话一剑封喉，噎住了面试官：

“虽然我不懂这些理论，但是我可以学得很快，更重要的是——我就住在公司附近，我可以天天加班！”

林宗诚一拍大腿：“这个人，我要了！”

就像初恋，开始总是甜蜜而痛苦的。X科技是楚歌职业生涯中第一个客户。楚歌记得第一次去参加客户的工作会议，深深地被震惊了。一个产品上市，客户会有一个高级市场经理统领整体项目推进，并同时和数个职能经理合作，包括广告、活动、公关、数字、媒介等，然后他们会叫上各自的代理商开会，那场面浩浩荡荡着实热闹。

效率之高、流程之专业、合作之默契，令人叹为观止。

十年弹指一挥间，楚歌也长出了白发。

这样的离别是痛苦的，它无法触碰，不是物理的疼痛。它藏在清晨惊醒的床头，它隐于忽然间的沉默，它来无影去无踪，但是你知道它就在那儿。

他打开笔记本电脑，决定写一封对抗公司决定的邮件，发给全球管理层，控告韦伯的龌龊行径，甚至要不惜一切代价发布在社交媒体上！

他，就要给老东家难堪！！

不再犹豫，愤怒中的他将所有情绪都化作了邮件中的文字，十几个字，几十个字，上百字……写着，写着，他的指头有点酸痛，他挥了下手，想抽根烟休息下，视线却习惯性地停留在桌子上摆放着的一张老照片上面。

照片中的女孩朝他笑着，他那暴躁的情绪突然冷静了下来。

他和她，多年轻，面朝大海，欢声笑语。她是他的创意搭档，那年他们第一次去戛纳创意节，两人一起在海边合影。

他望着她的眼睛，将照片放在手中，抚摸了一下相框的木质纹理。

唔，权俪，你还好吗？

3

不做总统，就做广告人。

这是美国总统罗斯福的惊人之语。这份理想主义吸引楚歌在大学毕业后选择了广告业。不过，比起这句话，艺术生出身的权俪更喜欢李奥·贝纳的那句名言——伸手摘星，即使徒劳无功，亦不致满手污泥。

“我就是被《广告狂人》所吸引，以为广告公司的工作就是抽抽雪茄、喝喝威士忌、聊聊创意就可以赚到大钱。”楚歌毫不掩饰自己向往美剧里面所呈现的20世纪60年代美国麦迪逊大街上的声色犬马。

权俪看着他的眼睛，笑着说：“你有没有想过，或许唐·德雷柏、皮特·坎贝尔这些人都没有走远，只是用轮回的方式，继续着这个故事，然后幻化成为你和我。”

刚入行时，文案出身的楚歌将戛纳创意节的全场大奖作为自己的终极奋斗目标，对于文字而言，他觉得自己是足够虔诚的，他不想停下来：

如果你想成为收入优厚的文案
取悦客户
如果你想成为很会得奖的文案
取悦自己
如果你想成为伟大的文案
取悦读者

永远没有完成的作品
好是最好的敌人
一个字一个字地改
尽除所爱

是的，只有不停地改，不停地改，这才是他所信奉的。

那是两人最美好的时光。

他是文案，25 岁；

她是美术，24 岁；

他和她是搭档，他们是公司最为看好的创意双子星。

两人原本不在一个组，不过经常在公司楼下固定的吸烟点遇到，经常借烟借火，一来二去，也就熟络了起来。权俪说她自己最想去的地方就是纽约，她想办一场自己的独立艺术展。

“每次来纽约，我都喜欢自己在这里待一会儿。心会变得特别安静，然后我会去博物馆看一些油画展。”

“你喜欢油画？”权俪的这个爱好倒是完全超出了楚歌的意料。

“一件事情，角度不同，理解就会不同而已。比如说油画，有的人喜欢用色的力度强烈一些，但是在另外一些人看来，整个画面会很脏。”

“脏？”

“色彩有这种宁死不屈的力量。”权俪接着解释，“我小时候学过一阵子油画的，我喜欢伦勃朗、菲钦、莱尔米特、梵高和塞尚的油画，这些大师都是不可调和的。我记得老师说过，油画的最高宗旨不是为了描绘什么，而是色彩。”

楚歌讨论艺术的兴致似乎被这个女孩调动了起来：“好的创作

者，会用最少的色彩来描绘最为丰富的感觉。比如说，我只是比如说——谁说希望就一定是明亮的呢？色彩本身是有生命的，在最为肮脏的色彩上抹上最为鲜亮的颜色，没有死就没有生，反而才是希望本身应该有的颜色。”

两人就是在那时候互相认定了对方，甚至很快把房子都租在了一起。白天在公司干活，晚上回去就一起拼命做想做的创意稿（也包括飞机稿），偷偷给客户确认，结果不小心拿了大奖，老板批准他们成为一个创意小组合。

林宗诚曾经把权俪比喻成广告界的小野二郎，就是东京那位做了 50 多年寿司，偏执到为了保护创造寿司的双手，连睡觉都要戴着手套的寿司之神。阅人无数的大佬有如此之高的评价，可见权俪的天赋和努力都异于常人——特立但不独行，离经但不叛道，出位但不出轨。

一年后，这个组合被公司推荐，一路辗转，来到法国的边塞小镇——戛纳，参加一年一度戛纳创意节幼狮奖项的角逐。

直到现在，楚歌还清晰地记得在戛纳的比赛情形：

你的任务：在 48 小时之内解决一份真实的简报。

你的对手：和你一样，从世界各国选拔出来的年轻创意人。

你的目标：在 30—40 组对手里面挤进前三名。

第一天上午，接简报。

客户是真实的公益组织，根据现阶段的传播目标下达简报，内容清晰单纯，应该是在戛纳组委会引导下产出的。领完简报选手就可以离开，和自己的搭档找地儿去想。

第二天上午8：30—下午8：00，写PPT（演示文稿）。

选手们集中进入小黑屋，现场提供电脑使用，还有免费的图片库账号找图用。中午提供午餐，中间可以随意进出。晚上八点准时提交PPT（演示文稿），这份文件就是评委最终看到的提案文件。除了电子版，选手还可以打印一份纸质版带走。

第三天上午9：00，提案开始。

提案现场有三位评委，都是国际创意大咖。另外还有两位客户，不参与评审，但评委会听取客户的意见。每一组选手有五分钟的提案时间，按照提前排好的时间表进行展示。下午五点所有提案全部结束，三位评委经过半小时的讨论，就会召集全部的选手公布金银铜奖。

……

“喂，楚歌，不管我们多想赢，都要用轻松快乐的心态去应对，别忘了，英国诗人曼斯菲尔德有句诗，在快乐的日子里，我们变得更聪明。愉悦的情绪让人思维更加活跃，不受禁锢，更容易想到简单有趣的东西。”她笑起来的模样，是那么美好。她看着擎在手中烟头的光亮，满不在乎地对他说着，头发的一侧用蝶形发卡收拢起来，“想想吧，这是戛纳，全球最顶尖的创意殿堂，度假胜地，不管输赢，你都有开心的理由。”

从接到任务到提案比赛中间有48个小时，两人的精神和体力都会承受很大的负荷。但是他们依旧胸有成竹、我行我素地四处听演讲、吃大餐、参加各色好玩的派对，即使窝在阴冷的角落里冥思苦想，看着窗外的人晒太阳聊天，内心还是快乐的。

“彩排！彩排！彩排！”她一直和他强调排练的重要性，“只有多次排练才会让自己充满信心，面带笑容分享自己的想法，说服观众，打动评委，打倒对手！中国人向来喜欢多、全，但这不适合用在创意上，简约而不简单，这是很重要的一个创作原则。好的创意是一句话就能解决清楚的！”

最终，他们不负众望，赢了。

“看到权俪和楚歌，这让我感到中国广告的未来不可估量。他们能用流利的英语来表达，这是中国创意人走向世界的标志。”评委会主席Terry兴奋地向媒体与同行表示。

那个时候多单纯，他们开心到以为赢得了全世界。

“现在，你想对我说什么？”走在海边，权俪突然冒出来这句话。

“Keep it simple and sweet”（简约又美好）。

楚歌看看权俪的眼睛，权俪也看看楚歌的眼睛。

他轻轻地搂过她的肩，吻住她的嘴。她没有闭眼，还是热烈地望着他。在缠绕的舌间摩挲，一切理所当然。他们忘了思考，也不想思考，只是本能地想抱住对方，紧些，再紧些。激烈地拥吻着，索要着，不停下来，停不下来。

“看来你还是喜欢我的。”权俪轻轻地叹了口气，首先松开了。

楚歌疑惑地看着他，眼神无辜，不明所以。

她笑道：“男生会沉浸于接吻的话，首先要在外貌上是喜欢这个女生的，见过一些男生可以和样貌不喜欢的女孩做爱，但是没见过和样貌不喜欢的女生吻个不停的。毕竟嘴唇离脑子最近，嘴唇亲吻的动力是需要脑神经的肯定才能持续的。”

他看着她，他始终弄不清楚她的脑袋里面在想着什么，但这并不妨碍他爱她。

“告诉我一个关于你的秘密。”权俪凑在他耳边说。

“你知道吗，在楼下抽烟第一次看到你的时候，我看着你的侧脸侧胸侧小腿弯儿，琢磨着，如果你突然跑过来跟我说，我爱你，你睡我吧，究竟会不会是小概率事件……”说完这句话，楚歌已经满脸通红。

她却笑得很宽容。这让他内心的欲望一瞬间消失不见。他想永远和她待在一起，看着太阳升起来，又落下去，看着她的裙子和他的白衬衫一起晾干。

夜色深沉。两人听着海的声音，牵手在沙滩上走着。

权俪问：“告诉我，你在广告圈的终极目的是什么？”

楚歌毫无头绪，实话讲他没有想那么多，他只想和她在一起，创作越来越多令人满意的广告作品。

“我告诉你，你别失望，我的梦想，其实不在广告业，我还是想去做当代艺术，但我又不甘清贫，我知道我的未来肯定在艺术圈子里……”权俪幽幽地望着楚歌，吐出来烟圈，“不管现在做什么职业，我希望我还有机会回到艺术舞台上，可能是五年之后或者十年之后，然后就这样生活，大概就是我的终极目标了。”

楚歌说：“人的欲望是会变化的，之后你还会有别的想法。”

“不会的，这就是我最理想的生活，我很清楚。”

当时楚歌没在意她的话，因为觉得离她实现这个愿望还很漫长。出乎意料的是，五年后，也就是权俪到了洛杉矶三年后，她就实现了她的“终极目标”——成为纽约炙手可热的新锐华裔艺术家。

不过，那是后话。

一个就是艺术家气质，一个就是实用主义，和谐共生，这两点在权俪身上特别明显，她很是看得清这个世界的游戏规则。

两人初生牛犊不怕虎，敢打敢拼。回到北京后，这个组合一度被其他 4A（美国广告协会）广告公司的创意总监们称作“竞标头号公敌”——他们凭借特立独行的创意与勇士般的精神，在比稿场上几乎战无不胜，双剑合璧，一时风头无两，好作品源源不断出现，让领仕这家来自伦敦的小型跨国 4A（美国广告协会）广告公司杀出了一条血路。

4

2008 年，北京奥运会。

领仕当时服务的最大客户恰好是奥运会全球顶级合作伙伴，大手笔的品牌动作蓄势待发，核心创意片子的预算千万级，几乎全北京最好的广告公司都参与了那次比稿。

不顾麾下猛将如云，林宗诚力排众议，让楚歌与权俪两个年轻人组合主导提案。那段时间，除了吃饭睡觉，两人把所有精力都放在了这支片子的创意上面。

最好的答案，往往都不在熟悉的路上。

两人寻遍了各种可能性，依旧没有换来令人满意的结果。临近一周提案，压力到了临界点，有天晚上楚歌实在太累了，回家后倒头就睡，再醒来的时候，已是凌晨四点，权俪一宿没睡，捧着咖啡杯，还在对着笔记本屏幕发呆。

他轻轻地戳了下她："喂，你还不睡，这都几点了。"

权俪轻轻地看了他一眼："我……可能是想到了。"

"唔，你想到什么？"

她满脸疲惫，但是双眼难以掩饰兴奋地告诉了他这个结果。

全世界创意人的灵感都是相通的。

那一刻，他困意全无，一下子惊醒，这个创意太棒了！这不就是他们一直孜孜不倦想要找到的答案吗?!

他一下子跳起来，紧紧地把她抱在怀中。

凌晨四点零七分，窗外下着暴雨，雷声闪电交错，楚歌开着窗让食物的油烟散出去，是土豆茄子和猪肉，不是夜宵，是准备明天随时吃的时候热一下方便，房间的灯泡坏得只剩下一盏，是灶台水池上的暖色灯泡，有些温暖的发热。路灯也熄灭了，连它都休息了，尽管很累，他们两人还是舍不得入睡，躺在床上瞪着眼，听着滴答拍打窗户的雷雨声，楚歌想，这就是他们的黄金时代吧。

天亮了。

当一件事情你做到一定程度后，你开始觉得会有赢的感觉。

这一次，他们两人都提前嗅到了胜利的味道。

所谓追梦，就是在经历100次绝望之后，第101次打火、上路，让信念坚持下去，梦想总会实现。

所以有人说，佛教没有神，只有觉悟的人。佛不在经里，佛在路上。

领仕广告兵不血刃地拿到了那笔生意，这个年轻的黄金组合再次惊艳全场，震惊北京广告圈，没有广告公司不想挖他们出去。

结束比稿的那个晚上，整个创意团队出去喝酒庆祝，楚歌感冒了，提前回到家中。他一个人躺在床上，随手从堆积如山的杂志里面翻出来一本过期的《广告档案》，翻了几页，有点困意，正要睡的时候，忽然在不起眼的某页里面瞥见了一个似曾相识的画面。

他一个激灵，盯着那副广告作品看了半天。

尽管形式变化了，但是核心创意如出一辙，那时互联网远没有现在发达，代理商是委内瑞拉的一家名不见经传的广告公司。

不用说，权俪的创意，显然就是抄袭这个创意的结果！

楚歌心如死灰，一旦这支被客户确认的广告进入制作阶段，动辄上亿预算的投放不是说停就能停的。

楚歌没睡觉等着权俪回来，但没想到她的反应淡淡的，并没有觉得这有什么不合适，“楚歌，现在这支片子对我们有多重要，你不是不知道。我们不是说好作为搭档一起去洛杉矶工作一年的吗？这就是我们的梦想，那里是创意人的殿堂。”

“不错，那是我的理想，只不过我不希望以这种方式去，如果我们去了，那么一辈子都会生活在这个阴影下面不是吗？”

“每一年都会有变数，明年全球轮岗的机制就会调整，我们两个人去的机会就没那么多了。现在林宗诚的美国老板还在位置上，可是明年我听说会换人了，那么他的话语权也没有那么重要了。”

楚歌这时才得以认真看着她，事实上，一直以来都是权俪包容着他，甚至聪明的她都会让他以为自己是主宰，只有到这个时候他才能够看清楚，原来她才是掌握这段关系的主人，他只是她的附属品。

不同于权俪对西方创意环境的期待，楚歌一直坚定地认为全球广告市场的未来在东方，在中国。更多消费品、更多科技产品的诞生，都是在这片充满活力的土地上，而不是那个已经成熟几近于红海的市场。

“我想和你说……如果你一定要去报奖的话，就去报吧，我放弃署名。”

“可是你也知道这个奖项有多重要。”她看着他寸步不让，面对想要的未来，即便身边是喜欢的人，她也在所不惜。她气鼓鼓道，“楚歌，我告诉你什么是原创！原创分为两步：第一，抄袭；第二，抹去痕迹。”

权俪这句气话就像是一枚重磅炸弹，丢在了楚歌心里，迅速把他的理想国湮灭：“我今天忽然发现，我根本就不认识你……”

权俪眼神中充满了错愕，她是真的爱他，她也希望两人可以在一起：“楚歌，你的意思是放弃奖项，也放弃去美国总部的机会对吗？甚至你要放弃……”

楚歌一字一顿道：“我只是希望你，别忘了我们之间对于创意理想的约定——保持到最后的激情，和忠诚于最初的灵感。”

她以近乎哭泣的语调反驳着：“可你为什么要这样对我……我承认我可能有心机，但是那都是对别人，对你，从来没有过！你以为我喜欢把这个真相告诉你吗，我比你更厌烦抄袭……但我不忍心看你每天不吃饭把自己熬到那种程度……”

“我不想听。”他执意关闭了台灯，转身睡去了。

沉默，无语。谁也不肯对谁松口。

“你不觉得这些天为了这个创意，我们都快要失去爱的能力了吗?”良久，黑暗中，权俪突然抛出来这句话。

她的手抚摸着他，那双纤纤玉手向他的胸部与腰部缓缓地推进。

他没办法拒绝，难以抑制地吻着她的双唇。她紧紧地搂着他，他抚弄着她的秀发，她的气息，如此迷人。他们在这狭小的空间中缱绻着。

楚歌把她压在身下，他不知道该说些什么，只知道唯有拼命去爱她、要她，才是现在最应该去做的事情。他使劲亲下去，动作变得粗暴，并不像他外表的样子，好像在发泄什么，但她已经无所谓底线，只想要宠溺他，尽可能地给他。

楚歌抚摸权俪的手法十分细致，仔仔细细，从上到下，他知道每一部分的构成，每一颗痣，她自己都不曾留意的一点点胎记，他一点点亲过去，轻轻咬，他知道到哪里她会求饶。

夜里是藏蓝天色和银钉星星，她咬住嘴唇，轻声长啸。

那天晚上他比平日更狠了些，毛毯都被扯到地上。她心里痛着，身上痛快着，她知道离分开的时候不远了。

某个瞬间他们彻底地结合在一起，酣畅淋漓，视天地为无物。

楚歌的预感是对的，那是他们最后一次在一起。

后来的故事波澜不惊。尽管这个案子没有帮助领仕北京办公室拿到历史上的第一只戛纳创意金狮子，但是也斩获了很多其他重磅奖项，有了这些加持，权俪如愿去了洛杉矶办公室轮岗。

那几年，正值中国互联网公司扎堆在美国上市，品牌的力量受到前所未有的重视，能够理解两国文化的创意人才更是各家广告公司都拼命追逐的对象。权俪做得非常出色，不到两年时间，她跳槽去了当时领仕在北美最大的竞争对手 PRIME。

“可能在复杂的世界里，根本没有特别好的人。我会庆幸过去的时间认识你，同时带着惶恐和不知所措进入了新年。烟花易逝人常在，希望你是可以常在的人。”

这是 2015 年跨年那一天，权俪写给楚歌的最后一段微信文字。

后来，两人再没有聊过天。

再也没有。

两人感情仓促结束，再加上突如其来的提案语言障碍，楚歌陷入了某种意义上的一蹶不振之中，似乎再多奖项的肯定也调不起来他的精神，他也找不到合适的搭档。他醉在深夜睡到午后，醒来依旧无限惶恐。于是把工作交给培养出的副手秦澈与麦翎，开始摸鱼混日子的生活，逐渐泯然众人矣。

一年半后，楚歌在某个行业网站上面浏览到了一则简短的新闻：

PRIME 纽约总部自创立以来首次提拔了一位女性的执行创意

总监，再度启用了双 ECD（执行创意总监）模式。此前在领仕洛杉矶办公室担任创意总监的权俪（Lissy Quan）已经正式宣布加入 PRIME，担任洛杉矶 PRIME 的执行创意总监，与今年 5 月刚刚加入公司不久的 ECD（执行创意总监）Alex Blackie 组成创意部门的领导组合。

作为一名土生土长的上海人，权俪自 2007 年入行起，先后在领仕北京办公室担任文案/资深文案/创意副总监，并于 2012 年 1 月正式加入洛杉矶 PRIME 担任创意总监，至今仍保持着行业最年轻的女性创意领导者记录，并且斩获了包括 Clio、戛纳创意节、One Show 等在内的全球顶尖创意奖项。

除了创意人的身份之外，权俪还是一位独立艺术家，她是中国首位将当代艺术引入到广告领域的跨界艺术家。其强大的艺术冲击力和事件影响力，让前卫艺术真正进入公众的视线，成为改变社会的新力量。

在五年多的职业创意生涯中，她曾为多个知名跨国品牌创作整合营销传播战略，同时她也根植中国市场为多家本地品牌创作了多个脍炙人口的广告。她是一位跨界在艺术和广告之间、倡导人文主义广告精神的创意人。

PRIME 在全球网络内始终不懈为女性员工地位和权利努力。在今年早些时候，PRIME 刚宣布任命同样为女性的 Celeste Headlee 为 PRIME 纽约总裁，与权俪共同负责 PRIME 纽约办公室的管理。

5

当你爱一个人十分，却只表达出了一分，倒还不如只爱他一分，却表达出十分。这就像古斯塔夫·勒庞在《乌合之众》里面提及的那样——人们始终有一种错觉，以为我们的感情源自自己的内心。广告或许并不能够制造出假象，但它可以无限放大谎言、刺激欲望。它为一切原来错和不好的东西附上了新的意义，把世上一切原来不对和差的东西都变成人们趋之若鹜的对象。

那么，广告的本质是什么？在楚歌看来，无非四个字，七情六欲。

权俪走后，他才意识到一个严重的事实：当自己的感情蒸发掉之后，广告的灵感与才华居然也被一并带走了。

他出现了语言表达上的严重障碍。

起因是那段日子他总是躲在丽都附近一间小酒吧喝酒喝到天明，有天回家的时候，头撞在了楼道里一根不起眼的柱子上面。当时醉酒没意识到，醒来后先是痛，尔后接了朋友一个电话，词不达意，他完全没放在心上，以前喝酒喝多了，第二天脑子也会出现短暂僵化的现象。对权俪离开的伤心，在那段时间里占据了他绝大多数脑容量。

从前楚歌提案时从来都不打底稿，直接看着 PPT（演示文稿）上的关键词现场发挥，但接下来给一个重要法资汽车客户提案时，面对着台下十几双眼睛，他发现自己的语言能力根本不能把自己的想法表达出来，只能按照方案上面的文字念。他讲得七荤八素，完全不着边际，看得林宗诚心急，只好亲自上场在众目睽睽下重新讲了一遍重点。

事后林宗诚没有怪他，以为他是情场失意，不在状态。只有楚歌自己清楚——“欲速则不达”这个棘手问题，出现在这个频繁提案需要语言表达的行业里，是一种什么样的灾难。

这个故障只出现在提案现场。其他时候一切都再正常不过。只是记忆力没有以前好了，想一个词会想很久。

为此，他专门去看过医生，各种仪器查了半天，没有查出什么明显的症状，这和典型的深度影响患者语言表达能力的“失语症”还不太一样——那是与语言功能有关的脑组织病变。诊断的结果是还不能完全确诊，医生说或许属于运动型失语症前期，受损时会部分丧失口语表达能力。但是脑子本身是正常的，一定不是天生，而是后天脑子受到冲撞与刺激之后才陡然形成的，确实会遗留一定的语言功能缺陷。

莫非是自己写文案写得太多，脑子枯竭了，口头表达能力才会这样？当他看到也写过广告文案的李诞能够成为脱口秀教父，口吐莲花谈笑风生，看到自己数不清的同行既能写得一手好文案也能够流畅地表达自己的想法时，他放弃了这种怀疑。由于自己文案写多了造成脑子空洞，公众性表达变得十分吃力，这个说法显然是站不住脚的。

他变得十分怅然若失，很长一段时间里他不停地做梦，梦到自己身处于一个外表呈洋葱状的巨大圆拱形建筑，当他走到建筑内侧，像是剥洋葱一样一层一层地下去，到最后发现，空气里充斥着的味道是无比辛辣的，但是最里面的里面，完全就是空心的存在而已。

后来每次遇到非他出现不可的提案，楚歌都会小心翼翼地在PPT（演示文稿）的备注栏里面写满他要讲的话，每次他站起来的时候心里还是无比紧张，心都会提到嗓子眼儿。他再也不敢随意借题发挥，只能是照本宣科地朗读着备注。他会演练许多遍，这样才能让他的内心收获安全感。下属偶尔会瞥见他的演讲者模式，都以为老板实在是太认真了，每次提案都把台词写在PPT（演示文稿）上，但是谁也不知道原来是他内心压根儿就没底。

楚歌自己也没想到这玩意就像是吸毒嗑药，一旦上瘾，就再也收不回来了，他戒不掉了。再后来，秦澈和麦翎崛起了，他也就懒得去一线亲自提案了，只是在会议现场指点江山一番也算是过去了。

他闲来无事，一个人躲在家里看权俪在公司“碟仙”手里购买的《广告狂人》光碟。那时这部剧集还没有在艾美奖上获得16项提名，只是对于设计极度敏感的权俪被封皮上那个落寞的男人背影所吸引。介绍只有寥寥几句，20世纪60年代，纽约，麦迪逊大街上的广告人的故事。

首季结尾的时候，黑暗的会议室里，丹用柯达公司新开发的轮盘幻灯机，给客户一张张放家人的照片，“我的第一个撰稿人老师是个希腊人，叫特迪，他告诉我说，人与产品之间的深层纽带是怀旧之情。怀旧之情，在希腊语中意指旧伤口的隐痛，是比回忆更为有力的心中刺痛。这个机器，并非太空船一般的高科技，它是一个时空机器，往返于过去与现在，带我们去到一个勾起痛楚的地方。它不叫‘轮子’，它叫作‘旋转木马’，它让我们用孩子的方式来旅行，一圈又一圈回到家，回到那个我们被爱着的地方。”

他那么安静地说着，却像眼角有泪光的样子。

楚歌也看哭了。

我们真的可以回去吗？

李奥·贝纳、大卫·奥格威所代表的广告黄金年代，早就一去不复返了。

天亮了。

第一轮阳光已经喷薄而出。

一宿没睡的楚歌终于写完了这封邮件。他站起身，打开窗户，凛冽但清新的空气立即钻了进来。

没办法和他人提及，楚歌总感觉胸口被什么东西堵着，压得他喘不过气。他想过离开，但又不清楚自己到底要去哪，只是心里总有个声音一直在重复：

“你不属于这里。”

一个世纪前的 1918 年 11 月 7 日，梁济自杀前三天，已经下了决心的梁济问儿子梁漱溟："这个世界会好吗？"彼时在北京大学任哲学讲师的梁漱溟回答说："我相信世界是一天一天往好里去的。"

"能好就好啊！"这是梁济离家前，最后的话。

这个世界，真的会好吗？

楚歌摇了摇头，临出门前，把写好的邮件发了出去。

6

秦澈又是一夜未归。

马萨迪电动车上市迫在眉睫，尽管沈素被当众带走，前途扑朔迷离，但是原本计划好的上市进程并不会因此而改变，白思琪成了新的总指挥，所有的重任都压在了她的身上。

白思琪要求秦澈 24 小时随叫随到，他实在苦不堪言。身为客户总监的他还负责部门其他三个客户，每天向他汇报的团队可以休息，但是他不能休息，团队遇到问题他总是第一个在前面挡着。秦澈很累，虽然他赚取了丰厚的回报，但是他偶尔也会怅然若失，羡慕楚歌的那份潇洒。

秦澈看了看表，清晨 6 点整，他喝光了杯子里剩余的黑咖啡，努力驱赶那份睡意，就在这时，邮箱里忽然跳出来一封新邮件。

标题：给所有知道我名字的人们。

发件人是楚歌，邮件是他一分钟前刚刚发出来的，秦澈甚至能够感到这封邮件还未散去的温度。

在秦澈的印象中，楚歌已经有一个多星期没有来公司上过班了，关于他最近满城风雨的传闻，秦澈多多少少听说了一些。对于这个部门老大，秦澈百感交集，五年前那个雨后的下午，领仕（中国）在学校举行的校园宣讲会上，楚歌穿着一件帅气的灰色休闲西装，讲述着属于他的理想国和以梦为马的自由。台下不少女生都很痴迷地望着他，很多原本根本不了解广告为何物的同学也报名了，这其中就包括了刚刚拿到毕业证的秦澈。

秦澈连忙点进去浏览这封邮件的内容。

给各位亲爱的朋友：

天下无不散之筵席。

过去的十年里，我在公司收到过无数封来自同事们的各式各样的告别信，而今天，终于轮到我向大家告别。

十年是一段不短的时光，占据了我已走过的人生路中三分之一的时间。告别这样的一份工作，我的心中，不是“不舍”二字可以涵盖的，而领仕对我人生的意义，又何止“工作”二字那么简单。

今天是我在领仕的最后一天，由于种种原因，不得不和大家说再见了。

写邮件的时候，过去在领仕的每一幕都在我脑子里面盘旋着，我记得每一次彻夜不休的争论辩驳，记得每一次短兵相接的提案现场，记得每一次集体旅行的无拘无束，记得每一次毁誉参半的年会造型。我早已经见惯了聚散无常，但是难得这么一群人在这里坚持了那么久。我总是很擅长做离别的欢送派对，但是发现当这一切轮到自己的时候，还是有很多不舍和难过。

临走前，看到笔记本里面存着80G方案，原来这就是我过去在这里奋斗过的所有证明。十几个小时后，这个邮箱将会被永远注销掉，所有的邮件都会显示发送人失效。

我常对别人说：迎三步，送七步。这样离开的人，有怨，但无恨。

这次终于轮到我对自己说了。

我不太喜欢回忆，但是我很高兴自己能够成为偷走你们回忆的人。

记得每次年会后大家拼酒醉倒、互诉衷肠，好像再也见不到一样，结果第二天所有人正常去上班。记得有一年年会第二天有一个非常重要的客户会议，我开会开到一半忍不住去吐。

记得北京公司最大客户竞标胜利后，我们当时的心情简直就是像疯掉了一样，所有人像磕了药一样哭了，因为这个标赢得太不容易。曾经参与过的人都知道这其中的五味杂陈。还好，我们挺过来了！

我们一起说过“赢则举杯同庆，输则拼死相救”这样的豪言壮语，当然也遭遇过各种冷语、各种挑战，还好我们一起坚持过来了！

不曾红到骇人听闻，不怕黯淡无人来问，这或许就是我们这里所有人的写照，这或许也是今天这个行业的真实写照。

我们存在着，但我们并不是拥有最闪耀光环的那一个。

最后，感谢公司，让我们相逢。衷心地祝福每一个人，不管你今天身处怎样的境遇，认真选择，努力负责，最后总会收获稳稳的幸福！

十年，在领仕最快乐的事，都是那些与爱有关的事：深爱我们的公司，深爱客户，深爱支持我们伙伴，深爱我们所从事的事业和公益，以及一代又一代领仕人之间永不间断的相爱相助。至于我自己，在有幸历经这些爱之后，觉得人生圆满。

十年，千言万语，唯有感谢。

各位，江湖很大，圈子很小，不说再见，后会有期！

“吱”地一声！

楚歌办公室的大门打开了，他缓缓地走了出来。坐在工位上的秦澈本想和他打个招呼，但是神情恍惚的楚歌并没有注意到自己，带着憔悴的神情默默离开。

秦澈心中有些失落，但他还是朝着楚歌的背影喊了一句：

老大!

那背影停顿了一下子，看得出来有些犹豫，但最终还是没有转头，脚步匆匆地离开了公司。

第四章　取消关注

1

从走进看守所到被放出来，沈素花了整整 67 天的时间。

她的律师苏晓冉对她说，沈素，你的问题终于解决了。

言下之意，你终于可以出来了。

走出看守所之后，她看到整片天都是湛蓝色的，她狠狠地呼吸了下外面凛冽的空气，差点儿哭出声音来。

那年夏天，阳光耀眼夺目，海风拂面，岁月静好，而她的心里，空空如也。人生第一次感觉彻底自由了。没有工作，没有朋友，没有社交，没有下属，没有老公，没有老板，自由到一无所有。

她一个人在看守所门口张望等待许久，没有人来接她。

为了向警察证明自己的清白，她把能够提供的证据都提供出来了，包括她的微信聊天记录、信用卡消费记录、携程机票酒店记录，活生生的一个人，就这样将自己全部都抛了出来，来不及掩饰，也不能掩饰什么。

只剩下赤裸裸的一个自己，以及抛却所有身份的一个 36 岁女人。

仅此而已。

警察把手机放在她手上，对她笑着说：“沈素，手机帮你充好电了，你现在自由了。你可以去过你想过的生活。”

沈素出来后第一件事情就是去查了下银行账户，还好，还剩下五万块钱。

她不得不把过去的生活拦腰剪断，抛尸荒野。

没进看守所之前，沈素的生活是另一种样貌。

她是典型的精英女性，身高 172 厘米，喜欢穿 10 厘米的高跟鞋，擅长像装甲车一样把自己开进会议室，做出一副居高临下、张牙舞爪的姿态做提案、跟同事探讨争论、与合作伙伴谈笑风生。

广告行业最鼎盛的那些年，熬夜、通宵都很正常，每天买咖啡的钱就要 72 块。她习惯一天喝六杯美式咖啡，一口闷之后，心脏在五脏六腑里乱窜，十分钟后稍微平静了，再继续加班。往往在凌晨三点，办公室的灯都还亮着，大家大眼瞪小眼，看似睡着了，其实还在头脑风暴想创意。天一亮，提案做好，她回家洗把脸，换身衣服直奔机场。

这样高强度快节奏的生活并没有给 20 多岁的沈素造成困扰，

相反，她觉得自己精力充沛，每天都很有干劲儿。这种所谓的干劲儿既来源于不断提升的职位，也来自隔两年就要涨一次的薪水。每次下班路过国贸商城，看中几百块的香水，几千块的鞋子、护肤品，几万块的包包，都可以任性地买买买。

在那时的她看来，买东西并不是对自己的奖励，而是补偿。消费就是最快获得快乐的方式，一手交钱一手交货，她没有时间去寻找别的快乐。

现在，现实的剧情反转得精彩极了。

那些赃款一部分被杨峥糟蹋得差不多，还有一部分和他一起不翼而飞，自己这些年的积蓄都被法院强制划走，进行了赔偿，最后这五万块，她查了下账户来源，应该是前东家把最后一笔年终奖打给了自己。

站在十字路口，她有些迷惘，不知道自己接下来的路要怎么走。

回家的出租车上。司机和他的朋友在电话聊天，提到马上要到中秋节了，自己在淘宝上挑了好几天，就为找到他妈妈喜欢吃的云腿月饼和籽特别大的石榴；他媳妇跑了好几个市场买了特别甜的葡萄和苹果，还给他爸偷偷准备了两瓶红酒，说老两口肯定特喜欢。一个大老爷们，提到妈妈的时候，声音变得特别幸福和温柔，最简单的幸福！

听得坐在后排的沈素眼眶都湿了，心里不由得感慨自己年纪大了，感动总是来得猝不及防……

她想起来应该给父亲打个电话了。

父亲接电话的时候，显得有些迟疑与困惑，但也并没有表现出什么意料之外的情绪，一上来第一句话就是带着浓厚湖南湘音的质问声："闺女，你怎么想起来打电话给我了，生活费已经有一个多月没有打过来了，你没出啥事儿吧？"

"哦，我没事，我这段时间一直在国外出差，信号不太好的原因吧。"沈素含糊其词地糊弄着。

"没事就好。"父亲沉默了半晌，"闺女，我给你打过几次电话，都没有人接，我还挺担心的。"

沈素鼻子一酸："我没事，你身体还好吧？"

"你放心，饿不死我，你之前每月给我的钱，我都还留着呢，我现在每天打打麻将，也能赚不少钱的，孩子……"父亲的语气中居然充满了骄傲。

她顿时有些哭笑不得。

2

放下电话，沈素不由得怅然若失。

父亲在她手机里面显示的名字是谭先生，警察也想不到这个人居然是她的父亲。姓不一样，名字更是客气得就像是一个陌生人。谁能够想到这个人居然就是她的亲生父亲呢。

是的，没人可以想得到。

自己忙于工作这些年神龙见首不见尾，有时候杨峥时常跟她抱怨：“咱俩结婚之后，男人跟女人拿到的剧本是截然相反的，你的剧本就是工作、工作、工作，而我拿到的剧本就是洗衣、买菜、做饭、做司机、装修家、照顾老人。”

在办公室这些年，她早已经习惯了出入各色五星级酒店，点各种昂贵的外卖，和杨峥结婚这些年，也没有过做饭的习惯，想来他所积攒的愤怒也不是一朝一夕的了，自己不会做饭，不会洗衣服，不会给公公婆婆好脸色，不会过年给老家人百年敬酒，甚至不会……生孩子。

不过，即便站在这个角度，她还是难以理解为什么杨峥要这么做。

听到是杨峥举报自己之后，沈素的身体内好像有什么重要的东西断了线，整个人就此飘飘然荡向无所谓的方向。

如果真的如他所愿，现在她应该在高墙之内，而他在高墙之外逍遥自在。两个人接下来应该也不会有任何牵绊了吧。在看守所这段日子，除了应对警方的问讯、见律师之外，沈素几乎没怎么说过话，她自闭得可怕，一夜白头。

她拼命去想，到底为什么，出于什么动机，杨峥能做出这种事儿？他外面有别的女人？这些年他对自己一直心生仇恨？默默找一个机会报复自己？他现在到底去了哪里？他的父母早已不在国内，这涉案金额远远超出了她的想象——据说有数千万元人民币。

根据律师苏晓冉的猜测和警方公布给她的部分事实，杨峥这些年在外面打着自己的旗号，和朗睿集团长期合作的数家核心供应商钩挂颇深，和对方私下里要钱。只是，沈素死活想不通的是，杨峥并不能左右每次竞标的结果，为什么他能够让对方心甘情愿付出返点呢？

除非……自己部门里还有人和杨峥沆瀣一气！

想到这里，沈素倒吸了口冷气，如果那样的话，这个人到底是谁呢？自己的麾下一共有四位总监级的员工，负责市场的白思琪、负责品牌公关的虞凯、负责媒介合作的苏拉，以及负责活动的方婷。

还有和自己最为亲近的助理——南希。

想来想去，没有结果，只好作罢。

想到不久前，杨峥还在给自己庆祝 35 岁的生日，沈素更是不由得心惊胆战。结婚这些年她不仅从来没向他要过一分钱，还一直支撑着家里的财务状况。杨峥曾经是主编，但是那已经是过去的事儿了，报社关门了之后，他并没有像他大多数同事那样转型，去做新媒体或者直播，而是一直都高不成低不就地晃晃悠悠，热衷于奔赴各种看得着、看不着的酒局。

实在想不明白，沈素倒也懒得去想了。

一切都是天命。这人，真的是得信命才行。

沈素告诉自己，他失踪不见了，就不见了吧，等过了两年，就可以自动离婚了。沈素在看守所时，有一次梦到两人在法庭上对峙。杨峥死死咬住两人就是一起消费了，而且都是沈素指使他的，她百口莫辩，但她确实没有做过。在梦里面，杨峥最后判了四年五个月，沈素叹息不已，唉，何必呢。

现在，终于调查清楚了。

没做过就是没做过。

她始终没弄明白杨峥为什么要这样对她，即使两个人感情最困难的那几年，沈素都没有想过要分开。

沈素搜了搜手机，看到各色新闻里面有各种关于自己的传说，各种编排出的阴谋论的始作俑者，她只能苦笑，其实没有人在乎真相。所有你听到的，都只是观点，而不是事实；所有你看到的，都只是视角，而不是真相。

看到自己成为各色行业新闻的主角，她内心五味杂陈，不少媒体都别有用心地放上了昔日自己挥斥方遒、意气风发时的照片，那种强烈对比，在某个时间段里甚至令她沮丧到想自我了断。

在看守所里，她是真的厌倦这望不到头的隔离，但她还是感恩这缓慢、悠长和寂静。从接受的那一刻起，恐惧就像橱里的妖怪一样彻底消失了。

推开家门，里面一切如故，就像什么都没发生过一样。一层淡淡的灰尘铺在上面，警方来这里调查过，后来就一直空着。阔别三个月的家里，她嗅到了一丝既熟悉又陌生的味道。那些杨峥养的花，该凋零的凋零，该死去的死去。

她只能在空气中，闻到一丝丝霉味。

眼泪顿时像开了闸似的夺眶而出。

就在这时，门外突然响起了剧烈的敲门声。

3

面对眼前这份从天而降的抵押贷款协议，沈素再次怔在了那里。

先前，她想象过无数个糟糕的可能。

但是，她没想象过自己即将面临无家可归的局面。

担保公司派出来的，是一位高个子戴着眼镜的男人，穿着西装，文质彬彬，但是再怎么隐藏，眼神中总透着一丝匪气。

他身后是四个工作人员，看样子都不是什么好对付的角色。

男人说话声音很轻，四川口音，软绵绵的，听起来却很刺耳："不好意思，沈小姐，您的情况我们后来也知道了。但是合同在这里，我们就是按照合同办事，请您理解。"

沈素的呼吸开始急促起来，她挥舞着手臂道："房子是夫妻共有的，他凭什么自己处理掉？我不认可！不认可！"

对方的语气冷冰冰的，客气之中却没有一丝一毫能够商量的余地："沈小姐，我们非常理解您的心情，但是很遗憾，我们这里有您签署同意的文件。”

后面的工作人员将纸质合同双手递了过来。

沈素拿来一看，落笔的地方，还真是像极了自己的笔迹。

她脑袋快速转了一圈，不对，自己绝对没有签署过这样一份文件。

显然是杨峥模仿自己的笔迹！

沈素心里诅咒着杨峥，嘴上笃定道：“很遗憾，我没有签署过这个文件，我要和你们打官司。”

来人心理素质很好，似乎早已对这种来自夫妻双方的争议见怪不怪：“沈小姐，我们就是按照合同办事。如果您有异议，我们只能法院见了。”

“你是在吓唬我吗?!”沈素的嗓音不由得高了几分，几个月来压抑的所有委屈和愤懑全部爆发出来。

那人退后了几步，面不改色道：“沈小姐，您别激动，我只是告知您。但是如果您不配合，我们就走正常流程!”

“你们给我滚出去！给我滚出去！现在立刻马上!”她最后一点点儿理性也丧失了，朝着不速之客们吼道。

来人看到沈素情绪不对，口气也软了下来：“沈小姐您千万别激动，这样，我知道您有点儿接受不了，我们今天先回去，改天我再和您联系!”

咣当一声，门重重地关了。

赌气归赌气，她赶紧上网查了下相关婚姻法的解释，上面白纸黑字写明——夫或妻非因日常生活需要对夫妻共同财产做重要处理决定，夫妻双方应当平等协商，取得一致意见。他人有理由相信其为夫妻双方共同意思表示的，另一方不得以不同意或不知道为由对抗善意第三人。

虽然态度强硬，但是她心里也清楚，这个房子，很可能是保不住了。

沈素躺在沙发上，一动不动，气都喘不上来。

正对着她的客厅茶几上面，摆着一只《千与千寻》中无脸怪的手办，那是五年前杨峥去东京旅行回来送给她的。她与那只摆放在桌子上的无脸男对视着，它的眼中充满同情。

在千寻的世界当中，无脸怪是一个很特别的角色，象征了空虚与寂寞，而它是最原始的存在，并无好与坏之分。无脸男是吃了河神给的丸子开始呕吐的。他吐掉了所有的欲望和虚荣，回归本来的自己。

想到这里，沈素内心不禁感到一阵阵绝望。

她曾经是那么爱杨峥呀，爱得奋不顾身，爱得义无反顾，沉迷了十年的光阴。想起他们决定结婚，和他妈妈第一次见面，吃饭间杨峥起身去洗手间，他妈妈突然抓住沈素的手，问她："孩子，你到底爱他什么啊?!"

"杨峥，我到底爱你什么呢?"

作为一个记者，那个时候的杨峥，还没有学会追在公关的身后要合作费用。每次聊起来他顶住压力报道了某家上市公司黑幕，最终导致这家公司对受害者作出赔偿，那就是他最开心的时候。作为昔日的战地记者，他曾经化作孤胆英雄，置生死于度外来获取独家报道，为此他的左腿落下了终身残疾。

沈素懂他的心情，她就是爱他这份理想主义。

现在，全然变了，变得面目全非，完全不认识了。再也没有家了。杨峥也不知所踪。

自从第一次见到他，沈素就感到自己失明了，无论看向哪里，都只能看到他，就像在醒着的梦里，他的形象在眼前盘旋，从最深的黑暗处升起，越来越亮。沈素就这样被自己的幻想裹挟向前，她无法想象当初与杨峥做过的一切，渴望被他拥抱，渴望与他耳鬓厮磨，渴望看到他的眼睛，渴望听他说一切关于他的事情。

现在什么都变了。

真想找个地儿把自己藏起来。

藏起来，裹起来，度过一个漫长的休眠期，敲掉厚厚的硬壳，恢复到原先的模样。原先的模样，天真莽撞到不要命，敢爱敢恨到无设防，多好。

好了伤疤，还记得疼，才是那些强烈的痛觉最严重的伤害吧，她对自己说。

4

“所有东西都留在地下室里了。”

被法院强行执行后，这栋别墅迎来的新主人是一位精致的上海女人。她操着一口并不标准的普通话，热忱又有些絮叨：“我得知了你的事儿，很遗憾。我还和我老公说，简直不敢相信这世界上还有这种男人，真的不得好死。”

沈素脸色冷冽阴沉，身上散发出来的气息可以把周围的空气都冻住，但是嘴上还只能客气道：“我的这些东西，您没有丢掉，我已经非常知足了。”

女人嘀咕着：“那正好啦，你一次性带走吧。”

“不了，我就带些衣物就好了，其他那些东西，您随便处置吧。”沈素盯着地上自己的影子，低低地说。

对方大抵也听不大清楚，又和沈素说了几句话后就继续去楼上盯着工人的进度去了，不时发出几句她听不大懂的上海女人特有的牢骚。

原来杨峥背着她，提前半年就将房子抵押了出去。对方是一家规模中等的担保公司，手续齐全，并无违规。

这要追溯到八年前，他们筹备婚礼的时候，那阵子北京房价一直在涨，两人不得不提前买。沈素资质不够，杨峥却可以，她没有犹豫，一股脑把积蓄全部给了杨峥。

但由于没有结婚证，所以房产证上的名字至今只有杨峥一人。

担保公司手续齐全，贷款到期联系不上他，都以为被骗了，慌张之中找到了从看守所里刚刚出来的沈素，结果双方产生了剧烈冲突。担保公司没办法，顺理成章地申请了法院强制执行。

新的买家是一对在北京做生意的上海夫妇，杨峥走的时候，将东西和家具原封不动地留在了房子里面，新主人看着扔掉着实可惜，干脆将所有东西打包放到了地下室里面。

沈素将这一切摆到地板上面，衣服、鞋子、书、文件、帽子、心爱的小摆饰……一本大册子从柜子里掉出来，是沈素与丈夫杨峥的相本。

她翻开看了后，才发现他们两人的合照是这样少得可怜。

有一张泛黄的照片跌落出来，这是13年前她刚读书时的模样。那年她22岁，满脸溢出来的胶原蛋白，混迹于一群叽叽喳喳的毕业生当中。身材高挑的她，在人群中显得格外突出，瞪着那双漂亮的大眼睛，充满好奇心地看着即将迎来的新世界。

沈素突然觉得她什么都不想要了，包括那只陪了自己十多年的蓝色咖啡杯。多少个清晨，她捧着这只杯子，啜饮着滚烫的手冲咖啡，坐在办公室里面凭窗眺望远方，这几乎是她一天之中最为惬意的时刻。

但她现在，连回忆也不想要了。

心如死灰。

踏出房门前，沈素不舍地看了一眼房屋里的一切。

这些都是她一点一滴堆砌出来的。

那房子伫立在那里，空气中的味道却悄然间发生了变化，新主人正指挥着装修工人大刀阔斧地改造着原来的模样。

很快，就会彻底看不到自己居住过的任何痕迹。

生活总要继续下去。

离开那儿的大巴上，沈素从大众点评上随意找了间便宜旅店，住了进去。放在以前，打死她都不会考虑这种廉价的旅馆，里面都是那种绿色黄色的粗粝颜色，再没有那种高雅的下午茶和行政酒廊去消遣，只有行色匆匆在这座城市短暂停留的过客们。

她根本不想在屋子里停留，简单收拾下行李，没有任何目标，开始在北京街头漫行。

以前是没时间去欣赏北京的夜色，现在，自己手上有大把大把用不完的时间可以去挥霍。

她走在望京东路的路边，再往前就是灯火通明的望京 SOHO。打扮得相当华丽的男男女女，与她错身而过，看见她，却看不见她的落魄。

夜幕下的北京，谁也没有义务去多看别人一眼。

望京 SOHO 楼下，阜安西路人行道，一辆汽车的后备箱被改造成简易的酒吧，雄踞在整个街角，炒菜、烤串、汉堡，自备的下酒菜不时传出香气。

沈素凑过去一看，移动小酒吧里只出售最简易的调酒，用一次性便携塑料杯装满，摊位唯一的装饰就是车体和小黑板上挂着的两串灯泡。条件简陋，却不断吸引人们粘在这里，好奇的路人也不断停下脚步，有的则是加入其中。

夜色笼罩下，年轻人从望京的各类建筑物里鱼贯而出，在街头巷尾的韩国料理和饭桌酒席之间，疲倦运转的城市机械得以暂时歇息。

照理说，她应该了无牵挂，像风一样自由。但是她的心为什么像叠满铅块一样沉重不堪？

因为人不是风。

在这个城市里，要活得像个人，就得要有工作、有钱、有住所。简单地说，要有一个身份，然后才能成为一个人。

不远处，奔驰戴姆勒大厦楼顶旋转着的三叉戟徽标，折叠在这片魔幻的区域。附近有一家711便利店，门边躺着一只黄色、短毛、黑嘴的流浪狗。这只狗很自在地侧睡着，袒露出它曾经哺育过小狗的胸脯。进出超市的人不得不跨越过它，但杂沓的脚步一点也不惊扰流浪狗睡梦中沉缓的鼻息。流浪狗是卑微的，它就这么接近霸道地接受它卑微的命运，很舒坦地浪睡在街头。沈素一直瞧着它，有一点心酸，有一点羡慕。

人不是风，人甚至不是狗。

那一刻，她觉得自己像极了这只流浪狗。

沈素看了看手表，晚上十点过四分，这混乱又漫长的一天还没有过完，夏季的风中，她内心一动，忽然想去老东家朗睿大厦那里去看看。

好像是夜色中的一头怪兽，总在她心头挠着痒痒，牵引着她。

没有公交车了，她狠了狠心，叫了辆出租车。

车来了。

后座的她微微侧着头，看着整座城市的流光溢彩在眼前划过，哦，对了，今天是妈妈的生日。她想起来上幼儿园的时候，有一次父母发生前所未有的剧烈争吵后，妈妈抱着熟睡的自己，离开了那个称之为家的地方。

记忆中妈妈似乎经常换工作，回家很晚，脸上总是充满疲惫。

沈素很懂事，知道妈妈一个人撑起来了这个家。被生活所困的她经常累得彻夜地咳嗽，说自己得病了，但具体得了什么病，又不让沈素知道。

尽管她心里有预期，但是那一天还是到来了。

弥留之际，妈妈对她说："我走了，你要学会照顾自己。"

听到这话，沈素在医院里瞬间破防，眼泪泉涌而出，床单都湿透了。没有经历过生死的人，是很难理解理性与感性的界限的。黑暗中的那一刻，沈素仿佛回到了30年前，回到了母亲最后的那段时光。

母亲在她为数不多的印象里，似乎一直很理性，以至于沈素的脑海里并没有多少她的片段，除了别人反复跟沈素讲的关于她的一些故事。母亲从来没有打过沈素，似乎都没有骂过她。

突然醒悟，哦，自己的母亲，也还是对她感性过的。虽然，沈素从来没有见过她流一滴眼泪，也从来没有过一次正式的交谈。

沈素的母亲陪她最多的时光，就是在自己人生的最后几个月。当然，大多数时间也还是和父亲外出，去各种医院，直到，母亲自己不愿意再去了。

沈素羡慕电影里的小孩子，因为母亲还可以打他的屁股，母亲还可以给他写诗，母亲还可以给他希望和人生目标，但沈素也可以有一些骄傲：终于，也还是有那么一些不同的印记，是可以刻在脑海里的。

比如，在老屋后的小河边，沈素钓着鱼，母亲坐在她身后，微笑地看着她。可是她已经走不动了，连帮沈素拎鱼都做不到，也就更不想跟沈素说几句话。

比如，沈素做着作业，她就在旁边看着，拿着扇子帮沈素扇风，虽然她的手已经没有力气，扇不出什么风，扇两下还要停下来歇会。

比如，她去世前的两天，好几次看着沈素，沈素知道她想跟自己说点什么，但又没说。

现在想起来，或许，她也是想如电影里一般，说："我会死的！"

但谁又能相信自己真的会死，尤其是一个母亲，如果实在保持不住理性了，怎么会和自己十岁的孩子，去谈论生与死呢！

对自己的母亲，沈素印象里比较深刻的就这么几个碎片。20多年过去了，没有增加，也没有减少。或许，还有她弥留之际最后那一声深深的叹息。或许，这是一种极其简单的渴望，为什么母亲没打过自己呢？为什么她没骂过自己呢？或许那样，“母亲”的印象，就不会再是几个碎片，而是可以相对完整的、更有感情的画面。

也正因为如此，在母亲去世后，沈素才会疯狂地读书，读一切可以看到的书，尤其是小说。现在想想，这何尝不是一种自我麻痹，把对母亲的思念，把对母亲不清晰的印象，通过各种文字里的母亲，去构建对自己母亲的美好定义。

可惜啊，构建的永远也只能是构建的、虚拟的，从人类的精神角度来讲，除了麻痹，还有什么用呢？

母亲终究还是一个平凡的母亲，她不会写诗，也不会给沈素一个远大的目标。可她，是沈素的母亲。

沈素相信轮回。

她没有什么科学的、哲学的、社会的、伟大的理想，就为有一天，在宇宙的某一个角落，和那个曾经短暂为沈素母亲的生命，又相遇到一起，仅此而已。

尽管夜已深，但是一起事故导致北五环塞车了。沈素的视线之中，出现了高高矗立在夜色中的朗睿集团大厦。

她在这里待了足足 12 年时间，这里给了她无数引以为傲的东西，财富、地位、人脉、朋友、成长……甚至爱情。杨峥就是她在一次媒体活动中认识的，那时他年轻、有理想，想着媒体可以改变一切。

那个时候，她知道自己就是他的了。

“您好，目的地到了，请拿好您的随身物品下车。”长相憨厚的出租车师傅友善地提醒了客人一声。

“哦，谢谢师傅。”沈素这才从沉思中缓过神来。

终于还是到了。

她从来没有想过离开这里，但是它却简单粗暴地将给予她的一切全部剥夺。公司将她赶出家门，她不觉得伤心、愤怒，不觉得被遗弃、被羞辱，不觉得抱歉或难堪，而是没有感觉，百分之百、名副其实地没有感觉。

抬头望去，她看见 18 层的灯光还亮着，白思琪、苏拉、南希她们一定还在加班吧。世界这么大，缺了谁也会正常运转。

一辆鳄鱼绿奥迪 Allroad 旅行车从地下停车场开了过来，沈素连忙将头转了过去，她认得那是下属虞凯的汽车，她不想让对方看到自己的脸。

强烈的酸楚感从胃中发酵开来，她感到一阵恶心，甚至有些站立不稳。

“师傅，走吧，我要回家了。”

5

推开咖啡店透着古朴气质的木门，沈素闻到一丝浓郁的咖啡豆味道，空气中还夹杂着某种淡淡薰衣草的味道，店里客人稀稀拉拉，她稍作环视，就发现处于东南一隅的杨墨怡朝她招手。

“快来这边吧。”穿了一身白色连衣裙的杨墨怡连忙站起身来，向前走了几步，紧紧抱住沈素，眼睛看着她一动不动：“你瘦了……”

沈素努力想呈现出那种久违的热情，但是话到嘴边，还是淡淡道出：“我还好，墨怡，你的气色真好。”

杨墨怡的眼神之中充满了怜惜：“来，坐下来说，你喝什么？”

昨天傍晚，沈素的微信突然响起来，一个有些陌生的头像冒了出来。没有什么鲜亮的自拍，没有职业性的假笑，也没有故作晦涩的图案，只是一朵普通的海棠花而已，不合时宜的单调老派，显然对方不是自己同行。

“沈素，最近看到了一些你的新闻，不知道你现在怎么样，如果方便，我想见见你。”

发这条微信的人，是自己的大学同学，杨墨怡。

奇怪的是，沈素在大学时代几乎没什么朋友，她是一个被孤立者。

如果有，杨墨怡还勉强算一个。

自从十周年同学聚会，两人就再没见过。转眼间，又一个五年过去了。

想来也是极尽讽刺，自己出了这档子事，平日里还算密切的所谓朋友都同时默契地噤声，倒是这向来没什么交集的老同学反倒是嘘寒问暖起来。

沈素心头又是一阵恍惚。

眼下，两人一边喝茶一边闲聊了几句，杨墨怡将话题扯回了主题上面，“出来了就好，没事就是大福。”

沈素淡淡一笑，没有答话，只是轻轻偏过头看着窗外的景致，她的视线停留在街区里面那些匆匆忙忙赶路的人们身上。

良久，她点点头，说道：“人生吗，就是这样，明天和来世，你不知道哪个先来。所以，珍惜你现在有的才最重要。”

“我不是故意提这个，”杨墨怡眼神中带着一丝不安，“我只是心里也不知道该说些什么安慰你。”

“都过去了。”沈素摇摇头，制止了她继续要说出来的话。

“一件糟糕的事情，但凡还能说过去了，就不算最糟。”杨墨怡的神情轻松了些，发自内心地说道，“沈素，这些年你一直是我内心的骄傲，我在网上看到你们的广告，我就会对别人说，那是我同学拍的；看到你接受媒体专访，我就会和别人说，你看，这是我的大学室友。说真的，有你这个朋友，好像让我看到了另外一种生活的可能性。”

沈素沉吟道：“现在你肯定不羡慕我了吧？”

杨墨怡摇了摇头：“不是的，我一直以为我是我们宿舍里最失败的人，没有之一。”

她的眼神中闪现出一丝黯然，似乎也陷入了昔日的回忆之中。她俩是班里学习最好的两个人，彼此暗地里的较劲从来都没有消停过，但毕业之后，两人却选择了完全不一样的道路。

“当时谁也不理解我的选择，我太求稳了，那么好的大学，读完了我就去了出版社工作，那里女孩多，竞争也不激烈，我这个性格你也知道，就是按部就班，一本一本做着自己喜欢的书，和自己喜欢的作者交流。宿舍里六个人，你先是去了公司上班，彭薇去了外交部，小雪她们几个去了美国，我却与世无争，只有内心和自己。”

“还是你看得开。”沈素没想到杨墨怡会说出这样的话。

“你听我说完……”杨墨怡非常急切地蹙着眉，“那一年搬进宿舍，认识了你，我就觉得你是个特别的女孩，那么充满梦想，不像我，完全不想着挣脱束缚。”

“不，你没有。”沈素看着眼前穿着朴素的老同学，道：“你现在老公和孩子都有了，儿女双全，比起我来，不知道幸福了多少，说真的，我真的替你感到高兴。”

“我现在一个月的收入可能都没有你们之前招的应届毕业生多。我的那口子也不会赚钱，是公务员。现在生活虽然拮据，但是怎么说呢，每种生活都有每种生活的过法儿，我们可以吃食堂，一日三餐都在食堂里面解决，钱省着点用，生活也总会有办法继续下去的。”

“当然不是这样。至少，看起来并不是这样。”沈素微笑着并没有反驳。

“是吧。”杨墨怡的表情那么飘忽，不知道她回想着什么，她目光盯着眼前这份精美的下午茶，却没有下口，“两年多前，我做过一次局部麻醉手术，到了后半程，预备的麻药都已用尽，甚至还超量使用了一些，但身体的手术区域却还未被充分麻醉，依然有清晰的感觉。可是医生不敢再增麻醉剂量，于是后面的手术便在无麻醉的情况下进行。”

沈素轻轻搅着她的咖啡：“这么勇敢？以前你可是连体检抽血都害怕的。”

“为母则刚，现在我都淡然了，不过那次，记忆犹新。”杨墨怡回忆着，心有余悸地说道，“刀片触碰到身体内腺体的感觉，挑动的感觉，切割的感觉，冰凉又火辣。我被几个医生护士按住挣扎的身体，哭喊声嘶，满头虚汗。脑海里反复想着结束吧，快点结束吧，永远不想再经历。”

“可我现在……”

“沈素，”杨墨怡突然打断了沈素的话，“我想说的是，这样的痛感是我多年之后想起依然会颤栗的，身体对刀锋的触觉留下了记忆。在那之后，我知道了，好了伤疤忘了疼，是因为真的还不够疼。所以，你现在说你可以过去，我不信。有些事，还是需要时间的力量才能过去的。”

沈素想要做一个潇洒的笑脸，但是她看见了杨墨怡眼里闪烁着泪光。

“我是觉得吧，人在膨胀的时候，是不自知的。其实道理所有人都懂，只不过，当你第二天起来，一个人躺在那个空荡荡的房间里，不免会对生活更加地绝望。”沈素自嘲道，“我现在才发现，原来家徒四壁和金碧辉煌并没有太大区别，我现在才领悟那句话的真谛——‘广厦千间，夜眠仅需六尺；家财万贯，日食不过三餐。’”

杨墨怡疼惜地望着昔日的室友，“你老公……不，你前夫，我很好奇，你当时为什么要决定嫁给他，我记得你当时在宿舍里是最不想要婚姻的人。”

沈素思索了一会儿，说道：“我还没认识我老公的时候，有一天我加班很晚，等到最后一个邮件回完，大概凌晨两点吧，我收拾好，没有开车，走路回家。当时也没有吃什么东西，忽然感觉到冷，就去便利店买了吃的，还心血来潮买了罐啤酒。走着走着，看着前面昏黄的路灯，我忽然觉得，我像是一个被人上了发条的舞者，被投入了不属于我自己的舞台，一颦一笑，举手投足，都是别人的希冀。老板的、客户的、同事的、家人的，唯独没有我自己的。然后我就哭了，真的哭了。我看到前方灯光下有一巨幅广告，上面没有任何画面，只有赤裸裸的文字，却直指人心——凌晨两点半，你是在街道上、路灯下，还是在别人的房间中。是时候，该有个家了。”

杨墨怡陷入了室友所描述的画面之中，没说话，只是抬头看着她。

“人太累的时候，就产生了嫁人的欲望。杨峥，他只是个意外吧……”说完，沈素陷入了长时间的缄默。

话虽然这么说，但是能令女人保持简单的男人很少，或许能够令沈素这样的女人都感受到生命中的安全感的男人从来都不简单。这种感觉别的男人填补不了，有时候杨峥也会令沈素感觉到难以捉摸。

感情的事，太远容易疏离，太近则容易情尽。

而最好的爱情，往往人人心中有，却个个笔下无。

“你接下来想做点儿什么？”杨墨怡再次打破了沉默。

沈素的眼神不经意间闪过一丝落寞：“这个领域本质上是一个市场高度细分、竞争残酷的年轻化市场，就是提供刺激、满足好奇，只是我不知道，像我这样弄得满城风雨的人，会有地方接收我这样背景的人吗？”

“没事的，天无绝人之路。”杨墨怡笃定地望向沈素，身子前倾，双手紧紧地握住她，“我信一句话，‘世事无常’，正因为无常，所以我们总有希望。”

沈素朗声大笑，一阵暖意流过心中，虽然明明知道这是种善意又无谓的安慰，但是现在的她，急需这种东西。

聊了大概两个小时后，杨墨怡看了看表，站起身披上小外套，顿了一下，又转向沈素："不早了，我今天得早点回去。孩子快放学回家了。你没事的话就和我多联系，欢迎你到我家里做客，对了，你同事见过你吗？"

沈素一笑："想听真话还是假话？"

"当然是真话。"

"真话往往不那么让人愉快。"沈素顿了下，继续说道："目前的情形是……我最信赖的下属接替了我的位置，她还提出来矫枉必须过正。"

杨墨怡一怔，心性单纯的她很难想象到有人可以将"人走茶凉"这四个字诠释得如此淋漓尽致。

"压抑、封闭、监视、猜疑、互相举报，这样的工作环境不待也罢。"杨墨怡说着，她从包里面掏出来准备好的红包袋，"这是五万块钱，再多的我也拿不出来。贸然转账给你，我担心你会想多，你一定要收下，这是我的心意。"

沈素怔了下，没有太多犹豫，还是接了过来："谢谢，很实用，以后我会还给你的。"

"这个我信，这点儿钱对你来说，不是什么大事。"

杨墨怡看着她的眼神中充满恬静，沈素看着那双眼眸，生生愣住了，她已经许久没见过这样清澈的眼神了。

竟然和当年初到学校报道，第一次在宿舍遇到她的情景，一模一样。

6

即便是望京周边最简陋的房子，每月租金也要5000元，押一付三。沈素将支付宝、微信和银行账户兜了一圈，所有数字凑在一起，一共不到十万块。这也就意味着一下子要交出去三分之一的存款。

这让沈素吓了一跳。

一个贫穷潦倒女人的廉价生活即将浮出水面。

沈素知道自己必须尽快找到工作了。

周一是她最不喜欢的日子，似乎所有的人都在忙碌，城市所有的公交车、地铁都拥堵不堪，好像每个人都是这个高速运转的机器上不可缺少的零件。远离名利场的人不免会有一种被边缘化的惶惑。

临时租住的住所里面，空调坏了，沈素感到无比闷热，但还是舍不得叫师傅来修理空调。她打开窗户，让外面的晚风尽可能地涌进来。

独自面对着冷冰冰的电脑屏幕，她才意识到自己已经有十年时间没更新过简历了。自己的第一份工作就在朗睿集团。她从邮箱里面翻出来校园招聘的简历，那个时候多单纯啊，还可以把社团活动、学校荣誉、英文比赛结果写进去，青涩的面孔被贴在简历的左上角，和今天的实习生们看上去并无二异。

花了整整三天的时间，她字斟句酌地写好了简历。

放在招聘网站上吧，总会有人找到自己的。

原先自己多傲娇呀，那么多猎头用各种期权股票高薪挖她，职位都高得吓人，首席运营官、首席营销官，最低也是主管市场与公关的资深副总裁，如果是总监级职位，她都懒得搭理他们。

现在，恰恰相反，无人问津。

当然，偶尔也会遇到猎头看到她的简历，给她积极推荐各种机会。但是，没有下文成了常态。

大公司的 HR（人力资源）不傻，稍微上网搜索一下，就明白怎么回事儿了。

况且，她不会说谎。

因此，高开低走，已经成为定局。

闲来无事，沈素就用各种不靠谱的面试来打发时间。一家是原先朗睿集团的竞争对手公司。沈素被对方 HR（人力资源）要求像新人一样蹲在前台填写简历。等了一个多小时，终于有机会和对方老板聊天。没有会议室，就在食堂里面进行，勉为其难地聊了会，发现对方根本就没有诚意，一直在打探朗睿的情形，完全不像是有职位的需求。另一家是刚宣布完成 E 轮十亿美金融资、号称即将首次公开发行股票的互联网独角兽公司。年轻气盛的市场部总经理对沈素的履历百般质疑和刁难，然后将沈素草草打发走了。

女性，离异，年过 35 岁。网上尽是丑闻。

她，还有未来吗？

沈素在看守所，想象过出来后有多难，但是现实则更是令人感到幻灭：大公司对于她的“污点”肯定在乎，背调都过不去。小公司里面，有各种价格便宜的年轻人可以使用，不懂短视频、不懂小红书种草，更是从来没有玩儿过剧本杀的她，似乎与这个时代落后一个身位了。

先前每次出国出差的时候，她尤为喜欢玩一款名为《塞尔达传说：旷野之息》的游戏，里面有这样一段情节，主人公来到一座孤岛上，系统突然发话，大致意思是，你以为你现在很强了吗？也不看看你用了多少道具，现在把所有身外之物都扔掉，看看你到底有多少本事。

然后，主人公就赤条条地站在岛上打怪了，孑然一身。

沈素觉得自己活得就像那游戏主角林克一样。

她只能坐在房间里，一遍遍地重复，机械地将简历投递出去。手麻木了起来，于是她把鞋子与提袋放在床脚，人也倚着床脚坐了下来。

遐想之际，她的手机铃声响了起来。

谁会在这么晚还打电话过来？想了下，她还是接下来那陌生电话。

“您好，请问，是沈素吗？”

“是的，是我。”

“您好，我们是一家广告公司，叫作绫智，您可以在网上看下我们的信息。您的履历还不错，比较符合我们业务单元的要求，所以想请您来聊聊天。”对方的语气显得有些疲惫，似乎已经打过了不少类似的电话。

沈素沉默了，她从来没想过去乙方公司。

在她的潜意识里，乙方公司从来都是低人一头的，多年来的甲方背景让她从来都没有考虑过“乙方”这两个字。

但是——

现在口袋里面只有不到六万块钱的窘境，逼得她不得不去考虑如何挣出自己接下来的生活费，以及每月给她老爸的生活费。

“好吧。”她答应了对方。

“没听清楚，请问您有兴趣吗？”小姑娘似乎有点儿不耐烦起来了。

“我有兴趣，愿意试试看！”她坚定无比。

“那您记一下，面试时间是明天下午五点，地点是……”

沈素赶紧抄起一支水笔，快速地记录下对方说的时间与地点。

第五章　狭路相逢

1

声　明

昨日晚间一则关于领仕（中国）员工楚某与朗睿集团市场负责人沈某对质的视频在网络上广泛传播，造成了不良的社会影响。经沟通，我司员工楚某主动承认自己的行为完全是由他个人情绪失控所致，与公司无关，也不代表领仕（中国）的任何立场，公司现已与楚某解除了劳动合同。

网上出现的关于领仕（中国）私下贿赂客户进行长期秘密交易，以及原我司员工楚某因遭解雇后心生不满，为报复举报客户沈某等相关传言为不实信息。领仕（中国）将积极配合公安机关进行调查，后续案情以公安机关的通知为准。针对网络上无端攻击与抹黑公司形象的言论，我司保留诉诸法律的权利。

领仕进入中国以来一直致力于引入国际经验和标准，培训本地团队，为在中国运营的国内外企业提供高质量的营销传播服务，助力国内外客户在中国这个飞速发展的市场上成功塑造品牌。

作为优秀的企业公民，领仕在各个方面均以业内最高标准严格要求自己，遵守当地法律，严控舞弊行为发生，并将继续为客户提供更好的服务而不懈努力。

领仕（中国）整合营销传播集团

2023 年 9 月 29 日

几个月前。

沈素事件爆发后不到 24 小时，一份来自领仕（中国）的官方声明迅速挂了出来，原本名不见经传的楚歌，随着这一纸义正词严的声明，迅速出圈。

说来也是讽刺，楚歌做创意做了这么多年，还没有一则短视频的播放量能够比肩这则，乙方怒怼甲方，快意恩仇。楚歌顿时成了业界名人。

鉴于这则视频太过于爽快，堪称现实版半泽直树复仇，压抑许久的各路乙方感同身受，纷纷转发点赞，表示支援。

然而，楚歌收获了网红的流量，却没有获得网红的收益。

他被名所累，日子并不好过。原本凭借他的行业履历，即便离开老东家，也可以轻而易举混入其他广告公司当个中高层。只可惜，那段视频太过火爆，再加上韦伯的助攻——授意 Serena 发表的那份免责声明，搞得楚歌十分被动，俨然被圈内主流广告公司封杀了。

情感方面自然可以共鸣。可是，谁会担着巨大风险去引进一个情绪随时失控，甚至不惜一切代价，敢和大客户当众撕破脸面的高级人才呢？

楚歌百般懊悔，却又无可奈何。

他想到了大理。

他想找个地方避避风头。

据说在那里可以找到自由和爱情。

像所有暂时失败但又有一点钱的失落中年人一样，楚歌来到了大理。离自然很近，离红尘不远。这是他对自己的宽慰。

时间很快。

转眼间，楚歌来到大理已经好几个月了。

这是个好地方，山水环绕，天雨流芳，人杰地灵，吸引了各地各种失意人竞相奔赴。

楚歌院子里就有不少，比如，每天宅在屋里打梦幻西游，自称曾年薪百万的炒股精英龙哥；每天思考人生、研究哲学，企图解开千古之谜“人为什么活着”的画家杰弟；还有 20 多岁就专注修行，不知道用了什么方法加速衰老，原本 40 岁多但看起来像 60 多岁的修行奇人钟老先生。

楚歌住的这个院子在石门村，算是古城里性价比最高的地方。在大理古城房价噌噌上涨、均价突破万元的时候，一个单间的月租金只要 500 元，可以说是良心价了。

楚歌故意让自己住得惨一点，当作修行。嗯，是的，修行。清醒而不放弃做梦，是世上最难做到的修行。

大理的院子普遍是具有白族特色的三房一照壁的结构，这家是新居，一面是白粉墙的三层楼，一面是公共厨房，一面是三间小平房。楚歌住二楼，早上醒来推开窗便是苍山绿树，鸟语花香，美得不像 21 世纪的地方。

当然之前楚歌是比较惨的，住在院子最便宜的小平房里。那时龙哥在豆瓣上发了租房信息，居然只要 300 元，比楚歌之前的房子便宜一半。之前楚歌在古城中心里住，感觉太吵，一直想换个清静的地方。

楚歌跟着龙哥看了房子。虽然便宜，也着实太破，一个小平房，一张小单人床，一张茶几，水泥地还泛着潮，阴冷得像地下墓穴。

墙面上画着岁寒三友松、竹、柏，画得着实太差，没样子也没韵味，一看就是业余水平。

楚歌问对面的三层楼有空房吗？

龙哥说没有，这间可以先住着，等对面楼里有人搬走了就可以搬过去了。

楚歌说考虑考虑。

到晚上，楚歌给龙哥发信息，租了。

楚歌一搬进去就后悔了。小平房受前后两栋楼房的夹击，阳光被抢夺得所剩无几，再加上是接地面的平房，地基没怎么处理，地下的寒气直逼出来；又因为近山，寒气便更重。楚歌睡觉时得盖两层被子，靠着一口真气度过漫漫黑夜。

终于，住了几个月，对面楼上有人搬走了，楚歌也搬进了心仪已久的山景房。

小平房空出来了。楚歌不禁想，什么样的失意人会住进来呢？

没过几天，龙哥领进来一个身高六尺、面容硬朗、体形魁梧、腰间挂一串葫芦的硬汉，看完房后直接决定住下来了。

趁龙哥走的时候，楚歌悄悄地打小报告。

——大哥，这房你真的决定住下来了？这房我之前住过，很冷的。

——我不怕冷，我练武的。

——厉害啊，有微信不？可以交流交流。

——没有，我不用那个。

——那有电话不？

——电话倒是有，不过停机了，现在只有闹钟可以用。

硬汉掏出诺基亚的手机，然后便开始耐心地教导楚歌，现在年轻人沉迷手机网络，浪费时间和生命，他保持简单是为了练武修行，提升境界。

楚歌觉得练武之人体内阳刚之气旺盛，这点小寒气是奈何不了他的，刚好还可以中和一下，免得把所剩无几的头发练秃了。

后来楚歌叫他武僧。

武僧每天早出晚归，去古城的武庙练武教武，生活简单，然而有一次，楚歌突然在古城小巷子里看到他夹着个画板在写生。

跑过去一看，画得比岁寒三友还差，那魁梧的大手果然不适合拿画笔啊，但这种追求艺术的精神让人肃然起敬。

武僧住了几个月，说是武庙里有免费的房子，搬走了。

然后就是前几天，搬进来个身材不魁梧面容也不硬朗的中年人，他搬进来的速度实在是太快，以至楚歌连打小报告的机会都没有。

然后那天楚歌提壶去打水的当间碰到了他。

啊，老表，去哪打水啊？

老表？江西老表？楚歌感觉这称呼比什么兄弟哥们靓仔之类高级多了，一下子拉近了人与人之间的距离。

走，我带你去。

楚歌带他去了石门村唯一一处还没封闭的取水处，古城的人越来越多，好喝的山泉水成了稀缺资源，人多粥少，好几处取水的地方被封了。

在路上楚歌跟他聊天套近乎。

什么时候来的大理啊？

来了几天吧。

一个人啊。

老婆孩子在古城里，租了个门面做生意。

那干吗不跟老婆住一起？

离了。

然后他开始喋喋不休讲起他的故事。他之前在江西的小镇上，做过各种生意，还当过厨师，后来离婚了，老婆带着孩子到了大理，他想过来挽回这段婚姻。他帮老婆租了一个店面，付了一些房租，但住了段时间被老婆赶了出来，后来又在老婆店面旁边摆摊卖鸡翅，过了一阵子老婆又不让摆了，鸡翅还都放在老婆的冰箱里。他每年还要给小孩抚养费。

这么苦。楚歌说，这样的女人何必要呢？

唉……

离就离了吧，去做自己想做的事吧。老表，再找个老婆吧。

唉，这是我第二次离婚了。

……

那还有什么打算？

大理三月街要开街了，我想弄个烤玉米的机器，再弄个三轮车去摆摊，没事就去看看老婆孩子，能挽回就挽回……

楚歌本想跟他讲好汉不要回头的朴素道理。但看他不撞南墙心不死的执念，想想命运各有安排，还是让时间教会他如何绝望吧。

打完水回去，楚歌想着自己有两个壶可以送他一个，他的壶本来也是朋友送的。

不用了，多谢老表，你两个壶能多打水啊，我下次自己买。他笑着说。

嗯，这个江西老表虽然命运坎坷，人还是不错的吗。

江西老表还有个手艺是做皮具，说是之前跟他老婆学的，在等三月街开街的日子里，他白天在屋里缝缝补补，做些钱包啥的，晚上到人民路上摆地摊。

然而更多的时候，楚歌都见他坐在门口发呆，手机放身边，放着歌。

手机放的歌听不太清楚歌词，只听到一句歌词：像我这样的人……像我这样的人……

楚歌估计这是伍佰唱的老歌，他那个年代的人都喜欢听老歌。

这老表，不是应该听《有一种爱叫做放手》那种鸡汤歌吗？

有一次，楚歌用公用洗衣机洗衣服的时候，又看见他在门口发呆。

摆摊好摆吗？

啊，摆摊还有好摆的吗？城管又多，地摊货客人又死命压价，赚不了几个钱……他又开始喋喋不休地讲起来。

楚歌受不了人话多，想换个话题，那老婆孩子怎么样了。

还是那个样子啊，昨天我去见了他们，也不被人待见啊，可能是刚离婚吧，我想慢慢来啊……

楚歌错了，不该打开话匣子的。楚歌不想听他唠叨，可是走开也不太礼貌，就啊啊啊地应付着听他说。

他仿佛好久没跟人讲过这么多话了。他根本没注意到楚歌脸上不耐烦的表情，把几天前讲过的话又重新讲了一遍，仿佛生活里只剩下苦和无奈，楚歌听得脑袋都快大了，他想他大概知道老表的老婆为啥要跟老表离婚了。

最后实在是受不了了，楚歌把衣服放进洗衣机里，说他有点急事要做。

好的，老表，好的，那你先忙。

楚歌回去楼上的时候，瞅见他又呆呆地坐在门口，放着那首老歌：像我这样的人……像我这样的人……

楚歌仿佛看到这位被嫌弃的老表的一生。

后来几天，楚歌一直回避跟他说话，他的话一打开就收不住，不管你想不想听。

楚歌知道他心里有许多说不出的苦，好不容易找到一个能听他说话的人，然而诉苦并不能让生活好过起来。

他什么时候能像楚歌这样，没事看看苍山洱海，看看书写写字，别每天没事听那些伤感老歌，大概就能好起来了。

嗯，不过，像我这样聪明的人，不是那么容易学会的。

那天楚歌在厨房里煮面，又碰到了老表。

楚歌紧闭着嘴，不说话，但老表先发功了。

来大理几年了？他问。

只有几个月。

孩子多大了？

还没结婚呢。

老表诧异地看着楚歌，接着又归于平静，没结婚好，告诉你啊，女人可麻烦了……他又开始如泄洪般一发不可收拾。

他问楚歌：20 岁的时候，你想过 40 岁啥样吗？

楚歌说：想是想过，虽然没到 40 岁，但是也摸得着了，与最初的想象，偏差太大了。

比如呢？

没想到接近 40 岁还没赚到几个钱，没想到能以这样失业的方式在大理实现了时间自由，没想到吹过的牛也就只是吹牛了。没想到几个老朋友和老对手居然先走了。还有，有些人你最后见他的时候根本没意识到这辈子不会再见面了。以前在宿舍里打游戏多么开心，那些青春时的欢乐，怎么转眼间就连影子都不见了。

老表听完一言不发，煮完了面，端回房间，一个人像狗一样啃了起来。

楚歌心想不能像老表一样生活，整天纠缠这些破事，蹉跎了岁月，一事无成。楚歌列了个计划，每天早上六点起床晚上十点睡，好好读书学习写字，详细到每个时辰该干什么。

然而当天晚上，楚歌失眠了，因为想起了某个想忘记的人，看看电影，打打游戏，折腾到早上四五点，终于昏昏睡去。

第二天醒来居然是中午 11 点多了，头昏脑涨，想着上午睡过去了，下午精神也不好，晚上还可能会失眠，想着这一天大概又要像往常一样庸庸碌碌地过去了。楚歌盯着那张计划表看，心情更糟糕了。

做点什么好呢？楚歌在床上发呆。

打开手机，想起老表天天放的那首老歌。

不知道歌名，可是楚歌会搜索歌词啊，他百度了那句“像我这样的人”。

找到了歌，这句歌词居然就是歌名，居然是毛不易唱的，居然不是老歌。

点开听，听到第一句。

居然有眼泪掉了出来。

像我这样优秀的人
本该灿烂过一生
怎么二十多年到头来
还在人海里浮沉

2

好不容易挨过了负面风波最强劲的前三个月，终于有位不识货的猎头找到了在大理流浪的楚歌，对方推荐了一家新兴的广告公司绫智，老板梁宸是做技术出身的，一直在研究消费数据，某天突发奇想，受贝壳找房的启发，决定把这个平台模式弄到传统的广告业去试试水。

“楚先生，目前像你这么资深的专家型人才，国内没有超过1000个。这么好的职业履历可别轻易浪费了呀！绫智要做的不是一家创意热店，而是一艘航空母舰！绫智的使命，是让创造力释放出更大的价值！”女猎头的声音高亢且富有激情，显然她对这个智力服务行业不大了解，还在积极游说着楚歌加盟，“我们邀请广告行业的每一位资深人士，抑或是正在考虑创业的你，共同来探讨营销行业的现状和前景，了解绫智平台的合作伙伴创新模式，共创品牌的未来！”

听罢，楚歌不禁哑然失笑。他对自己未来的职业生涯早已心灰意冷，更不愿意试着抓住这种完全不着边际的机会。

不承想这刚入行的年轻猎头也是执着，三番五次打电话来劝楚歌去接触下。

“楚总，机会总在别人看不见的地方对不对？我相信绫智这家小公司的生命力是很顽强的，梁宸是一个很执着的创业者，不像广告圈某些老板那样浮夸，他相信如果有信念改变一个行业的话，石头缝里都能长出草来！”

石头缝里都能长出草来！楚歌被这句话打动了，他也着实好奇一个搞技术的人如何改变这个行业。闲着也是闲着，就当打发时间吧，是时候告别大理了，他决定回北京前去赴约面试。

不过，人都有时来运转、否极泰来的时候，也该轮到楚歌走运了。绫智广告位于隆福寺附近的办公室刚装修不久，如同它朴素的创始人一般，依旧是一副互联网公司草创时的模样，对比4A（美国广告协会）广告公司那套花里胡哨的装修效果，自然就像是低配遇到了顶配，刹那间就被比了下去。

平日里梁宸百分之八十以上的时间都在这里度过，不停地见着各种候选人，聆听他们过去的辉煌，然后开出一个价码，经过数轮的讨价还价后，梁宸将接受价格的候选人输送进这个还在成长中的组织体，最终成为制造消费潮流趋势的一部分。

楚歌一进门便心灰意冷，爱搭不理地与对方老板梁宸聊了起来，完全是一副君临天下的俯视，甚至将他在老东家遭遇的不公全盘托出。结果，卸掉了压力的他发挥得行云流水，这份无欲则刚反而深深打动了求贤若渴的梁宸。

“我是觉得吧，人这一生，总得对抗些什么吧？”

“唔，对抗？你指的是——”

“比如说我这个人吧，很长一段时间都在抵制毫无意义的消费，”楚歌开始信口胡诌，“但我在这个社会上的身份又是个广告人，广告人的职责是什么？就是充当消费主义的帮凶。消费主义的本质其实是制造渴望。渴望背后第一是欲望，通过当下的消费就能满足的；第二是一种理想状态，投射的是一种长远的渴望。你看这世界上最伟大的这些品牌，苹果、特斯拉、路易威登、奔驰，就是嵌入这个渴望当中，其背后的逻辑就是：你拥有什么样的东西你就是谁。”

梁宸若有所思地点点头：“这个时代，或许不需要太多意义吧。”

“不，这就是我对抗的东西——”楚歌坚定地摇摇头，掷地有声地表示：“品牌应该是有立场、有使命感的！”

夜很深了。

两人坐在沙发上聊着天，整个房间都是醇厚的雪茄味道。梁宸酷爱游戏和威士忌，办公室里除了游戏外，还收藏着不少好酒，他随手从柜子里取出来一瓶从苏格兰出差带回来的百龄坛，给楚歌和自己都倒了一杯。

“需要经常陪客户喝酒吗？”梁宸问。

“最多的时候我一晚上喝掉两瓶，这对我来说不算什么。”他自嘲地笑笑。

“客户最喜欢你什么？”梁宸饶有兴趣地问道。

“我觉得很多客户吧，他们最喜欢我的地方其实不是创意这些专业能力，而是我的专注和用心——”说这话的时候，他猛然想起来沈素当众骂他的话，恬不知耻地引述起来，“客户首先在乎你有多关心，其次才是你有多了解。为了逗客户开心，来次近景小魔术，花一个小时不停讲笑话，带他去新开的餐厅大吃一顿，或者干脆溜到最火商圈的剧本杀店玩情感本，然后一起在别人的故事里流着自己的眼泪。殊途同归，这其实都是一种服务的方式。什么是服务？服务的本质就是创造感动。我就记住一点：打动男人的都是大气，打动女人的却是细节。”

楚歌侃侃而谈，梁宸则是频频点头，两人心生相见恨晚之念。

“你信不信命？”梁宸突然话锋一转。

“什么是命？什么是运？出生在哪里，这就是命，但我可以改变，那就叫运。我记得国外有一个针对八九十岁老人的采访，问这辈子最后悔的事情是什么？他们基本上都回答：太追求安全感了。我不希望自己一辈子困在安全感这三个字里面。”

“人，一生下来命就已经写好了，为什么还要去改变？”

“命只是呈现出一生的大概，还有些地方是我们可以创造的。假如，一瓶酒就是我的命，它是什么材质什么味道已经定好...... 但酒之外的瓶身、外观设计、名字这些东西，是可以创造的。”

“不过，你真的想清楚了？我们这里真是小公司。”梁宸对这位应聘者颇为欣赏，他抿了口酒，眼睛微微地眯了眯，慵懒地靠在沙发上向窗外望去。

“我想过了，这个产业本质上是一个市场高度细分、竞争残酷但是进入门槛极低的行业，就是提供刺激的创意、满足客户的好奇，铁打的公司流水的个人。只是我不知道，你们公司会接收我这样背景的人吗？我可是被全行业封杀过的。”

楚歌的眼神不经意间闪过一丝落寞。

“你的这点经历，压根儿不算什么。哪个圣人没有过去？每个罪人都有未来。”梁宸喜欢眼前的这位应聘者：他坦诚而直率，不像其他应聘者那么刚愎自用、自以为是。

“哦，那好，我可以试试看。”楚歌听罢，猛地吸了几口雪茄，故作矜持地点点头，那决心下得似乎并不坚定。

3

一个月过去了。

楚歌做梦也没想到招个人这么难。

他向梁宸夸下海口，可惜当前麾下团队和他的理念南辕北辙，所配备团队的专业能力与创意支持远远不及老东家来得扎实，他乱了阵脚。

过去楚歌常说，广告这个行当里最核心的团队是人力资源团队，公司发展的上限取决于 HR（人力资源）能不能招来人。

现在楚歌亲自上阵做了把 HR（人力资源），结果一败涂地。

为了组建梦想中的团队，楚歌私下分别找到麦翎、秦澈和 Miko 等人，但是大家并没有想象中那么情愿加入他的战队。

Miko 天赋最高，和楚歌私下里关系也最好，两个人亦师亦友，平日里看上去根本就不像老板和下属之间的关系。楚歌评价 Miko 是属于一眼就能够看到行业天花板的那种人，悟性极高。

Miko 无论是脸蛋抑或是智商，都绝对在线，她绝对不会按照套路出牌，向来出言不逊，潇洒不羁。

“做广告就要像杨超越，首先你得有争议，才有可能成为 C 位。”这就是 Miko 行走广告江湖的准则。

Miko 刚加入公司的时候服务某个德系汽车品牌，客户在微博上做了一个有奖征集活动，转发内容并且@三个好友，持续转发量最高的十位用户可以去获得去海外参观总部工厂的机会。

结果她一时粗心大意，将中奖信息错误发给了排名第十一位的用户。

得知错误后，Miko 第一时间告知了用户，谁料到那个来自广东的用户不依不饶，默认是阴谋论，将两人的对话截图直接投诉给了客户，客户反以为是广告公司从中做了什么见得不人的手脚，扬言要解约，搞得领仕鸡犬不宁，最后还是林宗诚亲自道歉解释才平息这场严重的客户信任危机。

楚歌当时年轻气盛，一时没有压住火，把 Miko 拉到会议室痛斥了一顿。

家境优渥的 Miko 哪里见过这种阵势，人生当中第一次委屈地哭了起来。

“你，你为什么哭了？我没说什么啊。”楚歌怒不可遏。

不想她直接丢出来一句话，彻底把楚歌给雷住了：

“楚歌，你能把我说哭算什么能耐？”

楚歌当时以为自己耳朵听错了。

Miko 抹着眼泪忿忿不平地抱怨："就客户每个月付我们那点儿钱，还不够我零花钱呢，我有的时候在想，干脆我把钱倒付给她得了。还被客户和你怼来怼去，有意思吗？"

眼见着 Miko 那义愤填膺的公主病，楚歌也没办法苛责，原本想等到试用期结束，就跟戴露打招呼以不合适为借口将 Miko 开除掉，没想到，楚歌那天的一顿痛骂，完全激发了 Miko 内心的狂野属性，将她内心继承了家族霸道女总裁的潜力给彻底逼迫了出来。

从第二天开始，Miko 变成了一个超级战士，佛挡杀佛，鬼挡灭鬼。

后来，Miko 成了公司风头最劲的新人。

她内心一直深深感谢这位老师。

但是不承想，这一次，Miko 是第一个一口回绝楚歌邀请的人。

"老板，我对这个行业彻底厌倦了，整天加班加得人都不正常了。"

Miko 告诉楚歌，她有一个朋友是个初来乍到的小白，还不太适应，常常在深夜的办公室里感慨，自己跟若干年前的国企女工并无区别。至于人人称道的程序员，就像厂里的技师，待遇高一点。她看到哈尔滨作家贾行家讲述东北往事，说从前的大厂里有一个管子，下午能流出橘子汽水。对比自己所在的公司，也能提供不限量的咖啡、花茶和柠檬水。

“时代变了，但社会架构和对人的管理内核从未改变过。”Miko笑了笑，“原本家人就不怎么支持我来做广告，现在更是这样了。”

楚歌颤抖地声音问：“那你接下来有什么打算？”

“为什么成年人的世界当中总是在不停地规划着什么呢？就好像我参加同学聚会，大家都在拼命问你现在在做什么一样，好像没有一个身份就不能让我们好好聊天了。”Miko向楚歌眨眨眼睛，继续说道，“我会去英国待一段时间，然后，可能会开一家茶餐厅吧，不过我还没想好，等到我开店的时候一定要和老板你开会讨论，如何让它成为网红店。”

……

事已至此，楚歌也不好去勉强什么。

之后，他去找了Sarah，对方回拒得十分痛快。

Sarah告诉楚歌自己很快将会离开领仕，因为有一家即将上市的互联网公司主动找到她，除了不错的薪酬与职位之外，还有数量可观的期权，她决定在她30岁即将来临之际转换角色。

麦翎和秦澈，这是一对黄金组合，楚歌没忍心打扰他们。

人家没主动说，就已经表明了态度。

楚歌并不甘心，又陆陆续续谈了原先部门里面的其他几位队员，但是大家显然都清楚楚歌目前所处的困境，都不愿来蹚这滩浑水。

深夜，面对着空无一人的办公室，楚歌方知“平台”两个字到底意味着什么。即便老东家领仕有再多不足，但是它各方面的配备还是出色的。

就说绫智这个负责筛选简历的HR（人力资源）戴露吧，就让他十分崩溃。

戴露根本就不是专业背景出身，据说原先是做前台的，递来的简历张冠李戴，让人哭笑不得。今天给一个直播行业的，明天给一个活动公司的。

品牌，懂吗？什么是品牌，懂吗？

戴露摇了摇头，甩来的简历基本都是看感觉。

他又没办法责怪对方的不专业。因此，每次戴露给过来，他都要仔细看过简历，才请她帮着约面试时间。好在功夫不负有心人，在他孜孜不倦地指引下，好不容易戴露走上了正轨。昨天一股脑发来八个简历，他点进去看了开头的一两个，无论是从甲方还是从乙方出来的，都至少像模像样了起来。

戴露连夜沟通，结果没有一个人愿意来公司面试。

她告诉了他这个残酷事实。

看着戴露那副纯真的眼神，楚歌又不忍心了起来，他知道小公司招人难，于是就简单回了一句："接下来有什么人，我不看简历了，你就直接约吧。"

戴露对他是真的有好感，眼见着他一个人孤零零地撑着一个团队，风雨飘摇，她真心希望他可以留在这里。

快下班的时候，她又看到一个新简历，这个人背景似乎不错，只是年纪稍大了点儿，聊胜于无吧，她抱着试试看的态度打电话过去。

结果对方同意了。

“楚老师，应聘者现在在一楼最右侧的会议室等您，她的简历我放在桌子上面了。”戴露叮嘱道。

楚歌点点头，谢过戴露：“好，我知道了。辛苦。”

怀着不抱有任何希望的心态，他朝着会议室的方向走去。

那道门紧紧地闭合着。

戴露预定了一层楼梯拐角处名叫“四大天王”的会议室，她带着候选人简单参观了公司后，两个人走进了这间有着巨大落地窗的会议室。

现在，楚歌打开了门。

会议室里坐着一位女性候选人，她穿着浅蓝色的西服套装，颜色干净、通透自然，自带温润气质，色彩明亮而又不喧宾夺主。

那女人看着手机，气质不卑不亢，显得颇为得体。

楚歌怔在那里，一动不动，只见他那双白色的运动鞋悬在空中，犹豫着究竟应该前进还是倒退出去。

他用力地擦了擦眼睛。

是的，他没有看错。眼前这个女人真的是沈素。

4

楚歌的笑容顿时僵住了："沈素……真的是你？"

那女人腾地一下子从座位上站了起来，脸上写满了震惊和尴尬。

"是你——"

两个人硬是谁也没主动开口说话，相互看着对方，时间像是被按了静止键一样，空气完全凝固了。

关于沈素后来的境遇，楚歌在与秦澈私下里喝酒时也听过一些似是而非的八卦版本，众说纷纭，有人说她被关在看守所精神彻底崩溃了，有人说是被判了，有的说是取保候审已经放出来了，有人说还在取证阶段，由于涉案金额巨大，并且牵扯了很多人，一时半会儿都不会宣判。

至于这次举报门的始作俑者，坊间也是说法不一。楚歌听过最匪夷所思的一种说法，是她的老公杨峥出轨别的女人后提供给警方的关键证据，坐实了沈素的犯罪事实。

当传闻中的女主角直接出现在他面前的时候，那种惊诧还是让他有点儿找不到北。

"你是来这里面试吗？"尽管不情愿，楚歌还是试探性地问了一句。

“楚歌，你想什么呢?！还想面试我?！”沈素脸色一下子变得通红。

尽管表现得很强势，但是她内心不住地嘀咕：今天简直是见鬼了，怎么会在这个小公司遇到这个死对头，恨不得找个地方钻进去，这要是被人传出去，以后还怎么见人？被她根本瞧不上眼的人来面试自己，生不如死。

她腾地一下子站起身来，也不顾这份潜在的“唯一”工作机会，径直抄起来桌子上面的简历，装进了手提包里面，转身就走。

楚歌望着沈素，免不了一番冷嘲热讽：

“哼，想不到昔日盛气凌人的大客户，居然落到今天的下场，生活会教你做人！你拿了别人那么多钱，还可以做到逍遥法外，我真的是长见识了！”

“狗嘴里面真是吐不出象牙，你这种人，我不会和你一般见识，难怪你会被你的老东家开除掉！不过，”沈素停住了脚步，冷冷地说道，“如果你敢四处乱说，我会告你诽谤！”

“你开什么玩笑?！我能成为今天这个样子，都是拜你所赐好不好！现在我至少是这家小广告公司的副总裁，你又是什么?”楚歌满脸傲气，一时心花怒放，“天道好轮回，苍天饶过谁。”

“你！”沈素被他这番话气得上气不接下气，她强行抑制住自己的愤怒，指着对方的鼻子一字一顿地说道，“楚歌，我赌你过不了试用期！”

“你不用替我操心，替你自己操心吧，沈总!”

沈素推开他，头也不回地离开了会议室。

看着沈素气急败坏离开的模样，楚歌心里着实痛快。

5

秦澈与白思琪相约在一处隐蔽的咖啡厅，这间小店闹中取静，人不算多，里面每个凹着造型高谈阔论的俊男靓女都烘托着圣诞的氛围。正值年末，一棵棵漂亮的许愿树伫立在门口，上面的手写新年心愿卡，会随着进门气流窸窸窣窣地跳起摇摆舞。

“现在距离试用期结束还有一个月时间，还是希望您可以给我们一个机会。”秦澈故意停顿了片刻，留给对方充足的时间去思索。

间歇，他也能够听到自己从喉咙里发出的声音，着实真诚。

白思琪不到30岁的年纪，比她的前任沈素更加年轻而富有活力。她简单绑着马尾、穿着T恤，皮肤白皙，算得上标准的美女了。除了出众的外表，她几乎可以凭借一己之力影响这笔金额超过千万合同的最终走向。

因此，耐心、反复和深度的沟通是必不可少的。

“秦澈，谢谢你，说实话，我挺感动的，尤其是你个人这段时间给品牌带来的改变，其实我都看在眼里，我是挺想给你留机会的。”话虽然这么说，她喝了口咖啡，并没有松口，“不过，楚歌给我们造成的影响太恶劣了，我还需要和采购部门商量一下。”

夕阳西下，此时逆光消失、阴影不见，秦澈的脸显露出来，还是一如既往的平和内敛。多年混迹职场的第六感告诉他，胜利的天平要朝着对自己有利的方向倾斜下来了。

秦澈的新工作遇到了前所未有的艰难挑战，他没想到韦伯非但没有为难他，还给他了更大的权限。

100 人的团队，每天都有人离职，每天都有人入职。除了朗睿集团，韦伯还给了他其他客户来做。每天向秦澈汇报的团队可以休息，但是他不能休息，团队遇到问题时他总是第一个在前面挡着。他就像一个救火队员一样，奔赴在各个战场之上。唯一不变的是，第二天早上九点钟他又会精神抖擞地出现在办公室里。

24 小时随叫随到，开完会第一时间方案就要给到，打飞机去各地开会，任何项目没有确认件没有合同就必须开始干，涉及大量现金垫款的项目需求客户一旦发出来，第二天领仕必须给到现金……再加上楚歌的离开，还是带来了不小的影响，不仅是客户的流失，几个核心骨干人员也在摇摆不定。

抢夺的对象就是核心员工以及他们背后的客户。

他与看不见的时间之间真是一种奇怪的关系，战火一烧再烧，彼此都知道敌人的存在，却从没有过正面冲突。秦澈每天都在跟人聊天吃饭喝咖啡中度过，有的人会愿意留下来试试，有的人则嗤之以鼻，对公司的未来不再抱有任何希望。

告别了秦澈，白思琪没有离开，转身走出咖啡厅，从电梯到了地下停车场。不远处的保时捷卡宴里坐着一个男人，她走过去拉开副驾驶门，坐了进去。

“送我回公司吧。”

“你们聊得还算顺利？”

“我对秦澈没意见，他的能力很强，多年来在楚歌下面算是委屈他了。但是我担心，他毕竟是楚歌的人，会不会未来有什么风声传出去？”

“你先用着，我干掉了无所事事的楚歌，也不能再干掉一个能干活的人吧。我给他加了一倍的工资，短时间内他一定会拼命把这个干好的！”韦伯转身看着白思琪，露出意味深长的笑容。

“小心点儿总没有错，到年底，必须换人。”白思琪的口气不容商量。

“思琪，也请你理解下我，我不想在适应新环境时就宣告失败，我在重新思考组织架构。”韦伯长叹一口气，“公司过去是一个像家一样，以情怀和感情为纽带的传统广告公司，但一家真正成熟的组织体需要的是做好规则，用规则和利益来维系员工。一些人已经明显感受到了我带来的压力。上海公司的董事总经理已经提出了离职，他不想这么累。”

“这是对的。不能惯着团队，也不能惯着自己。”白思琪的眼神不经意间流露出一丝隐藏许久后的压迫感，“得多磨练才成事儿。这人呀，无论精神，还是肉体，都有非常贱的一面，越练越用越吃苦，才会越强悍越好用，鬼怕神畏，最后连病也没了。”

韦伯朗声大笑，附和道：“你说的对，越是惯着，人性的恶越显现，你看楚歌，之前林宗诚都把他惯成什么样子了！越是坚韧耐烦，任劳任怨，人性的善越会显现。”

“好，别感慨了，开车吧，下个会我不能迟到。”

韦伯的脸上流露出舒缓的笑容，眼中尽是期待：“还有件事儿，请你务必放心，虽然我们是国际公司，但是总部对我的信任度一定不是林宗诚可以相比的。该给你的，我心里有数。”

白思琪似笑非笑地盯着韦伯的眼睛，吐出几个字：“师兄，你在说什么？”

韦伯内心一惊，他知道这个时候需要赌一把了，尽管朗睿集团反舞弊风暴刮得如此强劲，但是他知道，人性永远不以客观事实为转移。

“我的意思是——我会保证所有人的安全，不会有任何痕迹。”韦伯低声强调了一遍。

白思琪没有表态，随即笑了起来：“不用，师兄，你们干好活儿就行，我可不是沈素。”

混迹江湖多年的韦伯自然听出了她微妙的弦外之音。没有拒绝，那就是接受了，他欣喜不已：“那是，那是，你可不是她。”

“对了，那件事儿处理得怎么样了？”白思琪问。

韦伯双眼笃定地盯着前方，踩着油门加速，汽车飞驰而去：“现在外面漫天都是她的负面新闻，想翻身，哼，没那么容易。”

“师兄，你没明白我的意思，”白思琪声音高了不少，“这种事儿，不能留有任何痕迹。”

韦伯心知肚明地笑了起来：“思琪，你放心好了，我找了外面公司来操作，和领仕没有任何关系！根本查不到我们头上。”

白思琪若有所思地点点头，不再说话，闭目养神。一个小时后，她还要和主管集团人力资源的高级副总裁林子琪一起去见董事长栾贺臣。

很快，朗睿集团新一任市场副总裁的正式任命就会下来。

对外的新闻公关稿已经准备好。

而她，就是那个不二人选。

6

“负责招聘的 Kevin 和我讲，他在领英上面看到你的履历，印象非常深刻，然后就直接私信联系你的。他之前负责香港和日本市场的招聘，刚从香港调回来，我原本以为他并不熟悉国内的情况，但是看来他的眼光很好，和你聊完后对你评价非常高，一定要我见你。”

说话的人虽然长着一张中国人的脸，但是显然是个从小在国外长大的华裔，棱角分明的脸上显得很有激情。

“所以，沈素，你毕业十年，都在这一家公司？”

对方的一席话，让沈素也忍不住跟着回忆起来："没错，当时朗睿集团去学校里面做校园招聘，那个时候的公司，还远远没有现在庞大，甚至租用的宣讲礼堂都是最小的。我和负责招聘的HR（人力资源）很投缘，后来经过七轮面试吧，就进去了，没想到一做就是十年时间。"

Michael露出来赞许的神色："我的中文不太好，上周我才从旧金山调到北京工作，但是我会努力用中文和你交流。"

"其实你可以用英文交流，这样你会更加顺畅。"

"不，"Michael执意地说道，"我特别要求我的招聘经理，不要只会用猎头，也要尝试着靠自己！用猎头，谁不会呢？这些年外企为什么频频退出中国，除了中国企业自身的强大之外，外企注重形式而不注重实效的工作方式是一大原因。"

沈素一怔，眼前这个操着蹩脚中文的外籍CMO（首席营销官）确实是个中国通。这家外企并不高调，但却十分有实力，在业内一向以技术领先著称。难怪HR（人力资源）没有把她拒之门外，是因为负责招聘的Kevin和这位CMO（首席营销官）一样，都是刚刚从国外回来。这也就意味着——他们对半年前所发生的一切，都一无所知。

她不由得产生一种侥幸心理。

"坦率来说，这个位置的人，我们招了好久，可能是我的要求太高了，总是找不到合适的candidate（候选人），猎头推荐的都是那种擅长汇报的人，我不喜欢。我相信我的直觉，你和别人不一样，我相信你能够给我们带来新的东西。”作为年轻气盛的实干派，Michael显然颇为信任自己的判断力，“当然，候选人也不止你一位，猎头也推荐了一些资深agency（代理公司）背景的候选人，毕竟在品牌初创阶段，对于创意能力的需求还是非常大的。Anyway（总之），我们会综合考虑的，但是能不能有机会在一起工作，那要靠缘分，但是至少我们认识了，就会有合作机会的。”

沈素点点头，表现出同样的自信：“没错！”

Michael啜饮了口咖啡，眼神顿时显得黯然了不少：“朗睿集团非常出色，在美国的发展也很好，是我们在全球市场上非常重要的竞争对手。这家公司算是中国第一代出海的公司吧，但是这几年，可能是因为多元化经营出现了很多问题，但是我相信这依然是一家很优秀的公司，在中国市场，我们曾经引以为傲的市场占有率一降再降，为什么呢？因为我们的重要职位都是被一些既得利益者垄断着，他们不是为了品牌和市场负责，而是为了自己的口袋负责。”

Michael眨了眨眼睛：“所以，我希望这个候选人来了之后，可以带来新的东西，而不是回扣！”

沈素噗嗤一下笑出声来，眼前的这个老外真的太本地化了。

她内心不由得产生一种遇到伯乐的感受。她原先以为自己足够优秀，无论去哪里都会被人赏识，但是自打时隔多年重新应聘，却屡屡受挫，她才明白了千里马常有但伯乐不常有的道理。

“但是，我还有一个问题，” Michael 终于说出这个根本躲不过的面试问题，“可以问一句吗？毕竟你在朗睿集团是副总监级别，我们在规模上肯定比不了朗睿集团，待遇上当然我们还是有竞争力的，但是想问一下你为什么要离开呢？”

沈素不想含糊其词蒙混过关，诚实地道出实情：“是这样，我被人匿名举报，老板怀疑到我头上，还报警了……公司斗争太激烈了，我没办法待下去。”

Michael 表露出惊诧的神情，他点点头，继续问下去：“可是，是什么人举报你呢？”

沈素停顿了下，脸上露出一丝尴尬，慌乱之中言辞闪烁：“对不起，这个我不方便过多透露，请理解……”

“抱歉，我不是有意冒犯，” Michael 意识到自己穷追不舍的一连串问题触及了对方的隐私，连忙诚恳地道歉，“我认为你的经验与背景都和我们的要求十分匹配。我们很快就会有回复的，希望未来有机会合作。”

“好的，谢谢你，幸会。” 沈素表现得不卑不亢。

从 Michael 的办公室走出来后，沈素不由得松了口气，压抑在自己内心半年之久的坏情绪一扫而光。

或许，自己真的要迎来一次新的转机了。

7

“我这一生，如履薄冰，你说我能走到对岸吗？”

电影《投名状》里庞青云讲的一句台词，听得楚歌差点儿掉下眼泪。

新年三天假期，他哪儿也没去，就窝在家里看老电影。庞青云是一个极富争议的角色，就像一万个读者有一万个哈姆雷特。率领800个手持冷兵器的散兵对阵5000人规模且装备精良的太平军，这是一种玩命似的博弈！

他觉得自己有点儿庞青云的影子了，虽败犹荣，虽千万人吾往矣。

无人堪大用。每次提案只能他一个人上场，就像是一幕被观众期待的舞台剧，作为主演的他却有心无力，撑不起整场戏。与其说是一种痛苦，不如说是一种孤独。那种孤独无人可以去依赖，只有自己。

他戏称自己为“朗读者”——每次都先在提案文件PPT（演示文稿）上写好备注，等提案时就照本宣科地读。为了不显生硬，他每次提案前，都要朗读背诵好多遍，这样现场的时候他不会太过于紧张，语气也会顺畅一些。

事与愿违，越是上了弦，结果越是不尽如人意。提案现场大打折扣，老江湖的客户总能够看出这位资深广告人的露怯。

他的胜算是零。这样也好，把所有人的耐心耗尽之后，就会迎来淋漓尽致的失败。自己可能熬不过试用期的最后这一个月了，他对此心知肚明。

一个礼拜前，梁宸放心不下，跟着楚歌去提过一次案，他私下与客户关系良好，向客户不遗余力地推荐了楚歌。客户的意思是，只要场面上过得去，就能够给绫智广告躬身入局的机会。

楚歌知道决定自己生死的时候来临了。

这次，不能再失败了。

没想到，这该死的老毛病还是难以克服，一到现场客户提供的投影设备死活出不来演讲者模式，他又不能不全屏展示——否则所有人都会看到他在备注里面准备的讲稿。没办法了，他只能硬着头皮来提，站起身，流汗发抖、磕磕巴巴，整个提案过程在客户十几双眼睛的注视下漏洞百出，体无完肤。

梁宸坐在那里，眼神之中掩饰不住的失望。

看来，必须要离开了，再让人家开除一遍，连死的心都有了。

有何颜面面对江东父老？

这些天，北京又开始降温了。

一场雪下来，温度掉了十度，桌前是窗，窗外是三棵大树，其中一棵叶子掉得差不多了，有几只黑鸟站在光秃的树梢，轻声鸣叫。他买了好几瓶很便宜的白葡萄酒回来煮鱼，倒了一杯喝着也不错，便又找了几样配酒的好东西，喝了起来。

落雨，喝酒，看电影。

美好的东西，通常都没什么用。

他把心一横，真是过够了乙方的日子，王侯将相宁有种乎，为什么不能去甲方！广告是一场幻觉，人最终还是要做自己。

服务了别人一辈子却不曾拥有自我的人生设定，太残忍了。

人终究要有属于自己的一亩三分地。毕竟，生命只有一次。

下定决心后，他就把目标调整为只看甲方机会！

接下来，偶尔也有些零零散散的面试机会，却没有一家扔下来橄榄枝。

难道自己就没有甲方的命？

失落之余，他脑子里偶尔也会闪现出来自己面试沈素这等奇异之事，那件事儿已经过去了小半年，回想起来，他隐约觉得那天自己的表现似乎有失风度，甚至还一度产生了一种内疚感。

她从高高在上的位置跌落，居然屈尊来到这种鸟不拉屎的小广告公司面试，想必她也是无路可走了吧，看来传闻是真的，她老公出卖了她……沈素是那种心底骄傲到不行的女人，她的内心一定是无比痛苦……虽然恨她，但又有种恨不起来的感觉……反正他们也不会再见面了，想那么多干吗。

所谓天无绝人之路，有个年轻猎头觉得楚歌背景不错，一家刚进入中国不久的外企正好缺一个主管市场的副总裁，就把他推荐了过去。

楚歌等待的机会终于来了。

他做足了功课，毕其功于一役，单独的沟通楚歌应对起来驾轻就熟，没有丝毫心理障碍。老板是一位刚回国的美籍华人，40岁上下的年纪，沉稳内敛，但是对于国内情形显然不大了解。

两人聊得还算投机，他顿时觉得有戏了。

果不其然，猎头的电话也再次确认了这种可能性的存在。

“楚先生，是这样，昨天我去侧面打听了一下，这个职位加上您一共有四位面试候选人，目前只有您和另外一位多年甲方背景的人进入了复试，还有两位在等消息。”

楚歌心潮澎湃，隐隐觉得这次机会稳了。

他点了支烟，悠闲地吸了一口，正在与猎头闲扯之际，忽然看到不远处飘来一个再熟悉不过的身影。

这个世界怎么会这么小？

只见沈素从方才自己面试的写字楼里踩着高跟鞋走出来了！

8

刚面试完的沈素倒是没看到楚歌，她脑子里不住地琢磨着，这一个月，安顿安顿，买了林林总总二十几种植物，每晚回家，开灯便看到旁逸斜出、高高矮矮的活物，有点开心，检查检查叶片，摸一摸泥土。

这种生活状态是两年前的她未曾预料到的。

她也从植物身上学到了很多东西。她路过街边植物店，买了茉莉与月季，几个月过去，它的藤爬了三四米长，在北京这么冷的冬天，阳台上的月季还长出了花苞，龟背竹又抽出了新叶。每天看到他们，都会觉得生命的能量如此强大，不可撼动。人也得支棱起来啊，她对自己说。

仔细想来，这一段时光就是强行把自己同高速运转的社会剥离开，放到一个步伐相对正常的环境里，了解一些自己早就想学但是没什么用的东西。工作机会应该落定了，这样的日子即将结束，她决定买杯咖啡慰劳一下自己。

她走在前台点了杯拿铁，无意间转过头来，向旁边瞥了一眼。

四目相对。

又是沈素。

又是楚歌。

“你怎么会出现在这里？”两人异口同声。

两人都猜到了对方就是那个“二选一”的候选人。

沈素眼神之中有些轻蔑：“原来那个人竟然是你……”

“我怎么了，难道还不配做你的竞争对手吗？你以为你是谁？”楚歌被她不屑的态度激怒了。

“果不其然。”沈素不由得暗自钦佩自己的判断力，“我就是觉得你可以忽悠一时，但是一定过不了在那家小广告公司的试用期!”

“你胡说八道!”楚歌气得发抖，争辩着，“今天这个职位，我就算败给谁，也不会败给你好吗!”

“鹿死谁手，咱们走着瞧。”

对峙之际，沈素的电话率先响了起来。

“不好意思……老板对您非常认可，可惜人力资源副总监那边态度很强硬，担心您的声誉不够好……所以很遗憾……以后咱们再看其他机会吧。”对方挂了电话，沈素哑然失色。

楚歌俨然猜到了这个结果，放声大笑起来:“你看，我和你说了吧，谁会用一个有污点的人呢?”

“你——”沈素愤怒地看着楚歌，半天没说话。

就在这时，楚歌的电话也响了起来，“您好……人力资源副总监那边觉得您不错，对的，但是老板觉得您只有乙方背景，担心您来了之后水土不服，他们还是倾向于有甲、乙两方背景的人，这样会更适合他们现状。”

“可是你不是告诉我最后是二选一吗?怎么会出现这种情况?!”

“没错，但是……这个结果谁也预料不到呀!”猎头辩解着。

楚歌彻底傻眼了。

到最后，两个人谁也没占到便宜，竹篮打水一场空!

两败俱伤。

又是长时间的沉默。

“你不是在那家广告公司好好的吗？真的没有过试用期吗？”临走之际，沈素忽然轻轻地问了一句。

楚歌迟疑了下，觉得面子上过不去，还在努力掩饰着：“我……自然在里面没问题了。只不过有甲方机会，我就来看看。”

沈素冷笑不已：“我听说那家公司背后的资本还不错，后来一直在业内挖了很多人过去，估计老板见人见多了，也知道你是个水货吧。”

“你——”他有些气急败坏，针锋相对，“你不也没找到工作吗?!”

“我？”沈素苦笑着摇摇头，“我是真的没办法，如果没有那些漫天的负面新闻，我应该不会这么糟糕。”

“别找理由，换作是你，你会竞标吗？会写方案吗？你要是能拿下来一个新客户，我楚字倒着写！”他心灰意冷，早已不做任何希望，“你有本事，可以去试试看，到时候你就会知道，广告公司没有那么好干了！”

“可是没有广告公司要我。”

楚歌突然莫名地心头一软：“我还有不到一个月时间，你不要工资的话，可以去试试看，然后你就会知道，广告这碗饭没有那么好吃了！”

自己居然走投无路到去央求一个昔日被自己开掉的男人。

沈素脑子里面“嗡”地一下子炸了，这些天积累的所有情绪都淤积到了她的身体里，她不知道自己究竟做错了什么，才会落到这个下场，总是和这个她压根儿看不上的男人纠缠在一起。她再也忍不住了，眼泪簌簌地流了下来。

楚歌走也不是留也不是，面对着其他人投来的异样目光，鼓起勇气对她开口道："沈素……我说……你……没事吧？"

沈素不知道是赌气，还是为了争口气，她抬起头来，擦了擦眼泪，竟然抛下来一句她自己都没想到的话：

"我愿意试试看！我要去提案！我要证明给你看，你是错的！"

楚歌一脸错愕。

第六章　背水一战

1

人声鼎沸，烟雾缭绕。

“十三”炭火烧肉酒场。

这是团结湖附近一家近期声名鹊起的烧烤店，还没到五点钟就已座无虚席，排号都叫到了 100 多位，食客们坐在大堂椅子上百无聊赖地玩手机打发时间。

有三种炭可选，牛肉实在鲜美，有牛内脏、烤饭团搭配手工牛肉酱等美味。百种嗨棒，威士忌、清酒、精酿、调酒都有。店面招牌显得复古怀旧，“十三”两个字慵懒地躺在上面，字体拙朴却坚毅。

从远处能够清楚地听到里面不时传来的喧闹声、啤酒瓶碰在一起的声音、催促老板再来一箱酒的吆喝声，以及再熟悉不过的“滋滋”的烤肉声。

环视四周，墙壁上几行富有张力的文字给这家小店平添了几分情调和韵味：

“没了烟火气，人生就是一段孤独的旅程。”

“几串烤肉、一杯美酒，深夜路边的那份诗意，平凡热辣的市井人生。”

“致那些食欲色欲交织的夜晚。把酒言欢，肆意江湖，当代风陵渡。”

烧烤是一个美妙的返祖现象。从旧石器时代以来几百万年的进化，人类第一次的快乐体验或许就是围成一圈用火烤肉带来的。由于店面的生意太过火爆，外面露天的空地也被店家简单改造成了临时烧烤摊，十多张小桌子零零散散地摆放着，每张桌子旁还围着一圈小马扎。

“人生真是讽刺，谁能够想到你我居然可以在一张桌子喝酒。”

三楼最西侧靠近窗户的位置上，楚歌给自己和沈素的杯子里都倒满了酒，望着已经堆成小山的啤酒瓶，他吆喝服务生继续送上来一打冰镇啤酒。

“哼，这有什么可大惊小怪的……生活……总会给你无穷无尽的惊喜。”沈素喝掉了今晚的第五瓶。自从杨峥举报她之后，无论生活中发生什么，对她而言，都显得波澜不惊了。

楚歌愣了一下，立即听懂了这其中的弦外之音，他没接沈素的话，而是望向窗外，又默默拿起一瓶啤酒，自顾自地喝着。

“我们还剩下多少时间？”沈素冷不防地问。

“还有不到一个月吧，我就要被人逐出门了。”

沈素暗自思忖片刻，说道：“这么短的时间，我们再去找新客户，肯定来不及了。你可以争取到公司的竞标机会吗？”

他叹了口气，漫不尽心地打开手机，OA（办公自动化）界面上显示出一个实时智能竞标机会推荐系统：“你还是抛弃幻想吧，靠谱的机会肯定轮不到你，陪标的机会吗，你自己看看喽——”

“你可以讲得清楚点吗？”

“老板梁宸技术出身，讲究公平，所有的竞标机会都在这里了，不过你放心，靠谱的机会，肯定在录入这个系统之前就被人抢走了。能够留在这里的，一定是陪标，再或者是没有任何客户关系需要死磕的项目。”

沈素轻轻笑了一下：“事先声明，我可不是给你灌鸡汤。原先我们的食堂换了供方，因为价格贵了一点，引发很多不满，同事们纷纷弃它而去。新供方没有自暴自弃，也没有指责反击，就默默记录客户需求的变化，每周更新菜式，推出特价菜，丰富副食产品线……食堂门口渐渐又排起了长队。楚歌，如果我们对这个世界充满信心，就会知道，你的用心早晚会被看到。”

楚歌哑然失笑，求饶道：“行了行了，咱们都这把年纪了，你就别给我励志了，你自己决定吧。”

沈素不死心，接过他的手机，一点点地耐心翻看着——

Project 1（项目 1）：已被认领；

Project 2（项目 2）：已被认领；

Project 3（项目 3）：已被认领……

她的目光最终停留在系统界面最下面的一个竞标机会上——世界 500 强邓氏集团旗下的巧克力品牌 W。

大名鼎鼎的邓氏，沈素自然知道这家公司。它是国际著名的跨国快速消费品公司，在世界范围内生产和销售巧克力、糖果及宠物食品。在国内被大家熟知的是它的巧克力和糖果。

“这个标的无人问津？”她好奇地问。

楚歌眼皮都没抬，有气无力道：“因为……根本没有人愿意参与竞标。”

“为什么？”

“为什么没人接？谁也不傻，都打听过了！”楚歌摇了摇头，叹了口气，“邓氏的现任创意公司博朗睿仕已经服务十年了，他们与客户之间的水一定比你想象得要深！其次，我听说国内创意最强的十家公司里面，至少有五家参与了这次提案，连领仕这种大公司一听是这种情况，都不愿投入创意资源陪标，放弃了。咱们现在一穷二白，凭什么去跟人家拼？”

“哪五家？”

“HOOOK、揽败、M、趣加互动、博朗睿仕。”

沈素默默听完楚歌说出来的那些名字，内心也是一惊。

纵横广告圈多年，那些公司她之前几乎都合作过，每家代理商都有享誉业界的奖项作品和一打声望显著的创意大佬们坐镇。这次邀请的创意公司除了绫智之外，都是业界翘楚，有以创意著称的传统4A（美国广告协会）广告公司代表，以服务见长的日系广告公司，两家最近声名鹊起的创意热店，还有一家专注于实效营销，名不见经传的绫智在里面十分扎眼。

邓氏是业界知名的大金主，这次提案更是吸引了不少业界精英参与。可是，为什么里面偏偏有名不见经传的绫智？

"你想问为什么会有这家小公司参与对吧？"楚歌一下子看穿了她的心思，"这个答案也很简单，因为绫智花了高价钱请了业界最好的商务负责人，所以竞标线索一概是不缺的。商务负责人只管客户能够发标书，这就是胜利，哪管这个机会靠不靠谱！"

沈素快速盘算了下，没错，就像楚歌所言，胜算几乎为零。

"我……可以去试试吗？"她还是有些不甘心。

"沈素，不是我想打击你——"楚歌的脑袋摇得像个拨浪鼓，"没机会的，你若想试试，我可以去问问这个竞标机会还在不在，但是公司不会给你提供任何的创意资源支持，换言之，只有你一个人做这个案子，只有两个礼拜，你认为你有胜率吗？"

沈素将她的想法如实道来："我不知道，听标，我确实听过无数次。可是……可是站在乙方的视角，去准备一次提案，这个我确实从来都没有做过……"

楚歌看笑话似地望着沈素："别天真到以为你可以绝地反击，有些事儿你得认命，算了吧，我劝你还是继续找工作吧，你在甲方呆了这么多年，根本就不适合乙方的工作。客户……那是需要被服务的，服务的本质，就是创造感动，你真的愿意放下身段去服务客户吗？我看悬……"

沈素没有理会楚歌的质疑，偏执道："能不能服务，那是我的事儿。我只想问你，你可以和我一起参加这次竞标吗？"

"千万别找我啊，我心已经不在这里了——"楚歌推得一干二净，"我只是给你提供这次竞标机会，其他的我根本没兴趣。"

仅剩的一丝希望就这样熄灭了，沈素的眼神流露出失望，虽然她在这个行业经验丰富，但是完全就自己一个人，她心里没底。

那落寞的眼神，被楚歌看到了。

尽管就那么一刹那，但他还是能够感到沈素的失落之情。曾经那么骄傲的女人，此刻可以放下高昂的头颅，央求昔日压根儿瞧不上的乙方，想必她真的到了举步维艰、山穷水尽的地步。

"我最多能够帮你做到的，就是给你找个免费的实习生。"楚歌有些于心不忍，还是心软了下来，"我豁出去这张老脸，去隔壁团队那里借个实习生给你吧，不过你也别指望着实习生可以堪当大用。"

"谢了。"沈素充满感激地点了点头。

楚歌怎么也没想到最后竟然是这个局面，他故作潇洒地微微笑了一下，站起来说：“时间不早了，服务员，买单。”

末了，一只赤色未成年柴犬鬼鬼祟祟地溜了过来，小眼神盯着桌子上两人没吃完的那些烤串儿，十分出神。

沈素着实喜欢这只小豆柴，顺势抚弄了下它圆滚滚的小脑袋，开口问一旁的服务生：“这只小柴犬，算是你们的镇店之宝吗？”

那服务生挠挠头，笑道：“这是老板路边捡来的，也找不到主人，就养在店里了，不过我们店长有命令，客人可不能随便给它吃烤串儿，容易吃坏了肚子。”

那赤色小柴似乎十分懂事，小舌头舔了舔嘴巴，获得某种精神胜利之后，就十分乖巧地溜走了。

2

绫智的办公室里闯入了一位不速之客。

素面朝天的沈素安静地坐在绫智一隅，不停地翻看着消费数据与 W 品牌资料，就像大学时代考试前在图书馆闭门冲刺一样，从清晨到深夜，没人打扰她，只有偶尔从她身边经过需要打印文件的年轻人会好奇地看她一眼。

她喝办公室的免费咖啡，吃廉价沙拉和面包，日复一日。

转眼到了第 14 天。

她脑子中的创意渐渐成型，回家的末班地铁上，沈素才恍然想起，人生上一次这么拼命还是在高考的时候吧。

楚歌偶尔也会去趟公司，像猫一样，时间不固定。即便这样缺乏规律，不管他什么时候去，都会看到沈素坐在那里，像是被定住一样，岿然不动。

他站在她面前，冷眼看着她。

好久，她才惊觉他在面前。

她客气地同他简单打过招呼，继续埋首苦读。

这注定是一场没有悬念的不可能完成的任务，看着沈素那副执着的模样，看破不说破，似乎是对她最好的答案了。楚歌内心发出一声默然的叹息。何必呢。或许，这次提案之于她，只是找一份心理安慰，亦未可知。

楚歌见过她刚愎自用、盛气凌人的一面，但通过这次近距离地接触，他不得不承认，沈素是个狠角色，对自己下得了狠心，一时只做一事，那份专注力反倒令他望尘莫及。

虽然嘴上不愿承认，但是在内心深处，楚歌悄悄地浮起来一份敬意。

这个女人，值得被尊重。

现在的她，和先前的沈素不大一样。哪里不一样呢？他也说不清楚，就像是在失去稳定可靠的港湾之后，又长出了一个真正独立完整的自我。

这个她，是他不认识的沈素。

闲久了也手痒，有那么几次，楚歌有些忍不住，跃跃欲试，想主动上去问问沈素，是否需要帮忙。可碍于那份大男子主义的自尊心，又在背后打起了退堂鼓——算了吧，何必自取其辱，万一创意没被她瞧上，多尴尬。

他们说到底也不算是同路人，最多算是狭路相逢、短暂和解的冤家对头。

后天就要提案了。

楚歌原本并不打算陪着沈素去，他就像是一个被判了死刑的人，折腾来折腾去，也没有盼头，索性不管不顾，倒也落个心安。

可是偏偏那该死的好奇心让他迫切想看看沈素弄了两个礼拜的案子究竟长得什么模样。

如果她现场翻车了，以后至少可以有一个讥讽她的正当理由。

思来想去，楚歌还是不忍心沈素一个人去提案。虽然谈不上是什么团队，但是总觉得让一个女人去面对客户十几双眼睛，也究竟不是个事儿。

“那个，明天的提案，我陪着你去吧。”最后一个晚上，他终于对着沈素开口了。

这是两周以来，两人唯一的一次对话。

“好。”沈素看了看他，木讷苍白、睡眠不足的脸上挤出来一丝久违的笑容。

3

天空兀黑，乌云压顶，厚厚的云层中隐约出现了一个巨大漩涡。

北京今年的雨尤其多，隔三差五就会来一场。玻璃窗外这低气压的天气让坐在会议室里的人有一种深深的压抑感，大家不由得担心起一会儿下班后的通勤问题，显得有些心不在焉。

终于挨到提案的最后一家了。

所有人心知肚明，这家就是来陪标凑数的，没人把绫智这家小公司当回事儿，就连一向在业界以严谨著称的邓氏（中国）市场负责人王伟此刻也打开了笔记本电脑，开始回复工作邮件，他打算象征性地听听，就潦草离场。

这场面像极了足球比赛中的垃圾时间——大局已定的情形之下，甲方乙方心知肚明，相互配合一下走个过场，给观众个交代。

不知道从什么时候开始，广告公司负责提案的人为了让自己显得很有创意一定要使用苹果笔记本，成为苹果死忠。对于Android（安卓操作系统）和Windows（视窗操作系统）一定要表现出一副冷冷地不屑态度，甚至好像多谈一句，自己的创意就会卡顿一样，甚至业界有传闻说，去年有个重要品牌竞标，就是因为负责提案的人是拿国产某品牌电脑做的创意，才没竞选上。

但是现在，沈素拿出来的只是一部廉价过时的笔记本电脑。

客户中有两位打扮时髦的年轻人留意到了这个细节，互相看了看，撇了撇嘴巴，面带一丝不屑。再加上沈素朴素的外表，她看起来实在不像是个有什么性格的创意总监。

其中一人忍不住低声问："这家公司什么来头？"旁边那人皱着眉头，摇头低声道："我也不清楚，以前没听说过。"

笔记本电脑迅速连接投影仪，接着提案的文字出现在了屏幕上面。

从早上起来，沈素不知为何就开始紧张，虽然她并不害怕接下来遇到的场面，但就是莫名地心跳加速、口干舌燥，连早饭也只吃了两口就没有胃口了。

王伟临时出去接个电话，所有人安静地等着他回来。

沈素心中忽然生出一阵感慨。看着眼前再熟悉不过的提案现场，多少年来她都已经习惯坐在对面，当一个正襟危坐的核心甲方，当一个所有人都要小心翼翼对待的决策者。她习惯性地发号施令，任意点评对面代理商费尽心思准备的创意，容不得任何向左的意见。

然而今天，她却站在了对面。

轮回，因果。人生渺渺，如白云，如苍山，三十年河东，三十年河西。

这一次，她算是理解了准备提案过程中的艰辛与煎熬。

那冰凉的感觉再度充盈了全身，不知为何，她甚至可以感受到全身的血液迅速冷却下来，尔后是兴奋感，肾上腺素迅速飙升，那股冰凉感游动的速度比以往快了许多。

沈素用余光瞥了楚歌一眼，见他一副与世无争、吊儿郎当的模样，但是，不知道为何，她的内心却渐渐地镇定下来，那份紧张竟然奇异般消失了。

她一个36岁女人，此刻竟像是16岁少女般悸动。她伸出手，摸到桌子上摆放的那个冰凉的遥控器。按下去之后，投影仪上的幻灯片就会一页一页地播下去。

拿下这场注定是陪标的竞标。

可是，这可能吗？

“今天的提案由我的同事沈素来负责。”楚歌负责开场。

沈素拼命压抑住了自己内心产生的对失败的强烈臆想，试着用精神上的专注去驱散各种无端的杂念。楚歌的声音带给她一份莫名的坚定，在她身体里缓缓游荡。

“提案时间是40分钟，10分钟答疑，可以开始了。”

沈素喃喃道：“是。”

长桌对面的几十道目光齐刷刷地都落到了沈素的身上。

顿时鸦雀无声。

赢，沈素知道这目标缥缈无望，那只是她内心深处隐隐闪现的一丝小小的、侥幸的希望，证明她自己还能够重新站起来。她低下头，目光所及，就只剩下了她手中的那个黑色遥控器。

她合上眼，冰凉的感觉仿佛从身体深处汩汩地沁出来。

一个人，什么时候感觉最孤独？

是不是独自面对着整个世界的冷漠的时候？是不是独自面对着所有人忽视的时候？

一个人的血，是冰冷还是沸腾？

这时，窗外黑云压境，映在她的脸庞，没有人看清她的表情。

窗外的雨仿佛要浇灭她刚刚燃起的自信。沈素的眼前又浮现起那个梦魇：惊涛骇浪的夜晚，她被无边无际的大海所吞噬，杨峥弃她而去。

她的牙齿轻轻咬了下嘴唇。

忽然，就在此刻，她的心脏猛地一跳，就像有人在她身体里用重锤狠狠地砸了一下。她抬起头，睁开眼。

那一双血红的充满斗志与不屈的眼睛！

人没有第二次机会去建立第一印象，背水一战的时机只有现在！一股莫名的热血迅速蔓延开来，她的内心顿时升腾起了一股充沛无比的力量，就像是与自己血肉相连的想法从内心深处深深呐喊一般。这一刻，沈素似乎终于活了过来，那灯光打在她的身上，显得她气场十足，仿佛她已完全变成了另外一个人。

台上台下，一片寂静。

而外面，雷声愈急，雨线愈密。

沈素孤傲地站在那里，用女王般自信的目光巡视全场每一个人，用子弹一样的女中音打进每一个人的心口。

她一张口，整个世界都是她的了。

全程，楚歌都没有说一句话，他傻眼了，静静地听着，现场所有人渐渐地被沈素并不响亮的声音所吸引，都放下了各自的笔记本电脑、手机，开始认真地听着。

当提案的人比在座大多数客户都了解自己生意的时候，自然会赢得尊重，沈素数十年如一日对专业和行业的专注，在此刻迸发出前所未有的魅力与吸引力，仿佛是一种神秘的气场，又或者是一种旋涡的力量，将在座所有人都深深地吸引了进去。

咬字千斤重，听者自动容。沈素以她的真诚、以她的专业、以她最为笨拙的方式，深深地触动了现场的每个人。

楚歌怔住了，他不是被沈素的创意所打动，而是她身上那股无穷无尽的生命力、对生活不屈的态度，还有那种凤凰涅槃般不屈不挠的精神，深深地打动了他，震撼了他。

时间一点点地过去。

那一刻，输赢在她看来似乎根本不重要，她就是为了赌一口气。这股气在她心里憋得太久太久了，这次提案，就是一场宣言，她只是借这个场地，向所有人说出她的理想，她的渴望、她的不屈不挠都堵在这一口气上面。

就算早已注定了结局，就算精心准备的一切都变为徒劳，就算所有人都看笑话！

又奈她何?!

那天她在一个视频网站上无意间浏览到游戏《黑神话·悟空》的预告片，虽然是黄眉妖言惑众、蛊惑人心，但却深深被她听到了心里去。

“还记得，盂兰会上，世尊说过，众生之苦，多因不守戒律，放情纵欲。要我说，放屁！不杀生，仇恨永无止息；不偷盗，强弱如我何异；不邪淫，一切有情皆孽；不妄语，梦幻泡影空虚；不馋酒，忧怖涨落无常；不耽乐，芳华刹那而已；不贪眠，苦苦不得解脱；不纵欲，诸行了无生趣 。”

就像那只猴子，置之死地而后生！又有何妨？

那种逆转带来的快感能够让她重新燃起信心，她是完全渴望的。她所渴望的，并不只是一次提案的胜利，她甚至认为自己过去30多年的人生都太失败了，她只是希望可以有一次机会证明自己，告诉所有人她还没老！

换言之，对沈素而言，这次提案寄托了她太多的期待，也承载了她所有的愤懑与委屈，这已远远超出了一次普通的提案。

时间到了，提案结束了。

仿佛是在等待这一刻，窗外的骤雨竟然也应景般地停了下来。雨过天晴，一道彩虹横跨空中，灿烂的光芒与浅蓝色的天空交相辉映，分外美好。

楚歌看着近在咫尺的沈素，芳兰竟体，仿佛闻到了淡淡幽香，心中忍不住一阵激动，却不知怎的，只顾点头，竟连话也说不出来了。

所有漂泊的人生都梦想着平静、童年、杜鹃花，正如所有平静的人生都幻想伏特加、乐队和醉生梦死。

有的人，似乎总会在某一年，爆发性地长大，爆发性地觉悟，爆发性地知道某个真相，让原本没有什么意义的时间刻度，变成一道分界线。

楚歌，似乎终于找到了他命中一直缺少的东西了。

“你今天讲得很好。”开车回去的路上，楚歌发自内心地称赞。

沈素正怔怔地望着车窗外，连对方长时间停留在她身上的视线都没有感觉到。

“呃……”她过了一会才反应过来，回头问他，“你说什么？”

“陪标……你就不担心陪标吗？”

“怕，但是光害怕有什么用，”沈素轻轻地顿了下，“我又没什么可以失去的了，就算是假戏也要真做，光脚的不怕穿鞋的，比就比，输了也不丢人！”

这么近距离看着她，楚歌发现沈素的瞳仁有些不同，是一种很淡的棕色，这使得她的眼神比别人更亮、更透彻。

“好像……你已经从阴影中走出来了。”

只见她如释重负地吁了口气：“我只是尽力而已。既然我愿意往前走，不管是怎么样的路在等我，我都要继续往前走。所以你要问什么时候走出来，其实我的每一步直到现在，都是走出来。”

楚歌有些动容，他想说点什么。

但最终，还是忍住了。

“发生的事情就是发生了，它虽然还在你心里的某一块，但是至少有更多不一样的感受和事情出现，已经大过以前的那些东西了，它现任只是一个印记而已，是你身体上的一颗痣、一个伤疤。”

“它会影响你吗？”

沈素像是对他说，也像是对自己说：“一点都不会。和伤痛共存，这就是我们每个人的人生。楚歌，从里面出来后的有一段时间，我失去了欲望，最明显的是没有食欲，每天都不想吃饭。其实青春期之后我有点微胖，一直励志减肥，却从来没成功过，而那段时间就一下子瘦到了 100 斤以下。看着镜子里瘦下来的自己，我反倒一点减肥成功的喜悦都没有。太难看了！这不是我想要的。我宁愿做一个胖子，但是要有生命力。这一次的经历更让我意识到：人必须要有欲望。食欲、性欲，所有生活的欲望，包括贪婪、自私都是可以的，因为没有欲望的人半点生命力也没有。”

“我今天突然重新认识了一个人。”

楚歌还不知道，后来很多年里，他还会经常想起今天的提案，翻来覆去地想，尤其当他感觉希望再次幻灭之际，不是因为其中热血澎湃的信念之气，而是它会提醒他一个事实：

即使一切都只是一场梦，他也要找到它。

沈素轻轻地看着楚歌，没说话。

这时，阳光悄悄落在了她的身上，有一点点的暖意。两人向东方天际望去，那里，一轮夕阳正缓缓落幕，红通通的，光线柔和而不刺眼，映红了天边远处的云霞。

4

三天后。

沈素行色匆匆地走在街头，北京今天的风很大，无数人在朋友圈晒着晴朗蓝天映照下的北京城。她下了出租车，靴子在地面发出清脆的声音。

不远处就是“十三”烧烤那醒目的招牌，半个小时前，楚歌突然和她约在这里碰面，他说商务负责人在客户的内线反馈，竞标结果即将揭晓。

她推开门，径直走到一层西南角落，楚歌早已百无聊赖地坐着喝了半天酒。

“最终的结果……出来了吗？”还没来得及放下雨伞，沈素就迫不及待地问，她的声线中明显有些紧张。

楚歌神色凝重：“就在你进来前一分钟，刚打完电话。”

“最后，究竟是哪家公司赢了？”沈素瞪大眼望着他。

楚歌欲言又止，怔了半天。

他心里清楚，沈素那么骄傲的一个女人，这次凭借一己之力，将案子做到这个程度，最后却换来这个结果，他有些不忍心。

“沈素，你别着急，听我说，我承认这世界上有些时候，大力的确可以出奇迹，黑马确实让人惊艳，但是更多时候，你不得不承认的是，豪门是有价值的，那些4A（美国广告协会）公司，那么多创意资源养在那里，不是吃干饭的，我们没有人，就得认命。不管创意提得多么出色，决定最终成败的原因是复杂的。”

从小腹排山倒海卷上来一股麻木，像被水泥从脖子往下灌到胸口，只有心脏跳得异乎寻常，激烈又疼痛。沈素大失所望，在她的人生经验中，从来都是习惯去评价别人的创意，这次她却实实在在地品尝了一番失望的滋味，自己费尽心思勾画出来的创意却遭人奚落、否定。

“所以……还是输了？”她语气中充满了失望。

楚歌轻轻地点点头：“是的，我们甚至都没有进入第二轮商务标的环节。”

尽管早已有了心理预期，但是当沈素听到这个结果，心里还是不免产生出巨大的失落。

人生的第一次提案，就以这样的方式惨淡收场了。

沈素的内心咯噔一下，她着实身临其境地体会了一次乙方的黯然心境，不断失望，又不断希望，最后深感无望。

“当然，你也别太介意，创意这种东西还是非常主观的，而且……”楚歌开始编织善意的谎言，打起哈哈来，“我说了，人家有关系，中标的有关系。”

就在那个瞬间，沈素觉得自己很可笑，就像是一个在台上活蹦乱跳、演技拙劣的小丑，没有观众笑，只活在自己的世界里。

“看来真的是我一厢情愿了。”

沈素深深地叹了口气，她眼睛通红，猛地抄起放在桌子上的啤酒，扬起来脖子，咕咚咕咚一口气全部灌了下去。

对结果的控诉、对希望的执着、对胜利的追求，顿时化成一股失望和怒火，犹如机关枪一样火力全开，扫过大脑，力穿身体，直击心脏。

楚歌想要上前劝阻，却发现酒瓶已经空了。

沈素的嘴角露出一丝惨笑：“我现在才明白，以前人们去唱歌的时候，最害人不浅的是哪首？《爱拼才会赢》。什么三分天注定，七分靠打拼。现实永远都不会那么励志，应该是七分天注定，三分靠打拼。现实就是残酷的，认清现实的残酷，让人很不开心，但是也不容易幻灭。这样比犯傻强多了！”

“你千万不要自暴自弃。极少有人能在首次提案中拿下竞标。你知道吗，我们原先，失败一次，就会开香槟庆祝失败。”

“庆祝失败？”

“当然！开心到不行！”久经沙场的楚歌显然远比沈素看得开，对于这个结果，他早已见惯不怪，“这是绝对正常的现象，你以为你是天才啊，通常我们竞十个标，成功的概率大概是一个半。”

沈素不解：“为什么是一个半？那半个是什么意思？”

“就是打折扣喽！比如竞标虽然成功了，但是由于客户预算紧缩，或者是产品开发搁置了、暂停了，悬而未决的事儿多了去了，客户呢，也没有说这个案子不做了。你就等着呗，等着等着，最后就无疾而终了……我在这个行业十年多了，我只想和你说，广告公司很多时候是很无力的，有的时候，你唯一可以去做的，只有等待……”

沈素像是听懂了一样点点头，她转过身来，又和服务生要了一打啤酒，随手拎起来桌上的酒瓶一口气喝得精光。

“你悠着点儿喝，我虽然没啥钱，但是你放心，今天的酒一定管够！”楚歌眼见着沈素神色不对，连忙劝道。

沈素实在没想到自己混到这个地步，居然和昔日的“敌人”成了最后的战友，不由得悲从心起。

“今天我们不醉不归！”

“好了，你和我也算是不打不相识，明天就是我在公司的最后一天了，公司还会给我这个月的薪水，今天的客，我来请！”

酒被不停地送上来，又被不停地被换下去。

一轮又一轮地更迭着。

酒喝干，再斟满，今夜不醉不还。

酒过三巡，需要换新的烤肉篦子，楚歌连忙起身招呼服务生。由于两人所在的位置在三层的西南角落，较为偏僻，当天楼下的生意实在红火，喊了半天，完全没有人应，这下子把处于醉意之中的楚歌惹恼了，他大声吼了一声：

“有没有人，是不是都死了？!”

这突如其来的一嗓子，把身边的所有人吓了一大跳。

这个位置倒是距离烧烤师傅上菜的地方很近，沈素正要劝他冷静，一个年轻的烧烤师傅闻声，从后厨一路小跑过来。

他一脸殷勤：“先生，不好意思，我们刚开张，最近生意太忙了，服务人员还没有跟上节奏，怠慢了，您看有什么吩咐？”

楚歌冷哼一声：“烤串速度慢也就算了，上个啤酒都上得这么费劲，还做什么生意？”

烧烤师傅笑了：“没问题，点酒是吧，您和我说就行，我现在给您取，免费送给您！”

说完，他就转身离开。

忽然间，店员的眼神落在了沈素身上，就那么一刹那，他的眼神之中似乎迸发出一丝巨大的诧异。

但是很快，那眼神又被升腾起来的烟雾杳无声息地笼罩住了。

处于醉意中的沈素并没有注意这个细节。

那烤串师傅麻利地收拾好凌乱的桌子，取上来一打啤酒：“我是小张，这里的店长。怪我们速度慢，今天我请客，您两位看着点。”

“天下还有这等好事儿?”这次轮到沈素诧异了。

她这才留意到眼前的摊主瘦瘦高高的，挂着笑脸，少了些串儿摊老板特有的江湖气息，多了些质朴谦逊与文质彬彬，更像是年轻的学徒，想不到年纪轻轻居然已经是这里的店长，完全不像是串儿摊老板的模样。

店长解释着：“我们店在试营业期间有个活动，咱们这桌子不是13号吗，我们店里名字就叫做“十三”烧烤，所以只要派到这桌，我们会送给客户免单权。”

楚歌和沈素两人面面相觑，顿感到一份沉甸甸的奢侈，这种再简单不过的幸运，两人都不敢相信自己可以遇到。

“呃，你看着上吧，肉筋、腰子各来十串儿，牛肉、五花肉什么的也来点，再给我来一箱啤酒吧。”楚歌倒是真没客气。

张十三麻利地从冰桶里取出冰镇好的啤酒，迅速端上毛豆、花生，还有各色凉拼，转身又斗志昂扬地回炭火前烤串去了。

左手凭借着多年练就的感觉从冰箱里面取出食材，右手潇洒地一挥，辣椒、椒盐和孜然等佐料就乖巧地均匀落在了腰子上。那一刻，他俨然就是一位炉火纯青的火上钢琴师，正襟危坐有时，癫狂不羁有时，藕断丝连有时，神魂颠倒有时。张十三尽情挥洒着属于他自己的那份青春，弹奏出震撼世人味蕾的最强音——命运交响曲。

当然，只不过是那些串儿的命运而已。

不多时，新烤好的板筋就已经上来了。

楚歌咬了一口板筋，感慨道："十三，你这个串儿就是销魂，甩了别人家不知道多少条街。如果烧烤界也有奥斯卡，你就是最红的影帝！"

沈素尝了下，也是赞不绝口，忍不住感慨："三百六十行，行行出状元。"

三个人碰了下酒瓶，开始对喝起来。

十三搓了搓手，局促地说道："来，我陪两位喝一杯，方才招待不周，还请谅解！"

"对了，上次我们来的时候，我听服务员说，这里墙壁上和菜单上的文案，都是你写的？想不到你除了烧烤手艺好之外，还能写出这么棒的文案！"沈素脑子一转，忽然想起来点儿什么，一下子又干了半杯，顿时有些上头了，"这些文案，都是你写的？"

张十三点点头："对，都是我写的。"

沈素点点头，脸上露出一丝赞许的神情："你的文案，都是直达内心的，写得真的好。"

"两位就别取笑我了。"张十三自嘲式地笑了笑，"我原先特别想去广告公司，但是因为我学历不够，投了很多简历，都没有公司要我……"

听到这话，沈素和楚歌面面相觑，这才明白高手在民间的道理。

沈素内心顿时生起了惜才之心，觉得眼前这个人才应该不拘一格吸纳进来才对：“如果你愿意，我们倒是有个机会，你愿意试试吗？”

张十三不明所以地点点头：“你们……你们是做啥的？”

沈素指着楚歌说道：“他可是在广告圈混迹了十几年的老炮儿，这些年徒子徒孙都成为各大广告公司的老板了！你要是想进广告圈，找楚老师肯定没错了！”

楚歌喝得也有点儿上头，得意起来：“你开什么玩笑?！沈总是所有乙方闻风丧胆的大甲方，她要是肯给你打招呼，你想去圈内哪家广告公司，还不是平躺就可以解决的问题吗！”

张十三愣住了，他不明白眼前两位客人说得是真是假。

“你们是开玩笑的吧？”他单刀直入。

那两人听了这句话，互相看了下彼此，都仰天大笑起来。

“是的，我们就是开玩笑的！我们连自身都难保！”

看着眼前两个人捂着肚子笑着，张十三也只好站在那里傻傻地跟着笑，虽然他并不明白他们在说什么，但是觉得这两位客人实在可爱。

就在两人大笑之际，楚歌的手机响了起来，他随手拿起来一看，怔住了，电话是绫智的老板梁宸打来的。

这么晚了，为什么他会联系自己？

楚歌流露出不解的神情。

5

“素姐，你经历了那么多事。”张十三一脸钦佩地望着沈素，她的身上似乎有一种能够强烈打动人的力量，“你从里面出来，还能这么执着地坚持下去，了不起。”

“这是我的故事，你告诉我你的呢。”完全处于醉意之中的沈素笑盈盈地望着他。放在以往，她根本没时间和一家烧烤店的烤串师傅闲扯，但是现在，她却觉得和他分享自己的故事，有趣极了。

这已经是两人连续喝的第八瓶了。

反倒是张十三不胜酒力，眩晕之中干脆趴倒在了桌子上。

沈素独饮之际，楚歌回来了，看他那神情有些诧异。

她又抄起来一瓶啤酒，俨然喝高了，朝着楚歌不依不饶：“喂，你上哪儿去了？不带这么躲酒的，店长被我喝趴下了，你接着陪我喝！”

“来了个新的竞标机会，你要不要试试看？”楚歌冷不丁地冒出来这句话。

沈素一时半会没反应过来：“你说什么？”

“嗯，还是邓氏这个客户，梁宸刚才打电话来，说客户那边提供了一个新的竞标机会，有两周的准备时间，问我们要不要试试？"

在酒精强大的作用下，沈素脑子有些没缓过神来，楚歌的这番话更令她感到迷惑了："明天，不就是你的 last day（最后工作日）了吗，你还可以接 brief（任务）？"

"是这样的，你听我说——"楚歌继续解释，"客户的市场总监王伟亲自给梁宸打了电话，说这次巧克力的竞标项目，虽然咱们的方案没中，但是对我们团队，尤其是你，印象特别深刻，希望接下来绫智可以参与到新项目的竞标。梁宸是聪明人，肯定会卖给大客户面子的，所以他同意再给我们两周时间去准备这次竞标。当然了，他也知道这个时间点通知我有些尴尬，所以他的意思是，我们自己决定要不要继续接受这次 pitch（竞标）？"

沈素这下子听懂了，她的嘴唇紧闭着，没有言语。

"哪个是王伟？就是现场一直在提问的那个女的？"

"好像不是的。"楚歌摇摇头，"王伟据说在角落里坐着，一直没说话。"

沈素努力回忆了半天，猛然间她似乎想起来一个男人，戴着眼镜，穿着一件运动帽衫，坐在最里面的角落，一直安静地聆听着。

楚歌的声音打断了她的思路："你认识他吗？""

沈素一脸惘然，否认道："我……不认识。"

"算了，不管这些了，我们……要不要试试？"

沈素听清楚了，这次楚歌的嘴里再没有说出来"你要不要试试看”，而是变成了“我们”。

她内心一阵子悸动。

为什么不呢？又没什么可怕的，既然客户敢给我们机会，我们就敢去尝试一次！我们……再没有什么可失去的了。

“可以！”

酒喝多了，人的决策链变得十分简单。沈素不假思索地脱口而出，“但是，楚歌，你要和我一起！”

楚歌身躯一僵，沉默几秒，声音有点不自然：“我？”

“当然，就是你——难道又让我一个人去送死？”

楚歌的眼神落在沈素的脸上，一向不羁的他被这句话击中了，原来不知不觉间，她已经视自己为可以信任的伙伴。

“邓氏这次即将推出的宠物食品及护理品牌 Fun+，预计年底正式进入中国，包括干粮、罐头、零食和护理产品。Fun+的产品线目前包括 16 种不同类型的猫粮和狗粮，可以根据宠物的喜好和饮食需要进行混合和搭配，预算千万级——”他面色还是犹豫了下，“可是有个技术问题，我没养过宠物，完全不懂。沈素，你懂吗？”

楚歌抛出来这个问题，问得她也是一怔。

沈素对小动物并没什么特殊的偏好，小时候被狗咬过后打针的经历让她一直对宠物两个字敬而远之，加上平日里长时间紧张的工作状态，连孩子都没时间生养，哪里有时间养宠物？

杨峥倒是很喜欢边牧，一直想养一只，但是却被爱干净的沈素一口否决，她对宠物的认知只是集中在短视频软件里的云撸狗、云养猫视频。

楚歌叹了口气：“看你那拼命三郎的样子，就知道你这辈子和宠物无缘了！养猫养狗，得有钱有闲才行。”

沈素不服气：“我……我可以去找朋友问问。”

楚歌乐了：“我没说你不可以去调研，只不过这需要时间成本。我提醒你，我们只有两周时间准备，现在这么大型的提案，都要拼团队之中有熟手、有专家——更重要的是，现在‘九五后’‘零零后’小孩儿单身的多，都喜欢养猫养狗，人家话语权直接甩你和我十条街，提案的时候，你连门儿都没摸清，怎么跟人家竞争？”

沈素眼神坚定：“你先答应下来，后面的事情，容我想想。”

“听我说，你不能让你的错觉带着我们没有意义地消耗下去，你要明白，我们与客户之间只有两种关系：要么做猎物，要么做猎人。我不想再做一次陪标牺牲掉的猎物。”楚歌提醒着她。

“你不相信我……还是压根儿不敢相信自己……哪怕只有一次？”

一股难以言喻的情绪在此时袭上楚歌的心头。

他不知道该答应还是拒绝。按照他的性子，他不想再做无谓的拖沓，但是此时此刻他却又无论如何也硬不下来心。

冷场。

“你们……是要找懂得养猫养狗的人吗？”

循声望去，说话的人是张十三，一直趴在桌子上的他突然抬起头来，迷惘地看着两人。

沈素眼中流露出一点惊讶，但还是点了点头。

张十三摇摇晃晃地起身，朝着空气中大声喊了声，“小八、小八——”

不多时，那只店宠——赤色柴犬仿佛听到主人的呼唤，疾步冲了过来，径直窜到了张十三的腿上。他搂着它，抚摸着它的小脑袋，被撸的小八一副享受的模样。

沈素恍然大悟：“踏破铁鞋无觅处，十三，原来你就是送上门的专家！”

“十三，你养狗养了多少年？”楚歌也连忙追问。

张十三憨厚地笑着：“我从小在乡下的外婆家长大，村子里大多养狗，就是那种小土狗，到现在吗，养狗都超过十几年了，好几条狗，都是我自已养，不精贵。不过，这只小八的主人是我们唐老板，她的要求特别高，每月花在小八身上的钱没有两三万也差不多，我对小狗吃什么、用什么品牌都特别熟悉，没有我不了解的，你们两个尽管问我好了。”

“为什么叫小八呢？”

沈素试着从十三的手中抱过这只小柴来，觉得实在是可爱，圆滚滚的脑袋，不时左顾右看，但又十分听话，并不过分活泼。

“就是因为这狗特别八卦，好奇心特别重，哪里有什么风吹草动，它都会第一时间跑过去伸着脑袋观望，打探发生了什么。”

张十三笑着解释，“所以老板就说它是一只狗仔柴，就叫作小八吧！”

两个人精神都为之一振。

楚歌来了兴致：“对了，你们老板是什么人呢？”

“唐老板，她可是一个大美女，不过常年都在国外，我们也很少见面。”张十三又给自己倒了杯酒，“以后有机会给你们介绍。”

借着酒意，沈素一把将张十三紧紧地拉住：“这个忙，十三你一定要帮！”

张十三为人豪爽，当下痛快地一口答应：“没问题，今天认识哥和姐，实在是有缘，我给你们再烤点串去！”

“好兄弟，真是好兄弟！”楚歌激动地拍了拍他的肩膀。

今夜大醉，无人入眠。

沈素这些年没对别人讲过的话，都和楚歌、张十三他们说了。

仗义每多屠狗辈，欢场尽是义气姬。

不知道为什么，沈素的心头忽然涌出来这个念头。

“我就会烤串，正好借着这个机会，向你们学习下专业知识。”张十三挠了挠头，憨憨地笑了起来，“我就想去看看你们白领的日常工作是啥状态！平日最羡慕你们这些在办公室里工作的人了，我以前路过国贸，看着那些衣着光鲜的男男女女，我觉得，那就是我的梦想。我这辈子不能成为他们了，但是我想，如果有一天，我可以去那个楼里面，和你们一起开个会，给我个机会见识下，我就太开心了。”

楚歌摇摇头：“十三，你们外面的年轻人容易误解广告行业。电影当中的那些美好往事，只是发生在20世纪三四十年代，中国也曾经有过。但是那是曾经，现在，广告只是一种职业，一种挣钱养家的工作罢了，虽然没有那么不堪，但也并没有多么高大上。”

沈素听到这话，也有些黯然心酸。这段时间以来，变身乙方的日子才令她明白，身为广告人，哪有那么多美好的现实和理想，不过是在跟自己死磕，跟客户较劲和妥协中，日复一日，年复一年。广告改变不了什么，广告不能让世界变得更好，甚至不能让自己变得更好。那些所谓的好策略和好创意，在甲方面前也根本不值一提。你的广告出街了，不是因为你的创意好，而是甲方愿意为此埋单。

——这些话虽然有些丧，但这就是赤裸裸的现实。

——清醒而不放弃做梦，才是世间最难做到的修行。

不过，她并不想就这么放弃。

“十三，你这个心愿，一定帮你实现！”沈素的双眼紧紧地盯着楚歌，那眼神中流露出耐人寻味的期待，“连人家店长小哥都愿意帮忙，我们要不再试一次？楚歌你别总是说丧气的话把人家吓跑了。”

楚歌内心一暖，有一种久违的默契感涌上他的心头，堵在他的嗓子里，反而让他说不出话来。

“楚大哥，你就不要犹豫了！”张十三颤颤巍巍地举起啤酒瓶，“让我跟着你学两招，看看怎么把我们这家店推成网红店！”

楚歌自顾自地笑了起来：“我，无所谓，闲人一个……反正这两周还有工资可以拿，又没什么损失，那就陪你们走完这一程！”

“好，生活要有目标，但我们不是为了目标而生活！”

沈素豪气顿生，忽然间感受到一种莫名的凝聚力在他们中间形成。三人不约而同地举起手中的啤酒瓶，“砰”的一下，清脆有力地碰在一起。

第七章　让我再次介绍我自己

1

头脑风暴的会，连续九天，从早九点一直开到了晚九点。

今天是第十天。

所有人，包括兴趣最为浓烈的张十三在内，都早已疲惫不堪。只有沈素，还孤零零地站在白板前，拿着水笔不停地在上面划着。经常是大家都回家了，她还在办公室。她可以连续工作十几个小时，各种会议各种沟通几乎都能无缝衔接。她还会特意把手表调快半个小时，只为让自己变得更紧迫。

明天就要提案了。

更为麻烦的是，沈素和楚歌两人各执一词，谁也没能说服谁。沈素主张将提案的重点放在推广效果上，而楚歌则坚定地认为必须放在创意展现上面。

“完成比完美更重要！我们不要再这样无谓地纠结下去了！”

楚歌不耐烦地看了看手表，一脸的不以为然，“沈素，客户要的是一个创意解决方案，你有空再去看看 brief（任务），现在非要弄出来一个销售解决方案，为效果负责，驴唇对不上马嘴，客户能买单吗?”

“最好的答案都不在熟悉的路上。不破不立的道理，想必我就不用再重复了吧?”沈素稍作停顿，脑子依旧在高速运转，“闭着眼睛都可以想到，竞争对手们一定都会聚焦在创意军备竞赛上面，我们想要赢，必须要做出差异化才行!”

楚歌有些不悦，忍不住反诘道：“你所谓的差异化，太刻意了，完全就是哗众取宠!”

沈素不急不躁，耐心地守护着自己的立场：“好，我承认，楚歌你这次提出来的创意非常出色！但是你可别忘了，其他五家 agency（代理商）在业内都是以创意强悍著称的！我是一个有什么说什么的人，你现在是以一己之力与五家手握重兵的创意公司竞争！胜算太低了!”

平日里，楚歌最为反感的就是自己的创意被别人拿去指手画脚，尤其是他这次苦思冥想了一个礼拜、完全被视为一次“回归”之作的 Big Idea（大创意）。现在，被沈素说得一无是处，他有些恼羞成怒，火气一下就蹿了起来。

“这世界上哪有那么多的客观？客观，客观，都是各自的主观！总之，沈素，你别不爱听，你的想法不对!”

沈素一怔，没想到楚歌如此武断地下了结论。

四目相对，互不相让。

沈素强行压制着自己的火气："楚歌，我觉得你对提案的理解有偏差，请你相信我，我在甲方负责市场这么多年，我太知道甲方想要什么了！根本就不是这种完全不落地的概念，他们要的是有用户洞察、有数据驱动的解决方案，关于这一点，拜托就请你就不要和我争执了！好吗？"

楚歌急了，脸色涨得通红："你说什么，我在广告这个行业做了十几年，提案过无数次，你说我根本不懂提案？"

沈素毫不示弱，针锋相对起来："请你不要这么固执好不好，你一天都没有在甲方工作过，你根本就不清楚客户想要什么！"

楚歌丝毫不让步："可是，可是，你呢？你又如何？你每天待在甲方象牙塔，你根本就没有在乙方体验过，如何搞定一次竞标？如果搞定一个客户？如何搞定一次报价？如何搞定客户关系？我和你说，必须让听得见炮火的人来做决策和指挥！你太片面了！"

"你说的这些没有说服我——"沈素丝毫不掩饰自己的质疑。

楚歌面子上挂不住了，毕竟自己纵横广告公司多年，给客户的提案也有上百次，至少在竞标这件事上，他自认为远比沈素更具有话语权。

"沈素，有些实话我得告诉你，我太知道客户想要什么了。提案，就是个秀场，那些创意都是在天上飞的，没几个能够真的落地，如果你太认真，反而就输了。"楚歌理直气壮讲着，"谁都知道，这次提案，不过就是个甲方和乙方之间默认的一场游戏而已。你要站在客户的立场思考问题，换位思考，将心比心，客户是希望我们告诉他真相吗？不是，客户是想要你告诉他——他最想听到的真相！所有的提案解决的都是营销问题吗？不，你太天真了！要解决的是客户向上汇报的问题！作为提案的人，舞台给你了，你就是个演员，演好戏让客户开心就行！”

这一番振振有词的连珠炮似的灵魂拷问让沈素一怔，情急之下脱口而出：“没错，楚歌，你是在广告公司做了十年，但是，你有没有想过，你这十年很可能是十个一年，你并没有将去年的表现，变成今年的底线！换言之，你这个经验是有水分的！是一派虚假繁荣！楚歌，你也不想想，你当初是怎么被我炒掉的……”

“你说……被什么？”

楚歌满脸大写的错愕，他完全没有预料到沈素会抛出来一番如此言论，尤其还在张十三与实习生小舞面前。她的话显然戳中了他的痛处，他腾地一下子站起来，怒目圆睁地盯着沈素。

空气凝固了。

一时大家都不说话了。

沈素这才意识到自己说错了什么，眼眸中掠过一丝悔意。

她连忙起身道歉：“不好意思，我刚才说错话了，我真的不是这个意思，楚歌，你千万别多想。”

楚歌正要发作，陡然间心头一疼，内心不由得一凉，眼神顿时黯淡了下来。

“沈素，你不就是想说我当初是怎么被你炒掉的吗？话说到这儿了，我也就不遮着掩着了，我想告诉你——那是以前！沈素，你不再是高高在上手握着预算的市场副总裁了！”

这些话，按照他原本的性子，楚歌一定会脱口而出。

然而现在，他什么也没说，将那些话默默地吞了进去。

他杵在那里，一动不动。

现场一片死寂。

张十三努力想打破这份尴尬，但是又不知该如何开口。

“楚歌，我不是有意的，你听我说”，沈素的脸也涨得通红，她走上前去试图解释。

楚歌的嘴角轻轻地抽搐了下，轻描淡写地回应：“没什么可解释的……这次竞标……原本和我也没什么关系，祝你们好运！”

丢下这番话，他转身就走，完全不给任何人挽留的机会。

门，重重地关上了。

柴犬小八闻声迅速跑了过来，平日里喜欢闹腾的它，此刻居然听话地趴在地上，一动不动。小眼珠转了转，乖乖地一声不吭。虽然听不懂主人们之间的对话，但是在它的眼神中，似乎充满了惋惜。

2

瞬间分崩离析，又回到原点。

张十三原本天真地设想，沈素能够获得楚歌的支持，这样可以给客户提供两个方案。但是现在的局面是似乎所有人都在期待沈素给一个最终的抉择，而不是囫囵地将两个方案都给到客户。

“我想……还是你来决定吧，十三。”沈素轻轻地叹了口气。

“我？为什么？”这次轮到张十三诧异了。

沈素像是早已预料到他的惊诧，淡淡地说：“至少你是一个真正的用户，这个时候还是由真正的用户来决定才是客观。”

张十三无助地望了望小舞：“这个是不是有点儿儿戏？我对广告行业没有任何了解。”

小舞摇摇头：“素姐这么说，还是有道理的，抛开方才的争执不谈，十三，就用你的直觉来给出答案吧。”

沈素看着张十三，目光清明：“你心里怎么想的，就直说，不要有什么顾虑。”

“素姐，我这么说，你别生气。我是外行，楚歌老师提出的创意我们先不讨论，但是至少有一点，我觉得他说的是对的”，十三率先打破了僵局，他的眼睛不安地望着沈素，但还是鼓起了勇气。

沈素这次没有说话，那份安静似乎在鼓励他继续讲下去。

“对于客户与提案的理解，他的有些话或许是对的——不怕有一万种战术的球队，就怕一种战术演练过一万次的球队。未必所有的客户都喜欢听到真相。比如说在“十三”烧烤你不会吃胖，这个谎言，所有顾客都爱听——”张十三继续解释，“孰是孰非，我没有话语权，两位都是前辈……但是我想说的是……我拿我所擅长的烧烤举例，我不知道最好的提案是什么模样，但我清楚味道最好的烧烤是什么，一定是混合着辣椒、孜然与酱料的味道。比如说，我只是打个比方说，你们二位的想法是完全不可调和的吗？”

太想当然了吧。沈素笑着摇摇头正要拒绝。

但是就那么一刹那，多年修为让她突然想到另一种可能性，等等！行到水穷处，坐看云起时。这种独辟蹊径的做法充满了冒险精神。可是，也有着巨大的赢面！

她默然半晌，破天荒感到眼前这位对广告一窍不通的年轻烧烤师傅，竟然拥有一种近乎天赋的洞察力，一股信任与默契感浮现于她的心间。

沈素果断地作出决定！

天亮了，北京又恢复了平日里熙熙攘攘的模样。

车水马龙，川流不息。

一宿没睡的沈素回家洗了个澡。昏昏沉沉睡着之前，她没忘记给楚歌发个微信：“抱歉，我向你道歉。你是对的，作为广告公司，我们不仅要给客户提供解决方案，也要最大程度上秀出创意。我们是一个团队，真心希望今天的提案现场，你可以和我并肩战斗！”

沈素一直紧紧地盯着与楚歌的微信对话框。

没有回复。

太累了，她睡了过去。

没过多久，闹钟响了起来，她睁眼一看，已是中午十二点半。

她第一时间看了下手机，那段话的发出时间是清晨七点钟，距离现在已经过去五个小时了。

楚歌没有作任何回复。

她没时间去懊恼，赶紧起床，换了套勉强还可以拿得出手的正装，匆匆离开出租屋。

三个人在公司楼下集合了。

“楚歌老师……还来吗？”张十三问她。

沈素茫然地摇摇头：“老实说，我不知道。”

出租车来了，载着各怀心事的三人，朝着客户办公所在地望京的金辉大厦开去。

3

“广告真是一份好职业。倘若时光倒流，有机会重新再选，我也会选广告。哪有一份职业可以接触到各行各业的领袖人物？哪有一份职业可以接触到世界顶级导演、摄影师、演员？哪有一份职业可以到世界各地工作？哪有一份职业可以让你中午才上班？广告，是需要真心喜欢、全情投入，才干得起的工作。”

林宗诚发出阵阵爽朗的笑声。

他约楚歌喝酒的地点，选在了三元桥附近一家不大的日料店，数月不见，整个人黑了不少，但却洒脱如旧。

他从服务生那里又要了壶烫过的清酒，给楚歌和自己倒了一杯。

对饮，又斟满。

“老板，为什么这段时间一直都不在国内？”楚歌问。

林宗诚的嗓子有些嘶哑：“我陪太太去了趟澳洲，刚刚回北京，正好休整一段时间。”

“接下来准备怎么办？”

“我最近一直在和朋友感慨，人把自己置身于忙碌当中，有一种麻木的踏实，但是最容易丧失了真实。我都快 50 了，想休息一阵子，回美国吧。”

楚歌苦笑一番：“老板，你知道我现在和谁一起创业吗？”

“谁？”

“沈素。”

“唔，居然是她？”林宗诚显得颇有兴致，“说来听听？”

“我也没想到。”楚歌苦笑一番，将来龙去脉和他讲了一遍。

“如果你要听我建议的话，可以去帮帮她，她的事情我多少也听到一些，既然没有进去，就代表那是谣言，不过这背后究竟是怎么样，朗睿集团的水太深了，不好说。不过如果你创业的话，她一定是个好帮手。”

“可是，我们这个性格，简直就是针尖对麦芒。”楚歌不住地抱怨着。

“我看未必，我的第六感一向很准，你们之间会有默契的，相信我——”林宗诚盯着楚歌的双眼，“对于沈素这样的女人而言，心力强猛，是一种力量，它能给她支持；但是执念太深，却是一种束缚，使她欲罢不能，痛苦不堪。比如那封闹得满城风雨的举报信，据说是她老公发的，唉……”

楚歌没说话，默默将杯中的酒一饮而尽。

“我其实一直恨她，后来遇到她，不知道为什么，心肠软了下来，有点儿可怜这个女人。老板你说得对，她特别容易钻到牛角尖里，心如乱麻，左右纠结，走不下去却又放不了手。”

“给她一次机会，也给自己一次机会吧。”林宗诚嘴角微微上扬，故作神秘地笑了，“对了，我这次去纽约，遇到另一个人。”

“谁?”

“还能是谁?”

楚歌的脑子里立即闪现出一个人的名字。

“是她?”

林宗诚点点头，一副熟知内情的样子。

楚歌沉默了一会儿，将杯中的酒一饮而尽，这个名字似乎唤醒了他脑子里面某处沉睡很久的记忆。

“唔……她还好吗？”

林宗诚笑盈盈地望着楚歌，手里还比划着：“我在飞机上还在想，如果当年你们在一起，现在孩子也有这么高了吧。她现在挺好的，已经是纽约非常出色的艺术家了，独立经营着一家画廊。”

“那就好，那才是她想找到的世界。”

“你们可是昔日的黄金拍档，你是文案，她是美术。她是我见过最棒的美术指导。当时我就和她说，‘你在广告圈真的是屈才了，去更广阔的世界吧，去看梵高、毕加索和伦勃朗吧。’你看，现在，人家果然这样。”

楚歌眼神顿时黯然起来，若有所思道：“要是她和我在一起了，留在国内，肯定不会有现在这样的成就……”

“凡事都有两面性，也不能这么看——”林宗诚对此并不同意，“这些年你做错的，我就不说了。你最大的错，就是没有为了梦想拼尽全力。无论是爱情，还是职场！但是你至少做对了一件事，那就是坚持住了你的底线，这比拿多少奖、赢得多少客户都重要。”

酒散了。

楚歌送林宗诚上车，目送他离开。

他一个人站在空荡荡的天桥上面，不时有走过来的路人向他投来好奇或畏惧的目光。迎面走来一个刚下班的女孩，看见他这副酩酊大醉的模样，疾走几步，躲避着他，内心估计胡乱盘算着，明天的新闻客户端不会推送一条中年男子想不开从立交桥跳下去的新闻吧。

远处刚刚建好的，据说是全北京最高的建筑物中国尊，灯光璀璨，在夜色中一闪一闪的，似乎正在向他召示着什么。

4

说起提案，这原本就是广告圈里最大的一件事情，每家门派不一，所谓“卖相”也各有迥异，所谓千人千面、众生之相，都在此时一览无余：

有的情深似海，让客户在别人的故事里留下自己的眼泪，待到真金白银落袋时，他在丛中笑；

有的娱乐至死，笑话满天飞，不求赢得尊重，但求赢得喜爱，客户看得心花怒放，听得百鸟朝凤、不能自已，当然奉为最爱；

有的是改良后的传销范儿，晓之以理、动之以情、诱之以利——天下武功，唯快不破，兵贵神速，洗脑为上；

有的是不明觉厉，要的是专业“恐怖主义”，字字不离行业数据，句句不离宏观洞察趋势，让客户产生一种在知识体系上的自卑感，然后他傲然用手指挑起客户的下巴，曰，“不选我，就是你傻了”；

还有一种，是业界少有的羞辱客户型，这种人一上来必须是大师做派，不比稿，先是痛陈一番客户的革命家史，恨不得告诉对方品牌已经病入膏肓，白给钱也不治。客户被说中痛点，相见恨晚，赶紧奉为神明。不过这种心理素质必须过硬，稍微偏差一点都受不了。想要成为此类大师，往往要有两点品质：第一是记忆力极强，能够将自己的观点背诵得滚瓜烂熟信手拈来，第二是不管千夫所指我自安若泰山，虽千万人吾往矣，即便神存在，那个神一定就是他自己。

现在，竞标的大幕已然悄然揭开，六家风格迥异的广告公司轮番登场，创意原子能即将全面炸裂！

9：00　第一家提案的广告公司 HOOOK

“胆大妄为才能大有所为，异想天开才能茅塞顿开。”

这就是 HOOOK 的创意“衅仰”。没有打错字，就是要有对于平庸敢于挑衅的能力，才会诞生令人心服口服的伟大作品！

HOOOK 在提案风格上向来不拘一格，以其华丽、诗性与哥特风格的杂糅体纵横业界。十年前，创始人 HOOOK 告别自己的摇滚乐队，效仿广告怪杰大卫·奥格威开创了同名广告公司，以其独特的阴郁唯美气质，横空出世。文案、美术、视觉、创意每一个层面，都不可谓不前卫、不震撼。HOOOK 的创意以一种难以被归类的风格，强烈又排他，直抵人心最敏感的地方。有评论说他们的创意是诗性的、美的、躁动的，甚至是爆裂的。这些创意不可复制，只能沉浸其中感受的氛围，使得他们格外耀眼夺目。

HOOOK 在赢得客户的手法上向来都变幻莫测，莫衷一是：

和其他五家国际一线 4A（美国广告协会）广告公司过招，未动创意部和策略部一兵一卒，单枪匹马提案，短短五页 PPT（演示文稿）拿下千万级大客户，震惊广告圈。

用一张品牌地图搞定炙手可热的互联网新贵，拿下来平均一页纸 1 万美元的品牌战略咨询生意，这张图还被客户挂在办公室奉为神作，半年没有拿掉。

为拿下一个游戏客户，重金包下来外滩附近的一座高楼，破天荒邀请客户夜间提案，讲完创意后直接拉开落地窗帘，客户被上海地标式建筑上由全息投影构建出来的游戏徽标所打动，大老板当场拍板定下来项目的合作。

HOOOK 是一个说服大师，广告本身就是一个说服的艺术，HOOOK 用强压式的、排山倒海的情绪化卖稿方式来说服客户。据说某次提案，他提着提着兴奋地跳到会议室的桌子上，捶胸顿足，喊出惊天地泣鬼神的 Slogan（广告标语），客户拍案叫绝，当场定下合作意向。

……

今天他们又会带来什么奇思妙想？

只见不足30平方米的会议室内，阿得米特斯（Admetus）、阿隆佐（Alonzo）、比尔贝利（Bill Bailey）、邦贝鲁琳娜（Bombalurina）、卡布凯帝（Carbucketty）、卡桑卓（Cassandra）等猫咪齐齐上阵。

创意部全体人员脱下西装，扮相竟然是经典歌舞剧《猫》!

他们竟然将TVC（品牌广告）的脚本用Live（现场）舞台剧的方式淋漓尽致地演绎了出来!

所见即所得。

猫的唱词、动作充满了机智和风趣：贵族猫的大腹便便、演员猫的老生常谈，滑稽的扮相、诙谐的配乐、一本正经的台词和体态，喜感爆棚，最后猫们的合唱是对铲屎官的自白——“我爱你，我总怕见不到你；看着你，我要把全部给你”——哪怕是不懂猫、不爱猫的人都发出会心一笑。

第一家公司的提案就给了所有人惊喜!

广告片结尾提炼出来的那句广告语深深地打动了提案现场的所有人：

“我爱你，我总怕见不到你；看着你，我要把全部给你。”

朴素又具有普适性，是用户的心声，也是品牌的告白。

10：00　第二家提案的广告公司M

虽然Man代表男性，可是剑走偏锋的M创始人钟笑吟却执意选择了以 M（Man）这个缩写而不是 W（Woman），来告诉所有人，M 是最懂女性消费者的创意代理商。

原因是她认为这世界上最懂得女人的，只有男人。

钟笑吟，一个漂亮能干的女人，信奉无论平日宏大创意叙事如何折腾，也应当悉心照料好微观自我。每次出手，都令业界惊艳不已。

M 在业界以服务女性品牌见长，整个公司 90%以上都是女性，曾被业界权威媒体连续三年评选为最新锐的品牌广告公司。所有在浪尖上的品牌都在它的客户名单上面。

M 这家公司在业界一向以任性著称，有多么任性？

因为不想受月费这种长期磨合消化的束缚，M 更愿意跟客户保持“只谈恋爱不结婚”的关系——只进行项目合作，不签年度代理。即使在接近完工时被客户抛弃，M 也愿意自负损失，冒着法律风险将创意作品任性出街。

可见这家广告公司有多么孤傲与任性！

钟笑吟每次业内开讲，总能吸引到好多同行过来听课，最近她又开始涉足综艺圈，出任一档职场真人秀的导师，“浅入深出，深入浅出，浅入深不出，深入浅不出”，这就是她分析问题的四个象限。

钟笑吟为 M 独创了一套策略思考体系，影响很大。有人说 M 有三种官方工作语言：英语、中文及钟笑吟首创的策略语言，可见受其“毒害”的众人入戏程度之深。

令人大跌眼镜的是，钟笑吟私下里其实并不是一个爱说话的人，甚至有点腼腆，只喜欢和小圈子里的人接触，但是偏偏好多男人喜欢她。很多人都奇怪，为什么钟笑吟一到了提案现场，就会变得文韬武略、滔滔不绝，似乎变了一个人。对此楚歌也颇感好奇，有一次行业颁奖典礼两人碰巧一桌，酒后他问钟笑吟原因，钟笑吟沉吟半晌道：

“月盈则亏，人不可能永远都保持着好的状态，一定要有盈有亏才行。你小时候看过圣斗士星矢吧？我最喜欢的人是黄金圣斗士里面的处女座沙加。沙加很少睁开眼睛看这个世界，因为他明白眼睛看到的也不一定是事实，所以他总是禅坐着，与佛陀对话，他用的是他的心眼，在他的小宇宙里早已经开启了另一只眼，这只眼伴随着他的小宇宙走遍生死的边界。所以当他睁开眼的时候，放射光华的又岂止是他的小宇宙，那双眼夺人心魄，然而这其中却包含了多少悲悯人世的佛心。所以，我平日里需要积蓄这种力量，等到需要爆发的时候我再淋漓尽致地挥洒出来。”

钟笑吟看到楚歌对她的话理解起来有些费劲，于是策略大师开始尝试着用男人最能够理解的语言方式来沟通：

“嗯，举个不太恰当的例子吧，就好比你的性生活。如果你每天晚上都和你女友啪啪啪的话，力量守恒，平均下来你战斗力肯定不行。但是如果你一星期只是周末做爱的话，嘿嘿，你一定晓得自己的爆发力有多厉害了！”

楚歌彻底被钟笑吟的这番言论惊艳到。看着她那清澈的眼神，他搞不明白为什么这世界上有人无可救药地爱上钟笑吟又会同她离婚呢？或许太聪明的女人，世俗中的男人根本难以驾驭吧。

今天钟笑吟只是负责坐镇，前来提案的是一个名不见经传的女孩，看样子只有 20 岁出头，像是一名在校大学生。女孩儿怯怯地，眼神之中是说不出来的紧张与稚嫩，看得出来她并不是什么资深人士。

如此重要的提案，居然派出一名小女孩来讲标，客户们面面相觑，都不晓得钟笑吟葫芦里面究竟卖的是什么药。

整间屋子的灯光刹那间暗淡了下来，接着出现了一张幻灯片。

随后舒缓动人的音乐响起。

只见幻灯片上面出现了一只可爱的中华田园犬，还处于懵懂时期穿着小花裙子的女孩儿站在它的面前。

“我叫小野，我是一名实习生，这是我人生中第一次提案，但是我的老板钟笑吟告诉我，这个方案只能由我来讲，因为这是我和我的狗狗呆呆的故事。”

“那个时候我三岁了，呆呆只有五个月大，有着中华田园犬幼崽的毛色和外观，以及梗犬的超小眼睛，因为被车压过，虽然后来治好了外伤，却似乎留下了心理阴影，总有一种怯生生的惧怕感。是我爸爸在一个雨夜的街头收留了它，带回来后家里人都喜欢呆呆，只要它一出现，大伙儿就会轮流把它抱入怀中或是放在腿上抚摸，呆呆也不反抗，用软萌的性格包容着人类的热情。我与呆呆在互相陪伴中治愈彼此，嗯，可以说它是看着我长大的。”

（幻灯片上面的小女孩和呆呆都在不断成长着、不断变化着，3岁、5岁、10岁……这种共同成长的真实故事最令人难以抵御，现场所有人都放下手中的工作，目不转睛地盯着屏幕，代入自己的情绪。）

“我们互相陪伴，小狗已经完完全全成为我生活中的一部分，就是这样。其实我清楚，时间把呆呆带来，又会悄无声息地将它带走，无论我多么用力地告诉呆呆我有多爱它，它的眼神还是不如从前明朗了。那我们说好，以后你一定要回来找妈妈，让我亲自生你一遍，一辈子带在身边，永远这样爱你，我的大宝贝。”

（小女孩大学毕业长大成人，小狗呆呆却已经变成一张黑白照片。字幕：呆呆。）

“我一直希望在我的婚礼上，呆呆可以亲自给我送上婚戒。但是，我却等不到那一天了。呆呆在半年前的一个晚上，自己悄悄溜出家门，再也没回来。（停顿、哽咽）我相信它是去了天堂，今天恰好是呆呆的生日，我想给它吃点儿好的，那么，就来点Fun+宠物饭吧。别留遗憾给自己，没事多给它吃点好的吧。”

提案结束，灯光打开。

品牌Slogan（广告标语）出现在幻灯片上面：“你的宠物饭，不要迟到。”

从小到大，呆呆都陪伴着她，一张张幻灯片放映出守护的岁月，闻者落泪，听者动容。众人无不深深地被女孩和呆呆的故事打动。

11：00 第三家提案的广告公司 趣加互动

“传播的对象，就好像事故现场经常出现的三类人群：第一，熟视无睹，若无其事，纯属路过的人；第二，我就是一名吃瓜群众，左顾右盼的旁观者，不采取任何行动；第三，积极跑到事故现场，拨打110和叫救护车的人。

也因此，第一种被定义为自动屏蔽信息的人群，他们对你的故事不感兴趣，吵得天翻地覆，他们也无动于衷。第二种被定义为被动知情但不主动行动的人群，他们知道发生了一些事情，他们也许会思考，但是思考并没有延伸到行为上；第三种才是传播要重点袭击的人群，他们被动知情，进行思考，而且发挥了传播该信息的媒介作用。但是很多时候，他们也被称为——

乌合之众。

针对这三类人群，我们最大的优势就是技术，精准覆盖品牌目标用户的数据能力是我们的第一生产力！”

负责提案的图南完全不同于其他广告公司创意总监们的浮夸做派，他理性严谨，更像一个程序员，屏幕上展示的是独家数据系统的分析洞察，拳拳到肉，切中要害。

“用数据AI构建营销技术体系，实现数据的层层升级，趣加营销云持续为客户创造人工智能和专业服务结合的更高价值！基于自然语言处理、深度学习、贝叶斯推理、支持向量机等AI算法，推导出消费趋势，从大数据中寻找小数据，助力将Fun+打造成为网红爆品！”

严谨的分析、紧密的逻辑、步步为营的推导过程……虽然没有那么性感张扬，但是言简意赅，没有了过分花哨的包装，反而令人信服。

“我的这个问题其实不算是什么大问题，图南老师，就当是一个交流。”王伟十分谦虚，饶有兴致地追问。

“王总，请讲！”图南扶了扶镜框，面色温和。

“技术会让有些落寞的广告业恢复生机吗？”

图南略顿了顿，一摊手道：“很多人都说这个行业已经落寞了，怎么会落寞？只不过由于技术推动，会变成更新更好的形态。犹太人不需要待在耶路撒冷来证明自己是犹太人，血脉和宗教是抹不去的，犹太人在哪里，犹太的国就在哪里。只有将技术的灵感、产品的闪念和内心深处的感动联系起来，人们才会被打动！”

面色依旧平静如水。

在座所有人肃然起敬，行业使命感涌现在每个人心头。

闯入广告圈、擅长理工科思维的技术专家图南更像是金庸笔下的黄药师：管你涛生云灭，他只星河在天。

在图南的世界观里面，他的数据洞察能力就是一副最有创意的唐卡，他就是那位诡谲的画师。活色生香也好，窒息虐恋也罢，他精于工笔，点点补缀，营造出一个他的长安。

那是他的禅宗。

要世人临画而观，瞻望咨嗟，目炫神迷，坠入他的世界。

14：00　第四家提案的广告公司 博朗睿仕

作为国内最为老牌的国际4A（美国广告协会）广告公司，博朗浓厚的文化底蕴至今吸引着想踏入广告圈的年轻人。博朗是业界的风向标，一向以创意著称，在刚刚过去的戛纳创意节中，博朗一举斩获十项大奖，十分能打。

博朗掌舵人 Seven 的提案进阶宝典中有三个阶段：

第一阶段是做势：要专业，腹有诗书气自华，你一出来就有气场了，对方才会愿意听下去，感兴趣听下去。

第二阶段就要做局：你有多牛取决于你周边的伙伴有多牛，你怎么把聚光灯放到这些伙伴身上，在这个过程中你不只是压个阵而已，更是在搭台。

第三阶段就是做托儿了：我不出现了，可是我制造的土壤和空气还在孕育着新的东西。

在第一阶段能够做到九分以上的选手是业内大咖，以“创意独狼”HOOOK创始人为代表人物；

而钟笑吟无疑是在第二阶段的，手下猛将如云；

至于第三阶段，Seven在这方面做得就特别好，他会听取所有人的意见，但是会有自己的选择，他会去支持他不理解甚至是反对的事情。Seven几乎很少到一线参与客户提案，但是他会在幕后和大家沟通，云淡风轻的对话有着四两拨千斤的点拨之用。

“只谈或空谈审美，都是精英主义对商业和传播的绑架。大家千万别为了创意而创意，广告的本质就是如何赚钱、如何持续地赚钱、如何持续地帮助客户赚更多的钱。仅此而已。”

这些年跨国4A（美国广告协会）广告公司式微已经是不争的事实，虽然英雄迟暮，但是Seven选择了坚守，他培养出来的弟子早已纵横在各大炙手可热的创意公司之内，老牌4A（美国广告协会）的命运像夏天的黄昏，黑夜在慢慢降临。行业里几乎每天都有人冲出重围，慨然创业。而Seven像一个打扫战场的老兵，在遍布四周的凉雾里面目送队伍远去。这是30年前Seven作为一个新人加入这个光鲜行业时绝没有想到的窘况。

提案开始了。

现场。一只柯基、一只加菲猫被提案人员带进会议室。

两只不明就里、天真懵懂的小动物很听话，配合地蹲坐在桌子上面，望着朝它们投来的数十个人的好奇的目光。

硬汉气概十足，长相酷似“007”扮演者丹尼尔·克雷格的英国籍首席创意官冯思翰操着一口流利的中文亲自负责这场提案。

只见他穿着白大褂，扮演成一个动物医生，拿着听诊器放在小动物的肚皮上面，化身为能够听懂萌宠语言的贴心翻译官，透过投影屏幕上的文案，字斟句酌地解读着来自宠物内心最为真实的心声。

“大家下午好，我是冯思翰。今天，由我来揭晓这个秘密，你家的宠物，它们每天究竟在想什么?”他顽皮地眨了眨眼睛，“你可能会发现，猫其实能听懂你在说什么，它只是不想理你。”

所有人的胃口都被他足足地吊了起来。

惟妙惟肖，跌宕起伏，有趣极了。

冯思翰深情款款地站在那里，用国王般骄傲的目光巡视全场每一个人的眼神，用子弹一样的男中音打进每一个人的心口，这真是一种享受，同时具有戏剧感的宏大叙事与多元美学建构。他插科打诨，时英时中，宏大而不失精妙，精致而不失深情。不得不承认，有的人一张嘴，世界就是他的了。王伟看着他讲，忽然想起来小时候学过的课文《口技》:

凡所应有，无所不有。虽人有百手，手有百指，不能指其一端；人有百口，口有百舌，不能名其一处也。

15:00　第五家提案的广告公司 揽败

即便隔着长长的桌子，Fun+市场部的人还是全部愣住了。

对面提案的揽败只有一个人孤零零地坐在那里。

来者叫邝子钊，是广告行业大名鼎鼎的创意人。大胡子是他的标配，这人在广告界我行我素、口无遮拦，一向以剑走偏锋著称。他曾经是Seven最喜爱的弟子。

揽败，广告界的脱口秀段子大王。

这家公司一直信奉“观点，用段子表达”的理念，该门派信奉一点：但凡创意，总能够找到或离奇或搞笑或讽刺的脱口秀段子来替代，这是一个趣味激发品味、意思带来意义的时代。

在邝子钊看来，揽败关注的格局与客户对等。虽然很多卖稿的PPT（演示文稿）前面也假模假式地贴一些对市场分析和生意命题的判断，但其实是挂羊头卖狗肉，归根结底还是为了卖自己的创作。邝子钊认为这种格局实在太小，客户都在那边为几十个亿的生意发愁了，怎么你们还在关注字体放小了更好看？

而揽败至少摆出了一副“我懂你的痛苦”的姿态。

说到邝子钊，他最大的优势是语言，这使他往往第一次出场就能够让人为之一振。他所讲的段子浓度极高，是段子手当中的段子手，是创意界段子派掌门人。成天戴着墨镜绰号“创意界王家卫”的邝子钊在形象上堪称一绝，“沪上飞机王”的美誉又帮他斩获了数次从戛纳到One Show的各类国际创意金奖，自己想不被瞩目都不行。阳春四月，正是人间最美时，正是创意当红炸子鸡魅力无限的时刻。

在 Seven 眼中，好的创意人分属于两个极端——一类是什么都不会，天然如一张白纸，用眼睛、鼻子、耳朵观察世界，永远直抒胸臆；另一类则是经过无数历练，浑身是伤和缺陷，却依旧有能力做减法的人。

“他知道说废话、说错话的代价是什么，这样历练过的人，如果还没有丢掉创作欲望，绝对是个好人才。”Seven 曾经如是评价邝子钊。

“只来了你一个人吗？”出于客气，王伟主动问道。

“是的。”邝子钊点了点头。

只身一人前来提案，令见惯了各色顶尖广告公司的王伟也是一怔。这种量级标达到了千万级的大型提案，广告公司核心管理层一般都会倾巢出动，十八般武艺轮番上。但是做减法做到孑然一身程度的还真是闻所未闻。

甲方市场部门员工全部放下了眼前的笔记本电脑和手机，齐唰唰地望向了邝子钊，都想看看他口袋里面卖的是什么药。毕竟给每一家前来提案的广告公司都预留了 50 分钟的提案时间，接下来，要看这提案是如何被一个人撑起来台面。

“你们一定很奇怪，为什么我们前来提案的只有一个人，大家也一定觉得搅败不够重视。但是我想说的是，你们错了。我不是一个人。”

“明明只有一个人？”有人好奇地问，“他们在哪里呢？”

“独角戏有什么好唱的，请看直播间。”

投影屏幕上面显示出一个直播间，一位笑容可掬的阳光男生出现在众人面前，在他面前摆着一张桌子，一只可爱的小柴犬蹲坐在那里，各种Fun+旗下的宠物食品摆在前面，琳琅满目，十分丰富。

“大家好，我是揽败广告公司的创意总监K。同时，我的另外一个身份是一名萌宠主播。人有抖音、快手，萌宠也有；人可以直播、带货，宠物也可以。我们接到brief（任务）之后，就开始秘密成立了这个直播团队，这个账号叫作柴犬小K，我们用一个月的时间，将这个账号做到了抖音排名前十的萌宠博主，现在抖音平台上坐拥30万粉丝。揽败一向以创意著称，但是这次我们不想玩儿虚的，我们公司旗下有十几个超级主播，能够让咱们的产品以最快的速度卖出去，真正做到以效带品、品效合一的境地。我们当然知道品牌上市最重要的是声量，但是我想说的是，如果你们选揽败的话，品牌和销量我们全部承包了，这难道不是一件好事儿吗？”

“你们一定要选我们家的！选我选我选我！”年轻俊朗的主播在里面呐喊着，那副卖力的模样让人忍俊不禁。

众人面面相觑，揽败果然不走寻常路，这直播带货都已经上了公屏，在这个流量至上的时代里，如果对方承诺KPI（关键绩效指标），是不是可以直接宣布中标成功了？

16:00　第六家提案的广告公司 绫智

“你们是今天最后一家提案的公司，希望一会儿好好表现。”Fun+负责接待的年轻女孩善意地嘱咐着沈素。

“谢谢，我们一定尽力！”沈素面色镇定，轻轻予以回应。

“素姐，你真的让我讲？”张十三满头大汗，临近上阵还是有些信心不足。

“你怎么跟我提就怎么跟客户提，我在后面你怕什么！”

张十三硬着头皮答应着，将自己的笔记本电脑迅速连接投影仪，提案的标题文字出现在屏幕上面。

如果你有幸养了一条狗，它永远不会离开。

就在他要开口之际，“吱”的一声，会议室的门再次被推开了。

众目睽睽之下，只见楚歌走了进来。

他若无其事地朝着沈素看了一眼，轻描淡写地对着客户解释：“对不起，各位，路上堵车，我来晚了。”

就是这么随意一句话，但不知为何，沈素的内心有底了。

对宠物市场了若指掌的张十三负责开场：

“我们了解到，健康高端即时送宠物食品市场潜力巨大：2200万宠物受劣质猫粮困扰；5000万宠物主尝试自制宠物饭；7800万宠物“与人同食”；4000万宠物主是宠物“外卖”潜在用户。宠物主平均每年为狗花费6062元，为猫花费4755元，多数宠物主心甘情愿为宠物花费10%的月工资。”

“为此，我们的创意解决方案是——”他话锋一转，“不单一在传播的维度去拼创意表现，坚决打赢关键品牌战役，可理解为品牌的‘定义之战’。从量变到质变，促使品牌跃升与迭代，是对品牌价值与认知的重新定义！”

沈素接过来张十三的话，进一步解释着：“本质上我们可以把营销分成两类：一类是关键品牌战役，另一类是对关键品牌战役的长尾巩固。在第一类上面，我们的建议是在原有产品的基础上推出三款限量版产品，通过饥饿营销，而非广告，来吸引用户的注意力。推出现做现食、极速锁鲜、一小时达的健康宠物饭全系列限量版产品，有主打鼓励小动物的奖励范（饭）、主打情感增进型的亲子范（饭），以及主打便捷的省心范（饭）。”

“请等等——”王伟扶了扶眼镜框，用充满惊诧的语气问道，“你说什么？我们不做广告营销，而是再推一系列新产品？这个研发周期你们考虑过吗？”

“是的！您没听错，就是通过差异性创新产品来带动流量！”一直没开口的楚歌说话了，他站起身来，用笃定的语气助攻道，“在区隔对手，迎合需求，凸显自己的品牌定位三角之中，我们不能只拼创意，必须采取降维打击，通过制造现阶段难以量产的话题搭配想象力造型产品来打开市场！”

沈素感激地望着楚歌，她内心早有准备，接过话来：“我们有着超过 15 年养宠经验的宠物关爱主厨张十三先生还特意准备了三份流量级产品小样，给各位看看——”

“请您放心，宠物饭在制作工艺上并不复杂，只要在咱们现有产品基础上加入新鲜食材即可。”张十三信心满满地将事先准备好的宠物饭摆上桌子，全场看客都轰动了，纷纷过来一睹风采，千钧一发之际，柴犬小八从布袋里露出机灵的小脑袋，一个箭步跳上了会议桌子，津津有味地咀嚼着奖励范。

沈素摸摸小八萌态可掬的脑袋，故意猛地撤走那袋零食，那小家伙懂事地伸出来小舌头舔了舔她的手掌，像是舍不得那食物，但是也不敢违背主人意愿去争抢，端坐起来身子，小眼神眼巴巴地望着奖励范。

众人心里都在不约而同地思考一个问题：

这个东西真的这么好吃，究竟是什么味道？

吊足了客户胃口后，沈素默默播放出来他们精心准备的片子。这是参与竞标的六家广告公司之中唯一一个没有出现过任何宠物形象的创意：

（第一组镜头）失恋的女孩回到家里哭泣，贴心的室友闺蜜守在她的身边陪着她，开导着她，直到她的脸上终于露出笑容，依偎在闺蜜的怀中默默地睡了过去；

（第二组镜头）失明的老人在公交车站等车，像是他儿子模样的中年男子陪伴着他，小心翼翼地搀扶着他走上公交车；

（第三组镜头）过年了，一位阿姨在厨房里面热火朝天地准备着年夜饭，客厅的门打开了，叔叔走了进来，他的身后跟着一位拘谨的年轻人，阿姨看见小孩回家了，脸上露出来幸福的笑容，“过年，一家人就是要齐齐整整”。

（第四组镜头）夜深了，一个白领打扮的女孩从地铁口出来，走在回家的路上，有个坏人尾随着她，但她没有任何觉察。就在她上楼打开门的时候，坏人扑了上来，捂住了她的嘴，将她推进屋门。与此同时，原本空无一人的客厅里面突然冲出来一个长相粗犷的男人，直接踹了坏人一脚，两人倒在地上扭打在一起……

画面结束，一个女性的画外音适时地响了起来：

“我不知道天堂是不是黑暗的，但我知道天使一定是光明的。幸亏在我对人最失望的时候，有他（她）陪着我，让我度过那段岁月。两个人坐在一起嘘寒问暖，我才知道至少还可以撑得下去。

他（她），就是你的家人，只是他们不会说话而已。

他（她）默默陪在你的身边，是你的家人。对待你的家人，你不应该给他（她）吃点好的来犒赏一下吗？

如果你有幸拥有了一条好狗，它永远不会离开，它会陪伴你一生，听从你的心意，奉献它的一切，从始至终。”

视频结束，全场鸦雀无声。

是被打动了，还是想起来自己身边的它？

会议室里的光线若明若暗，沈素没有打开灯光，就着幻灯片的光，她的脸庞在黑暗中显得尤为清晰。

“我们的创意是推出限量版产品“萌宠饭”（亲子饭、省心饭、奖励饭），核心创意是“去宠物化的表达”。宠物吃的是猫粮、狗粮，而人吃的是饭。我们在给为宠物做“饭”创造一个理由！

其实，人们在潜意识中已经把宠物当成具有各种身份的伙伴看待，他们在悲伤时慰藉你，危机时保护你，寂寞时陪伴你，无助时帮助你……而我们要做的就是点醒养宠物的人，他们的身份已经不是宠物，而是一个有身份的家庭成员。

谢谢有机会和大家分享我们天马行空的想法，这个看似颠覆的想法背后，其实是个很朴素的品牌理念——陪伴。希望你一直都在，它和你我并无什么不同，一起度过了平凡却值得珍惜的时光。谢谢大家！”

沈素行云流水地讲完，没有去留意客户的反应，而是下意识地望了望身边的小舞、楚歌和张十三。

那交汇的眼神之中，她人生第一次忽然明白了那两个字的含义：

团队。

第八章　伸手摘星

1

从咖啡馆独有的菱形玻璃望下去，这栋老旧建筑物所在的马路并不算宽阔，路旁的建筑也颜色素朴。树木繁多，让那些兴建于20世纪上半叶的低矮小楼，大多只显现出木质的低斜屋顶。阳光、树影和起伏的黄浦江，合为一组恬静的风光，透入百叶窗的缝隙中。

“别看我们整日把这两个字挂在嘴边，但是真要论‘洞察’，还是要看作家。”楚歌早上刚修剪完头发，下午的精神不错，已经点了今天的第二杯咖啡。

沈素心神微微一荡，含笑道：“为什么这么说?”

“奥地利有一位小说家曾经这样形容去咖啡馆的人——咖啡馆里大部分的人，对世人的厌恶与对世人的渴望同样强烈，想要独处，却需要有伴来独处。”

“或许那是一种美妙的距离，你感受到一种来自人类同类的陪伴，却又维持着绝对的独立性。”

沈素记得自己30岁生日时，和杨峥两人去了日本。在古都奈良，他们听到一个故事。千年古刹法隆寺的专职木匠西冈师傅一辈子没有接过建造民宅的工作。因为在行业传统里，宫殿木匠是高尚的职业，手艺不能用于建民宅。生活困苦时，西冈靠种田养活家人，后来甚至卖掉了农田，却从未僭越那条宫殿木匠的行规。

“年过30，就是一个渐渐看清自己的边界，也懂得敬畏别人专业的过程。”想到这里，沈素静默了一会儿，并没有选择在这个话题深究，“今天听出差回来的同事说了一事儿，我还挺感触的。”

“怎么？”

“他们在广州参与一项目提案，同时去的还有一家上海的公司，规模不大，小女老板亲自带队，最关键的是这姑娘腿摔折了坐着轮椅去的。他们在做方案前亲自去客户的门店观察了两天，把发现的问题全部落实到了方案中，不但感动了客户，甚至也感动了我们这些友商。”

“所有生意都遵循这个底层逻辑。”楚歌点点头，“客户首先在乎你有多关心，其次才是你有多了解。”

沈素的眼神飘向了窗外：“其实，今天约你来这里，还是感谢你最后关头赶来。有你在，那种感觉不一样。”

“是什么感觉？”

“就是有一种底气在，内心的底气。”

“不，其实我也想谢谢你，虽然这么说显得很矫情。”楚歌低头抚弄着杯子，脸上的神色显得有些不自然，“大概十几年前，我人生第一次出差是去沈阳，我是实习生。当时我的第一个客户，是一个汽车品牌，财大气粗，光是月费就是上百万。为了让客户满意，我们除了北京服务团队之外，专门有一个驻场老铁地盘的团队，十几个人吧，租了好几间房，客户有什么要求，24 小时随叫随到。我刚过去没屋子住了，就得暂时跟着总监住一间两室一厅。他记者出身，后来转行做了广告，据说是客户高层的亲戚。他刚结婚不久，太太总是担心他在外面吃喝嫖赌，我知道他在外面偷偷赌钱，我那时候太幼稚，人情世故什么也不懂，总监说喝酒啊去夜店啊我都不去。难得有天晚上他没出去应酬，独自坐在客厅沙发上面眉头紧蹙，像是在思考什么哲学命题，我刚出房间，就被他叫住了，他语重心长告诉我他最近一直在思考一个问题，到底公关和广告有什么区别……”

沈素扑哧一下子笑了：“他是总监了，连这么基础的问题都回答不了？”

“不怕你笑我，我当时发誓等我成了总监，我一定不做他这种人。我要专业！结果……”楚歌自嘲式地笑了笑，没有继续言语下去。

“没有，你可没有成为他。”她坚定地纠正他。

楚歌笑笑，倒是一副无所谓的样子：“这行业摧残人的身体和意志，却又奇迹般地保护着人的倔强和天真。虽然我没有变成他那副德行，但是人浮于事是真的，当初被你开掉也是自找的，我无话可说——可是说真的，这次遇到你，与你合作一把，我好像找回来些什么。我想那些让一个人走下去的力量，更多的不是来源于理想，而是欲望，大部分欲望远远比理想真实而更有力量。”

“我？我能给你什么欲望？”沈素不解道。

“认真生活下去的欲望！”楚歌盯着沈素看了半天，真挚地答道。

“别谢我，倒是还有件事儿我要向你道歉，我才知道你有一种语言障碍症……”沈素十分艰难地从嘴中吐出来这个字眼，显然她也不希望把楚歌与病症联系到一起，“平时我几乎感觉不到你有任何异常。”

“你认识我不算太久，认识久的人都以为我是懒得搭理客户，都不亲自提案，其实不是这样，我想说的很多东西，都说不好，一到提案现场，我就会变得肌肉紧张说不出来话。”楚歌苦笑了一番，“正常人很难对这种病有体验感，因为它不像抑郁症，就算不能完全体会抑郁症的痛苦，但也能知道这种病让人不开心，而不开心的感觉，大家都有过。”

沈素点点头：“这个我能懂，比如强迫症，就算咱都不严重，也总强迫怀疑自己没关门。”

楚歌的眼神再次黯淡了下来：“失语症，正常人不能明白，就是怎么说呢，你想去表达，但是到了临场，你又说不出口。这个病，往浪漫了说，尤其像少年时代的表白，就是你心里明明有这个人，可以到了她面前，又说不出口的那种感觉。”

“就像活在三维世界里的我们，无法理解和想象四维空间是怎样的。”

“对，是这个意思，也就是说，其实你对某物有印象，很清楚那是什么，但是你却无法从印象转化为具象。失语症就是缺乏‘转换’这一功能，无法把抽象转化为具体。那种感觉就像，你明明知道某把钥匙在家里，却找不到它的感觉。”

“……”

“所以说——人生，远看是喜剧。”

“那么近看呢？”

“请勿靠近。”

“别那么悲观，我送你个礼物吧。”说着，沈素从包里取出来一个暗灰色的木盒子，脸上有些局促，还是递了过去，“怕你误会，但是……我的顾虑太多了，我现在没有什么钱，所以送你个实用的东西……还请收下吧。”

楚歌怔住了，送礼物给别人的这种动作，完全不像是沈素的风格，印象中她就是那种格局颇大、不拘小节的女人，不想她还有这等心思。

他迟疑了下，还是礼貌性地打开了盒子——是一个木质手把的男式剃须刀。很朴素，简单之极的设计，没什么华丽的花样，只有那木质手柄，锋利的刀片嵌在细腻的木头纹路中，看起来却出乎意料的大方硬派。

“很棒，我很喜欢，礼物我收下了。”没有推辞，他爽朗地答应了。

一种莫名的默契流动在两人的心间。

傍晚时分，一道阳光打在楚歌的脸庞上，他的眼神在那昏黄的光线之中显得格外突兀。

她吸着可乐，闻声抬头，乌黑的眼睛看着他：“很长一段时间里，我厌恶自己。我在看守所里面无事可做，不断内省，知道自己不招人喜欢，其实从小到大，我都不是个招人喜欢的女孩。但是，等我出来后，我不断向内探索自己，努力去了解自己，然后喜欢上自己，一天比一天更爱自己。今年我 36 岁了，变得比 35 岁的我更好了，好太多了。我真的觉得没白活。这个年纪最难得的是什么，是成长带给你的快乐。”

“上帝借由各种途径让人感到孤独，好让每个人走向自己。”楚歌无意卖弄，不晓得哪里看到过这句话，就顺势用上了。

沈素全然不觉对方在抖包袱：“嗯，我在里面只明白了一件事儿，当孤独成为一种最为内在的精神，就不再会轻易被世界的多重变化和纷乱所干扰。我当时是非常厌倦这望不到头的隔离，但我还是感恩这缓慢、悠长和寂静。因为从接受的那一刻起，恐惧就像橱里的妖怪一样彻底消失了。”

“起码现在，你已经平静下来了。恭喜你，走出了自己。”楚歌发自内心替她感到高兴。

沈素浅笑，接着说："我刚进看守所的那几天，灯 24 小时开着，我不习惯，根本睡不着。好容易睡着了，也会把那层薄薄的毯子踢开，我冻醒了后发现自己一丝不挂。那时候，我心灰意冷，也开始明白过去这些年我不停地追求安全感，无论是所谓的事业还是婚姻，都是那么徒劳可笑。这就是人生的真相，其实你什么都没有，安全感就是人和自己开得最大的一个玩笑。笑过之后还剩下什么，只有你自己知道。"

楚歌怔住了，许久没说话。

直到他的微信提示音响起，打破了眼前这份短暂的静默。

他的瞳孔一下子放大了许多倍，他有点不敢相信自己的眼睛，为了验证这份突如其来的不真实感，他将手机递给了沈素。

"经过和公司管理团队的沟通，我们一致认为选择绫智作为年度创意合作伙伴是最正确的选择。你们认真负责并且极具洞见性的观点给我们了前所未有的惊喜。恭喜你们！路漫漫其修远兮，大家共勉。——王伟"

两个跌落谷底的人生似乎还没有一丁点儿多余的心理准备来迎接这预期之外的惊喜。

一分钟过去了。

"快给张十三打电话，晚上去他店里喝酒！我来买单！"楚歌猛地开口，迫不及待地提议道。

2

夜色中，一辆黑色奔驰 GLE 快速行驶在三环主路上。前面国贸三期和央视大楼就在眼前，那灯火通明的建筑物点亮了整个 CBD（中央商务区）街区。

唐月的驾驶风格一向凌厉无比，她专注地看着前方，面色苍白如霜，看上去更像是不食人间烟火的仙子，清艳无比，就连她说出来的话语都带着透骨的冰凉：“你多喝点儿水，小心明天起不来，我可不负责叫你起床。”

坐在副驾驶上的张十三脸色通红，不停地朝着自己的嘴里面灌着冰水，他打开汽车的天窗，试图让自己变得清醒起来。

他脑子里面还是刚才亢奋的场景，竞标结束，尘埃落定，终于赢了一场。张十三在自己店面的包间里摆庆功宴，最好的牛排、羊排和无限供应的酒水，那一刻，他突然觉得自己不属于这里，这些人是谁？为什么他会和这些人在一起？

“唐月……你说……我……我刚才没有说错话吧？”他有些紧张地发问。

“你演得可真像！”唐月的嘴角上扬，实在没忍住笑出声来，她很漂亮，却不是传统审美中白皙骨感的美女。她的皮肤呈小麦色，身体线条韵律动感，声音是低沉又有活力的烟嗓。真正吸引目光停留的不只是她的颜，更是一股不吝天性的气息：

“我给你精彩重现一下刚才的场景，我，我就是个草根，你们都比我优秀，我这些天恍恍惚惚，自己怎么混到这个圈里来了？不过，我能做到这样，说明这是一个什么都有可能的时代，我一直觉得，你持续相信一件事情是真的，那么它就是真的。今天给我鼓掌的手，请一定为你们自己加油！然后你就是不停地拉住楚歌和沈素的手，一遍又一遍重复地说，太开心了，太开心了。”

张十三一阵脸红，后悔方才喝多了酒误事：“实在尴尬了，他们……没有发现什么不对劲的吧？”

“你多虑了，毕竟开心你又不是装出来的，反正对你来说，能够让你张十三快乐的，从来不是某件了不起的事情，而是要死要活折腾的某个人吧！”

张十三只觉得自己脑子短路了好一阵子，这才缓过神来，看看表，已经是凌晨两点钟：“楚歌喝多了，抱着我邀请我加入他们团队，我头脑一热，一下子就答应了！”

“我看人家也觉得你就是一门心思玩儿票，也不好意思卸磨杀驴拒绝你！”唐月嘴角含笑，提醒他，“不过我说，你也别太当真，人家就是想客气客气请你当个顾问，没想到你这么上赶着一下子答应入职了，我看他们是挺诧异的，一个好端端的烧烤店你放着不去经营，跑去人家广告公司捣乱，还胆敢大晚上 12 点把你的投资人金主唐小姐从香甜的床上不远万里喊过来，当你的专车司机，你是不是对我有点过分呢？”

张十三的脸上一阵红一阵白，她这么一提醒，他这才意识到自己做得有些不妥，他怔怔地看着她，半天才说话：“谢谢你，大晚上的还赶过来。”

“你我之间，就不谈什么谢字了吧，何况，谁叫我是你的倒霉‘投资人’呢！”唐月揶揄道。

满眼通红的张十三眼中忽然闪烁出一丝奇异的光芒：“什么投资人？”

“这些话都是你说的，不是我编撰的，我的投资人唐月小姐，她是耶鲁毕业的高材生，她投资的都是新兴行业，像我这种餐厅，是她不知道怎么想的，才愿意给我投资的。”唐月眨眨眼，笑道。

“请问，唐小姐，你真的不是开玩笑吗？”

唐月扑哧一下子笑了起来：“我什么时候跟你开过玩笑！”

“对了，你觉得沈素人怎么样？”

唐月稍加思索，脱口而出：“我第一次见她，印象不错，和之前在媒体上面看到的还不太一样，眉宇之间少了那份傲气，但是内心一定是个骄傲无比的女人。不过她今天那句话还是很触动我。”

“哪一句？”

“之前总有人说，大难不死，必有后福。我几年前的理解是，大难不死之后，会有一个大的幸运，比如中了特等奖彩票、公司

IPO（首次公开募股）上市等等。但是我今晚见到沈素后，开始重新理解这句话——应该是经历过了这么苦难的事情之后，你对于幸福的定义跟标准降得非常非常低，一些小事情、小的进步或者感动，就可以轻易让你觉得很有福气，那个福应该更接近于幸福的福，不是说更幸运。”

她一口气说完，坐在副驾驶位置上的张十三就着喝冰水的姿势傻傻地看着她，根本没反应过来。

唐月完全没理会他的这份呆滞：“沈素说她每天不用花多少钱就可以感受到快乐。哪怕只是去望京公园骑个共享单车就很开心，今天阳光怎么那么好？她变得非常容易满足。眼睛和心完全打开了。最大的福是拥有能够轻易看见幸福的眼睛。对了，她今天喝太多酒了，拼命地抱住我说，我跟你两个人很般配的，为什么没有在一起？”

“你在开玩笑吗？”他终于有反应了，却是这种让唐月崩溃的回答。

唐月抗议道：“张十三，你真的无药可救了！你戏太多了，我不可能每天都情绪高涨地跟你生活在一起。”

汽车继续行驶着，东三环随处可见的高楼大厦及变幻的灯光人影让人不由得感慨这座城市的魅力，袒露着都市红男绿女们内心炽热放纵的欲望，令人不由得心旌摇荡。

张十三呆呆地看着窗外：“她哪里知道，因为在我心中，你就是我的好哥们、好朋友、好兄弟。今天怪我，喝到迷糊，突然发现原来失去理智的最后一刻只会跟一个人通话，还挺伤感的，那个人是哥们，是兄弟，是生命的另一个。哎呀，孤独、悲壮、绝望全部涌上心头，人生就这点出息，你全都知道了。”

唐月听了后哑然失笑：“你说了这么多，那我就当作好话来听了。沈素当时用不可思议的表情凝视着你，在她看来，我要身材有身材，要长相有长相，要家世有家世，几乎想不出来你还有什么理由拒绝我。但是……很可能你会遭遇情敌。”

“是谁？”张十三听得一阵紧张。

“我不知道啊，我只是从我女人的感觉上面来判断，我怎么觉得楚歌对沈素有点儿意思呢……”

张十三的脑袋摇晃得像个拨浪鼓：“绝对不可能！他们原先是敌人，现在勉强做了合伙人，但是前阵子吵架都超过两次了。”

“能够成为夫妻的人，不都是吵架吵过来的吗？”唐月反问道。

前面有辆黑色汽车在没有开指示灯的前提下突然抢道，唐月下意识地踩了脚刹车，张十三的身子不由得向前倾斜。

“你没事吧？”她关切地问。

“我没事，放心，吐不出来。”张十三信心满满。

唐月不咸不淡地丢下来句话：“找到爱情的感觉……怎么样？”

黑暗里她看不清楚张十三的脸，他脸色一阵红一阵白，也不知道是被唐月说中了心事，还是酒醉未醒的醉态。

她得寸进尺不依不饶："喜欢上一个比自己大的女人，是什么感觉?"

张十三不假思索道："唔……这个秘密，我就只和哥们你说了……我有天做梦，梦到她生日那天终于答应做我的女朋友了……我就约她看她最喜欢的话剧，结果我的车子被人追尾了，第一次约会我就迟到了。我心想完蛋了，这次真的完蛋了！晚了足足一个半小时，这场话剧算是泡汤了！结果，你猜怎么着？见面时我诚惶诚恐，怕她生气，结果她云淡风轻地说她根本就不在意，反而刚好利用这段时间思考出来一个新的创意，为此她兴奋不已，拉着我的手说这话剧也不看了，就直接去喝酒庆祝了！两个人有说有笑，溜达着前往目的地。你看，根本就不是那些年轻女孩的肤浅模样。当然——老唐，我可没说你……"

唐月反驳了一句："可是她不年轻，也不是特别漂亮。"

"漂亮女孩我见多了——"他摇摇头："但只有她——是真的可爱。"

这次轮到唐月彻底无语了。

强烈酒意驱使下，张十三沉沉地昏睡了过去。唐月知道在张十三的内心深处，于他而言，最能填补孤独的，不是被爱，而是爱人。

前方红绿灯又变绿了，她用力踩了脚油门，汽车再次狠狠地冲入了无尽的夜色之中。

3

“倪昊，他这个人怎么说呢，他从不贪恋外界的赞誉，也不愿意主动站出来澄清外界不实的诋毁。用一句话来形容吧，有点儿举世誉之而不加劝，举世非之而不加沮的意思。”

左菲淡然地喝了口茶，陷在沙发里的纤瘦身子习惯性地往后靠了靠，慢条斯理道：“好演员首先得是个容器，能够把角色的东西装到身体和精神世界里面去，而如果形容倪昊，光是透明的或者玻璃的容器，都不够美。得是水晶质地的、能反射着光的，才是他。”

演员倪昊的个人工作室允许抽烟，烟灰缸里的烟屁股一个一个在增多，透过脆弱泛黄的纱质窗帘，白花花的阳光一把一把地撒在桌子上，让人忍不住想伸个大懒腰。

左菲40多岁，穿着一件得体的淡蓝色职业西装，精干的短发，坐在沈素等人的对面。圈内都尊称她为“菲姐”，传说中她对艺人们的照顾帮衬无所不至，有一种护犊子似的干劲，尽管已经是国内排名前十位的大经纪人，但是依旧会细致到宾馆尺度、助理人数、洗澡水温度这些细节上。

“大概三年前吧，倪昊在拍摄一部古装戏的时候，对，应该是在无锡拍戏间隙，遇到了一只流浪狗小欢，他信佛，就觉得是隐隐之中的缘分，就收留了，一直养到现在，喜欢得不得了。这个案子我相信他会有兴趣的，而且你们的创意真的非常好。”

“谢谢菲姐肯定，我们一定做好这支片子，肯定不会让倪先生和他的粉丝们失望。更何况，我们团队这里本身就有一个头号粉丝。”说着，沈素朝着张十三望去。

“我们会尽百分之两百的努力！”张十三激动异常，差点儿站了起来，他确实崇拜倪昊多年，对他的作品更是如数家珍，提案的时候，就是他强烈建议倪昊出演这支广告片。现在梦想即将落进现实之中，整个人欣喜若狂。

“像这样拍一支广告片还主动给自己找麻烦的艺人，这在过往我们操作过的明星代言广告里，不说是从未见过，也至少是不多见。菲姐，真的很感谢你对我们的支持！”一向稳重的王伟今天竟然也像个孩子一样开心，一聊到宠物，众人就有源源不断的话题出来。

“大伙儿客气了，咱们一起努力。”左菲笑道，有个毛茸茸的东西摩挲过她的鞋子。她轻呼一声，低头看到一只全身虎斑的猫，正以水蛇一样的姿态滑过她的腿际，临走还用尾巴缱绻似地勾着她。

“好，那就麻烦您了，合同今天发过来，您看完也请尽快敲定倪昊的档期，毕竟留给我们的时间不多了。为了打赢品牌核心战役，我们还会在微博上面征集网友与宠物之间的故事，届时希望邀请倪昊先生作为最终评委，选出最佳故事。”

左菲点点头："这个提议好，如果他喜欢这个创意，甚至都可以让他做一回导演，把片子拍摄出来，他最近总是念叨着要过一把做导演的瘾！"

就在众人高谈阔论之际，"吱"的一声，门开了。

一个高大的人影出现在门口，探着头望向屋内。

男人的眼睛里有星星，亮亮的，大大的，像偶然捕获的林间小鹿，好看得不像人，却又美得没有攻击性，跟别人甚至是别的生物的合影都是那样美好。阳光灿烂，扑面而来，男人高耸的眉骨落下的阴影遮住了眼睛。眉头因阳光刺眼而轻轻皱起，眼神直直地望向众人，嘴角上扬着一记不羁的笑，竟比阳光还耀眼。眼神比荧幕上面更多了一丝深邃，有一种禁欲系的感觉。

看得沈素都是心中一动，她之前是一部剧换一个偶像的人，之前因为《花千骨》迷过霍建华，《古剑奇谭》迷过李易峰，《陈情令》迷过肖战，从此就掉坑里爬不出来了。可是此时，她这么近距离接触倪昊，似乎又感觉那些明星不过尔尔。她觉得眼前这个男人不笑的时候清冷出尘，笑的时候春暖花开。

在座所有人面面相觑，这不就是倪昊本人吗！

"老倪，你怎么今天回北京了？"左菲腾地一下子起身，紧走几步上前拥抱着他。

倪昊顽皮地眨了眨眼睛，笑道："别提了，我的戏份提前杀青了，我就回来给你个惊喜，毕竟今天是你的生日！"

"你这小子，还记得这个！"左菲显然开心极了，"晚上我们好好喝点儿。来，给你介绍一下，这是给你谈的一个代言项目。邓氏旗下的萌宠品牌 Fun+，这位就是品牌负责人王伟先生。”

“大家好！幸会幸会。”倪昊热情地和众人依次打招呼，完全没有大明星的架子，张十三见到了偶像，整个人都彻底呆住了，一动不动，也不知道该说些什么。

“我养狗养了好多年，这支广告片你们想怎么拍？”倪昊一副饶有兴趣的样子，居然一屁股坐在了沙发上面，没有任何要走的意思。

王伟连忙给沈素使了个眼色：“那就请沈素再讲一下创意吧。”

沈素应了下来，起身站在倪昊面前，重新将提案的创意讲了一遍。对于主人和宠物的关系，她讲得十分细致，有一些细微的表情和动作，她都做了演示，也时刻观察着倪昊的反应，试图在他的眼神之中捕捉到兴趣点。

可惜，波澜不惊，在他的神情之中看不到任何的情绪。

从头到尾，倪昊都一个人坐在那里安静地聆听着，头脑中想象着这支片子会成为什么模样。

倪昊的手托在脸上，没说话，所有人都安静地看着他，不知道他的脑子里面在想什么。

许久，左菲终于开口问道：“这个创意……你喜欢吗？”

倪昊像是从梦中惊醒，嘴角流露出不好意思的笑容，他点点头，刹那间又摇摇头：“我不要饰演宠物的主人，这个不是我想要的!”

话音刚落，所有人面色都怔住了。

这个反应超出了现场所有人的预想，包括左菲在内。

倪昊以一种极其缓慢而平静的口气说着，身上好像发生了什么变化。从前的嬉皮仿佛已经不见踪影，只有下午四点的阳光从玻璃墙上照射进来，温柔地打在他的背上。他就这样坐在沙发上，身穿粉红色 T 恤及一条黑白格子背带裤，他的脸隐在一片阴影中，有点看不清表情。

“呃，倪先生，你可能误会了……”沈素不知道怎么说才好，她下意识站起身来，试图维护自己的创意尊严，“请您听我再具体解释。”

“不!”倪昊坚定地摆摆手，毫不客气地打断沈素的话。他的眼中突然涌现出了一道天真的光芒，“创意我非常喜欢，只不过，我不要演什么主人，我要饰演这只活泼可爱又聪明的小狗!”

4

电话另一端传来的声音显得十分为难:

“是的，我也没办法，我尽力了，但是新老板她自己的主见很强，请你理解。我们花了这多么多时间讨论，才把这个项目支棱起来，我肯定希望这个方案能解决我们生意上的问题，同时，也可以拿到最棒的创意奖项。但是，现在，我们的计划要落空了。”

听着王伟一大早带来的晴天霹雳，沈素硬生生地半天没说出一句话，那份震惊之情难以描述。

王伟自然知道沈素在这件事情上面花了多少心思，他的内心实在过意不去，之前自己饼画得太大，现在有些消化不了了，连忙宽慰：“你们放心，该付给你们的创意费用，一分钱我都不会少的。”

“不是钱的问题，你听我说王伟，这次传播战役我们花了这么长时间来准备。”沈素脑子转得快，她并没有死心，在大公司里干了这么久，她知道这种规模的预算不会轻易取消，在产品本身没有出现重大问题的前提下，一定是内部核心决策层出现了重大分歧，否则不会把准备这么久，已经花费了大量人力物力的市场活动说停就停了，她还是想再努力一把。

“这次传播战役绝对不仅仅是贡献 Fun+品牌的声量那么简单，一定会在你们的产品销量上产生巨大的收益，相信我，一定可以做到的！”她的声音听起来有条不紊，“更重要的是，你没有退路，你必须坚持你的决策！否则，不是你对于预算妥协就可以保住目前的位置！”

王伟显然吃了一惊，他没想到沈素会发表一番直击自己痛点的言论——这正是自己的“七寸”！虽然沈素并不在 Fun+内部，但是她似乎有一双火眼金睛，对于自己身处之地正在发生的高层人事斗争风暴看得一清二楚。

集团的消费品业务发展很快，仅仅五年时间，他就从一个新人变成了主管市场的负责人。邓氏过去是跑马圈地要规模，与宝洁、联合利华这种国际消费品巨头竞争，现在则是拼命强调“去肥增瘦、降本提效”。一切都在调整求变，战略变化背后公司的组织框架、人员结构也随之调整。

王伟的故事简单说来——他的老板首席营销官 A 被首席执行官 B 下了一个套，近期人事变动有可能先拿 A 下手了。B 先是把 A 合并到一个和他平级的人 C 的团队，成为那个人的下级，按照细节讨论不允许太多汇报层级。这个套就是：先前给 B 汇报过的方案大老板突然不认了，拉着主管战略的人和 A 一起看，B 身先士卒现场针对王伟提报的方案一顿猛怼，A 根本无话可说。

斗争的结果是又空降过来一个新的首席营销官来，简单粗暴地推翻了过去的一切，并且冻结了财务已经审批的所有市场预算。

尽管并不情愿，王伟还是道出了实情：“我的新老板说了，现在销量问题一直解决不了，他希望可以把这笔费用转移到用户补贴上，花了那么多钱去做品牌这么虚无缥缈的事情，到底价值何在？这笔预算给负责用户增长的同事，可以带来新用户注册，给运营部门的同事，可以带来日活跃以及用户留存。但是，品牌到底能够带来什么呢？花了几百万上千万出去，莫非只是虚无缥缈的品牌声量吗？”

“可是王伟，这完全不是一个维度的事情好吗！品牌能够解决的问题是长线的问题，完全不是能够用单一的产品增长或者是注册用户活跃度来衡量的！”沈素执着地坚持着，她的声音不知不觉间高了八度，“如果只是考虑走量的问题，没错，是能够带来短期明显的增长！但是，随之而来的问题——是 Fun+需要承担这种盲目吸引用户增长背后的代价！我直说了吧，有那么多的撸羊毛党在前面等着你，很多用户都是无效用户，你知道吗？”

王伟沉默半晌，沈素的话让他内心产生了前所未有的纠结，一旦拗着老板的意图赌上一切执行了这个案子，那就真的把自己的身家性命全部搭上了，得罪了运营部门和负责用户增长的部门不说，新老板也会质疑他的成熟度和专业度，那样的话，他的位置会愈加风雨飘摇，他着实犹豫了。

“沈素，你要理解，所有 CMO（首席营销官）都是短视的，他们看且只能看到眼前利益，没有 CMO（首席营销官）会为三年后品牌怎么样负责。长期主义只会出现在那些不负责任的自媒体语境中，我实话告诉你了吧……这次预算的冻结，其实是内斗结果……现在投资人都聪明了，只会讲故事是不行的，还得有数据支持，用户上去了，估值才能上去，新一轮的融资才能够到位，你明白我的意思吧？现在我非常被动，如果我坚持将这次品牌战役做完，我很可能就会卷着铺盖走人了！”

“CEO（首席执行官）有时间吗，我想见他一面，你可以帮我安排吗？”沈素突然冒出来这句话，她还是想做最后一搏。

“沈素，我对你很信任，我什么都和你说了——”王伟沉默了片刻，叹了口气，“也请你理解我的处境，老板不会见你的，他没有时间和广告公司的人聊天。”

放下电话，沈素的心里空空如也，她不知道该如何去向楚歌和张十三解释，尤其是不知道该去如何面对张十三那双熬了好几个礼拜的夜依旧充满热忱和斗志的双眼。

5

“你快看手机！快看！天哪，你要有心理准备！太不可思议了！我做广告做了快15年了，这种事情还是第一次遇到！”

一大早，楚歌神秘兮兮的语音通话吵醒了沈素的梦。

躺在床上，沈素完全是一副无精打采的模样，这一个月来，她好不容易才从Fun+预算风波中走了出来，但还是有些打不起来精神，这些天总是失眠，刚刚躺下，又被楚歌的电话叫醒了。

“说呗，到底发生了什么？”她意兴阑珊。

楚歌诧异地问：“你早上起来是不是没有看朋友圈？”

沈素揉了揉眼睛：“还没有，昨天晚上睡晚了，我刚起来。”

“难怪，你看一下手机，看一下朋友圈，一切就明白了！”楚歌的声音欣喜若狂，过于兴奋后反而有些结结巴巴，“我，我真的不是在做梦吗？活了30多年，还是第一次看到客户没有确认，这个创意就像是自己长了翅膀飞起来!”

“你到底在说什么?”

“你别挂电话，刷一下朋友圈！现在马上立刻!”楚歌催促着。

无奈之下，沈素慵懒地爬起来，随手刷了一下朋友圈，并没有什么出奇。

但是，等等!

这究竟是怎么回事儿?

为什么自己的朋友圈出现了推送倪昊代言Fun+的广告，还有许多喜欢小动物的朋友都在分享这支有趣的视频!

沈素目瞪口呆，她看到自己昔日下属南希也在朋友圈转发了这支视频，还有她的评论语:

“很久没看到这么感人的广告了，选择了普通平凡的狗狗作为主角，而不是为了制造话题而制造话题，普通平凡的小土狗而不是品种狗，能看出来团队做的选择都是经过很多思考的，才成就了这么感动且有质感的片子。倪昊的演技，简直太棒了！粉了粉了。”

沈素完全懵了:“这到底是怎么回事儿?这个项目怎么执行了?”

“对啊，非常让人震惊，客户压根儿没有确认过这笔费用!”

还是沈素脑子转得快："可是，等等，楚歌，艺人合作都是要提前付款的，代言费如果经纪公司没有收到，倪昊怎么就同意出演这支广告了？"

"对啊，这笔钱究竟是谁出的？"楚歌也是一脸的困惑。

沈素百思不得其解："为什么会发生这样的事情？"

"我也不知道。"

"真的不是你做的吗？"

楚歌就差捶胸顿足地澄清自己了："你要我说多少遍，才愿意相信我，就算退一万步说，好，我愿意帮你，可我去哪里找这么多真金白银来做这个事儿！"

楚歌的微信语音通话突然断掉了。沈素定睛一看，原来被王伟的电话强制中断了。

"沈素，我说，你们这是怎么搞的？我们都没有确认的创意，为什么现在整个朋友圈都在传播？"电话那边的语气已经相当不满。

"那不正好说明咱们的创意传播效果足够好吗？"她幽幽道。

"我不是和你开玩笑！"王伟怔了一下，他没想到沈素会说出来这样一番话来，他的语气前所未有的严肃强硬，"但是，问题在于这笔预算我们没有确认，难道你们看错邮件了吗，我不是和你说了整个项目 delay（延缓）了吗？你们为什么要把这个项目执行出来？！现在老板非常愤怒，说没有见过你们这种乙方！为什么甲方没有确认，你们就敢于把这个创意执行出来！我知道你们有时候会用所谓的飞机稿去拿一些国际创意奖项，但是这次，真的动静太大了，连代言人倪昊都用上了，你让我怎么说你们才好，你一意孤行，在没有我确认的前提下，就执意执行，但是现在你们面临的情况是——我们的财务根本就不可能支付这部分费用!”

“你别一上来不问青红皂白就指责我们好不好!”沈素脸色涨得通红，咬牙切齿地说，“王伟，我想说的是，整件事情我和你一样，都是蒙在鼓里！我向天发誓，我们什么都没做过!”

“你在说什么?！逗我玩儿呢?”王伟显然不相信沈素的话。

她强行试图让自己冷静下来：“一个月前，你和我说了 CMO（首席营销官）冻结了市场预算之后，我们这边的工作就停止了，现在出现这个意外情况，也远远超出了我们的理解！这根本就不是我们做的!”

王伟彻底地被惊诧住了：“不是你们，那会是谁?！真金白银，这都是人民币在燃烧啊!”

没错，所有人，包括王伟在内的所有人，都被深深地震撼了。不止被这个“天外飞仙”的执行所惊诧，也被它接下来带来的刷屏级传播案例效果震撼住了。

Fun+萌宠系列新品刚刚上线，就超出了市场部门预期的销售额，售罄、售罄、售罄，这就是它最好的上市注脚。倪昊主演的这支创意短片在没有任何投放的前提下居功至伟，自带流量，连续冲上热搜。网友评价倪昊演绎的小土狗形神兼备，惟妙惟肖，与主人之间的情感表达打动人心。完全符合尊重生命、爱护宠物的 Fun+“人宠平等”品牌价值理念。

有狗有猫的用户都说拍得很棒，看了好感动，反复观看，真正的出圈了。我就在你身边陪伴，是人类与宠物世界共同的心声！

这种千年一遇的奇妙传播景象，幕后的始作俑者到底是谁？是谁在默默操作这一切？

是个谜题。目前无人可解。

6

“沈素，你就别再解释了好吗？”王伟依旧是带着礼节性地微笑反驳了她的异议，半开玩笑半认真地说，“如果你再这样坚持不承认，你要么就是侮辱我的智商，要么就是你这个人太不真诚了！我可是把你当作朋友的！”

听了王伟这席话，沈素还是想努力表达清楚，但又被对方的这番“最后通牒”打乱阵脚，不知该如何是好。

“你看看要不要点些其他东西，他们家的金枪鱼也很好吃的……”她尝试着岔开话题。

王伟摆了摆手，皱起了眉，态度也变得愈加激动起来：“你知道吗，后来发生的一切都远远超出了我的判断，远远……”

她怔了一下，萦绕在脑际的回忆立刻消失得毫无踪迹，只见王伟那堆着笑容的脸正冲着自己。她无奈地摊开双手："但是，我们都要理智一点，OK？我真的没办法承认我没有做过的事情！"

"好的，什么都不要说了，你们赶紧开发票吧，这笔费用我们尽快付出去。"他紧紧地看着沈素的眼睛，那眼神中掺杂着感激、怜惜以及某种未知的情绪，"营销效果超出了所有人的预期，现在老板也意识到只看短期数据不看长期品牌的局限性，木已成舟，不破不立，你真的给我们上了狠心的一课！"

眼见着事实如此，沈素只好暗地唏嘘一声造化弄人，现实比电影更加魔幻。整件事情的发展轨迹如过山车一般，没人猜得到最后的结局。没有确认就执行了，Fun+新上任的 CMO（首席营销官）先是震惊，但是她还没来得及发飙，就被源源不断的新用户震惊，销售部门频频发来捷报，她顾不上让王伟下课，就被董事会和投资人的赞扬围绕。她只好吃了这个"哑巴亏"，初来乍到就被各方认可了，夸她有魄力能够做事，她一下子被架了上去，也没办法再找王伟麻烦。她倒也没有恬不知耻地把所有功劳都揽在自己的身上，也顺水推舟提及了王伟，这下子王伟反倒成了新业务最大的功臣。

一场巨大的赌注收获了意外的成功。

原本想下手的 CMO（首席营销官）暂时也没有了借口去整顿王伟，王伟因祸得福，稳稳地坐在了市场总监这个位置上。

"沈素，也实在谢谢你，最近找我的猎头特别多，我也想开了，形势比人强，能够在这里苟且一阵子，但你真的可以在这个位置苟且一辈子吗？趁着现在机会好，找我的人多，我还是准备离开 Fun+，加入一家创业公司，对方也很有诚意，承诺了更多的期权和未来的管理权限。总之，谢谢你的冒险！”王伟低头看了看表，“时间差不多了，我下午还有个会，就不送你回公司了。”

听完了这番结论性的话，见王伟站起身来，沈素也只好机械地站起来。她心里清楚，自己花费再多的口舌解释，对方也不会愿意相信。

木已成舟，做都做了，广告公司死活不承认是自己垫付了钱，没有人愿意相信这个事实。可是到底是何方神圣在背后助力，实在是打破了脑袋也想不出来。

“这家烧烤真的是十分好吃，你挑什么的眼光都不错！”王伟笑着打趣道，“对了，你听陈粒的歌吗？”

“谁？”这个歌手显然不在沈素的雷达里面。

“你和陈粒有着相似的民谣系长相和性格，亲和中带有清冷，邻家却又独酷。”

王伟临走前的一句无意提及，就令沈素没有挪窝。

烧烤店中午的营业时间早已结束，她懒得动弹就一个人躲在烧烤店的角落里，午后的阳光透过加长玻璃舒服地照着自己的脸庞。《小半》《大梦》《走马》《不灭》《爱完不完》，她啜饮着杯中的红茶，一首一首听下来，耳机里播放着陈粒空灵的歌声，那旋律似乎空洞地处在当下，似乎面对非常渺茫的未来，似乎在过去留下了无限遗憾。就像水一样顺着礁石流下，不知流向何处。

“十三”烧烤的店门又被推开了，两个清瘦女人肩并肩走了进来，沈素隐约间识得其中一人像是这家店的投资人唐月，另外一人戴着口罩，看不出具体容貌，只见唐月亲昵地扶着对方的手，两人一起朝着吧台方向走去。

虽然与唐月仅仅是一面之缘，但出于礼节也应该主动过去打个招呼才对。想到这里，沈素一口喝尽杯中的茶，走向吧台。远远就看见唐月坐在吧台前的一张桌子上面，正在招呼服务生上茶，她的面前坐着一位仪态平和的中年女人，约莫有 50 多岁，唐月热情地与对方聊着天，显然两人十分熟络。看到沈素走过来，唐月连忙起身挥手，一脸惊喜的表情。

“素姐，你今天怎么有空来店里吃饭？”

“肥水不流外人田嘛，”沈素笑吟吟道，“有个客户约我中午吃饭，我自然就推荐了这里。”

唐月连忙引荐对面的女人给她：“林阿姨，我给您介绍，这是沈素，也是我们的好朋友。沈素，这是十三的妈妈。”

沈素实在没想到张十三的母亲竟然如此年轻，而且颇有学识的模样。

林阿姨含笑，一眼把沈素从头看到脚，沈素赶紧鞠躬问好，并落座加入她们。

“这么说你就是沈素了？”林阿姨亲切地拉着她的胳膊，笑道，“十三跟我提过你，说你是个又聪明又有能力的老板，没想到长相也这么漂亮。”

“什么老板，都是他胡说八道!”沈素连忙纠正这个说法，面带愧色，“十三一直在帮我们的忙，出谋划策，没有他，我们连第一笔生意都拿不到，要感谢的人是我才是！一定要好好请您吃顿饭。”

林阿姨笑着摆摆手：“都来这里了，哪有你们请客的道理。”

“您来得不巧，张十三和另外几个同事出差去厦门看一支广告片的拍摄场地去了，北京就剩下我自己了。”沈素忙不迭地解释说，“要不今天晚上肯定可以热闹热闹的。”

林阿姨点点头，笑吟吟地望着沈素：“这孩子早就和我说了，不忙见，我就短暂在北京待个周末，下周还得回伦敦处理那边的事情。”

林阿姨挽着高高的发髻，虽然青春不再，但眉眼之间含着一份不显露的霸气，和十三的斯文却不算相像。柴犬小八这时跑来，跳到唐月怀里。

“你们都是十三的好朋友，”林阿姨说，“十三这孩子从小独立，我和他爸爸很早就离婚了，他初中就在学校寄宿了，我几乎没怎么费心，他都靠朋友照顾着。”

唐月笑道：“哪里。他最会照顾别人了。”

“是的。”沈素也赞同道，不过她还是有些惊诧，完全没想到质朴阳光的烧烤店长张十三居然有一个长居海外的母亲，想必他的家世也不错，于是顺势问：“十三为什么不跟着您回英国？”

“十三呐，就是喜欢北京。他小时候跟我在伦敦生活，一直到我跟他爸决定离婚，他却要回国。好不容易读完了书，他说什么要回来创业，也是想出一出就是一出，大二那年他不知道去哪家公司实习，结果暑期实习结束后，就整天吵着嚷着换专业，好端端的计算机专业放着不要，偏要学市场营销这种商科，为了这个我还和他吵了架。你们也知道，我们那一代人的想法还比较传统，都还抱着‘学好数理化，走遍天下都不怕’的老思想。后来硕士毕业了，他说要和唐月一起做这家烧烤店，还说要开一家广告公司什么的。我看他喜欢折腾，也就由着他的性子去折腾了。”林阿姨兴致很高，分享了不少关于十三的往事。

沈素内心一怔，林阿姨的话倒是令她颇感诧异，她一直以为张十三只是个喜好厨艺的年轻人，没想到他对于追求品牌有这样的决心，如此说来，他加入广告业倒也并非都是误打误撞的结果。

“对了，过几天中秋他和我说回伦敦来，你们有空也随时欢迎过来，我是东道主，给你们安排。”林阿姨性格爽朗，热情地发出邀请，平日里一看也是个混圈子的高手，“不过中秋店里的生意可能也会很火爆吧，不晓得这孩子会不会又以这个为借口不回去找我。”

唐月一听苦笑着摇摇头：“林阿姨，我可不能再吃了，自从开了这家店，朋友、同学每天都来，我还得定期过来陪，时间久了，我胖了有好几斤。”

林阿姨一脸长辈的笑意："我们做家长的，总是希望你们这些孩子可以多吃些的，怕你们在外面照顾不好自己。不过别说，你们看咱们中国的传统节日总不忘口里嚼点东西，年糕、汤圆、饺子样样少不了，但中秋节不一样。"

"为什么不一样？"沈素只觉得这阿姨着实有趣亲切，聊得颇为投缘。

林阿姨顿了下，仍以那种平和的语气解释着："它格外让人思考生命的意义，对亲人的思念固然是一方面；另一方面，悲欢离合增添了我们对生命的真切感受。这样的节日，对于像你们这样的游子总是个善意的提醒，你们可能走得很远，但思念的风筝永远不会断。不是吗？"

沈素沉默了起来，她忽然想起来母亲，那个在她记忆中若隐若现的存在。

林阿姨语气之中有些莫名的失望，还有些看透尘世的样子。"秋天明艳、皎洁、沉静、安详。秋天生的孩子最敏感、最聪明，十三他就是秋天出生的。可惜，就像这个季节一样，注定短暂，我和他们姐弟没有长聚的缘分。"

"您是说，十三还有个姐姐？"唐月颇感惊讶地追问了一句，她和张十三相识快五年了，还第一次知道他在家里不是独子。

"这个事儿，你们这么熟悉了，难道他从来没有提过？"林阿姨自己反倒是吃了一惊，在她看来，十三和唐月几乎无话不说。

唐月和沈素两人不约而同地摇了摇头。

林阿姨一怔，眼睛望着前方，道：“他姐姐有个十分男孩子气的名字——浩天。当年我怀孕时，还在武汉大学读博士，我住在珞珈山学校宿舍里，就在东湖边上，美极了的。每当我打开窗户，看见阳光下闪闪发光的东湖，那真是自然之美，美不胜收，取天地之气，成浩然之身。所以我把生下来的双胞胎取了名字叫浩天跟浩然。”

林阿姨笑了，她的目光转移到了唐月的脸上，这些年来她一直将唐月视为自己的女儿，倒不仅仅是十三的原因，而是这个心结所致。

“那十三的姐姐现在在哪里？”沈素忍不住问道。

“夭折了，她去天堂了。”林阿姨很温和地看着沈素，眼神中没有悲恸，尽管时隔久远，但是依旧流露出一丝苦涩，“她只活了三个月，就安静地去世了。那段日子，他们姐弟总是对视着，互相陪伴着……”

原来是这样，我终于明白十三为什么喜欢她了……唐月内心默默对自己说，林阿姨不经意的这席话居然解开了一个多年围绕在她心上的谜团，现在恍然大悟。

但是，一阵强烈的伤感也几乎同时涌上心头。

她对他的情意，到底是置若罔闻的善意，还是心知肚明的拒绝呢？

7

“咬字千斤重，听者自动容。提案的时候你语速太快，试着让自己尽量慢下来——”沈素的声音十分舒缓，对于讲PPT（演示文稿），她很有心得，在这一页码上面已经整整停顿了十分多钟，“说话只要声音一低，你的声音就会有磁性，说话只要一慢，你就会有气质，你敢停顿，就能显示出权威，任何时候都不要紧张，永远展现出舒适放松的状态，你就把任何你想接触的人当成老朋友，交谈就行了，行就行，不行就拉倒！”

怎么才能变成一个擅长提案的人？

什么都不怕，你所有的气场全部打开，你周围所有的能量全部向你聚集。此刻男性敬佩你、女性仰慕你，你就是勇士。一个人此生最大的失败，全部来源于他的不勇敢，全部来源于他内心的恐惧。成功的一生和提案无关，本质上就是你克服恐惧的一生。

张十三光顾着听，没有什么回应，看上去像一块木头。

原来在我看不见的时间里，她是这样的一个人。

这样的英姿飒爽……

这样的叱咤风云……

脑海里浮现出沈素在提案现场的那一幕，张十三几乎没有听进去她刚才说的话，他只是觉得和她在一起，内心有一种难得的安宁，某种时候，更像是他在梦里无数次出现的画面，少年时代，走在铁道旁边，两个人手牵着手的那种感受。

沈素和她的17岁是什么样呢？

是安静的远方小城，是坐在阳台上虚度的一整个下午。时间是慢的，把一切交给风。她托着下巴望着隔壁阳台，隔壁阳台的晾衣杆上，一件白衬衫飘飘摇摇。

衬衫被风抻平了褶皱，沈素望着，时常出神。她一定喜欢夕阳快要落尽的时候，天边金红的圆圈一半被衬衫遮挡，从布料后透露着朦胧的暖光，白色被染出橙红，融在整片绮丽的晚霞里，直到最后一抹余晖消失。

白还是风里的白，多了朗朗夜空。

她望着那一抹白，整个下午整个下午地猜想，未来她等待的男主角会是一个怎样的人呢？纯白的，阳光般温暖的，整洁干净的，清爽如风拂过一般的。想到那个人，年轻的她会不自觉地脸热起来。

——和自己大概是全然不同的。十三想到。

但片段的猜想总也勾勒不出那人完整的形象。于是，那件白衬衫就承载了年少的沈素日渐饱胀的好奇心和爱情里全部的向往。

……

“你在听吗？”

“我，我有在听的！”张十三如梦方醒，频频点头。

沈素疑惑地看向张十三，看见他神色一瞬间的不自然，随即又恢复如常。

“你会特别化妆吗？”

沈素一怔，她提案时也会画上淡淡的妆，化妆给了她稳定的信心和力量。但当她提案的时候——这样说起来很好笑——她就觉得自己在发光，好看的衣服和妆发对她而言只是辅助。

她淡淡开口道：“我并没有觉得涂什么大红唇就能镇住全场，也没有要镇住全场，我只要知道我自己在发光，就够了。”

虽然加入广告业只有寥寥数月的时间，但是张十三已经参加了十多场规格不同的提案，只觉得每经历一次都是一轮蜕变，像是游戏打怪升级一样，似乎能够感受到自己的现场讲演能力在直线上升。

“我最近似乎成长非常快，晚上我请你吃饭表示感谢吧！”张十三似乎十分沉醉于这种开小灶。他望着她的眼睛里满是满足。

沈素莞尔一笑：“这个就不用了吧，我带你是理所应当的事情。如果每次都要请我吃饭，那你的烧烤店恐怕要亏死了吧。”

张十三则是一脸认真：“不行，不行，给我个机会，我请你吃一次大餐好不好，沈老师？”

“吃饭真的不用了，不过我有个事想问问你——”沈素突然觉察到对方的眼神似乎一直在自己的身上，猛然间有点不适应，下意识道，“你看我的时候能不能别一直盯着我，我有点不自然。”

“对不起，对不起，我听课太入神了，没有考虑那么多。”张十三正襟危坐，一脸认真，反倒搞得沈素有些怀疑自己是不是自作多情了。

“十三，你老实告诉我，倪昊代言那件事是不是你那个朋友唐月做的？”

张十三怔住了：“你说什么？”

“我现在认识的人里面，只有她有这个财力——”沈素的脸上充满着困惑，“我知道这么问很唐突，可是，可是，我实在想不到还有什么人，能够做出这么荒诞离奇的事情了！”

张十三露出一排整齐牙齿，笑道：“当然不是，她怎么会做出来这种事儿呢，她猴精着呢，每个账本都算得清清楚楚，不会做这种事儿的。”

“如果不是她，会是谁呢？”

“我也不知道。”他的眼神中显得十分无辜，但是内心剧烈地跳动着，他不知道如果真的让对方得知了真相，会不会怪自己。他知道言多必失的道理，也不敢再多说什么让对方起疑，最终那句“时来运转，这世界上还是好心人多”还是没说出口。

张十三还是热忱地点了一大顿好吃的下午茶，他去楼下取外卖的时候，沈素在窗边看着楼下正在和外卖小哥对话的他。

她内心一动，像他这样的年纪，自己在做什么呢？阳光、健康、充满朝气，那个时候自己会喜欢上像张十三这样的男生吗？

张十三这个年纪的男孩子会喜欢什么样子的女孩呢？为什么放着唐月那样优秀的女孩子不去爱呢？

就是这么一个短暂的念头。

突然张十三的眼神开始缠绕着挥散不去。

沈素不由得脸色一红，不会吧，这个男孩莫非对自己……真的是这个心思吗……不会的，谈恋爱根本就不在自己的字典里。被杨峥伤害了之后，这扇门早已经狠狠地、没有可能性地、永久地关闭上了。但是张十三对她的感情，她其实有某种预感，但是又不愿意相信这是真的。莫非真的像杨墨怡说的那样——35岁以后，追我的小男孩反而多了起来？

猛然间她想起来一件往事，有一年夏天去成都出差，开了一天会，她有些疲惫，躺在床上翻来覆去又睡不着觉，干脆起身去酒店的露天酒吧喝杯酒。

尽管接近凌晨，酒吧还是人头涌动，沈素选了一张倚着窗边的位置坐下来，春熙路的夜景尽在眼底。

“你好，我可以坐在这里吗？”

她正琢磨着喝几杯后才能安然入睡，一个高高大大的干净男孩站在她面前，笑着问。

“没人，请坐吧。”她不假思索道。

“好的，谢谢你。”那男孩俊朗高大，也就是二十四五岁的年纪，嘴角扬着一丝不羁的笑意，拿着酒杯，大大咧咧地坐了下来。

他没说话，眼神直直地看着沈素，毫不回避。

“有什么事吗?”看对方笑嘻嘻不动声色，倒是沈素没忍住，先开了口。

“我很想跟你交朋友，”男孩倒是没有丝毫遮遮掩掩，大大方方地伸出手来，“当然，你如果介意的话我马上走。”

沈素反倒脸色一红，她没想到比自己小这么多岁的男孩子会对自己产生兴趣，她有些诧异：“你是不是找错搭讪对象了?”

“绝对没有。”男孩拼命解释着，“我就是喜欢你这种磨砺中练就出的云淡风轻去留随意的洒脱吧……”

“你干脆说我老算了。”虽然嘴上这么说，但是沈素还有些洋洋得意，毕竟自己十几年的职业提升带给自己特别飒的气场，这一点上她有绝对的自信。

“真的不是，”男孩一脸认真，“我知道，人越长大，虽然体检报告一年比一年难看，但是人生态度一年比一年豁达。我这个人，就喜欢豁达的女人。当然，我不是说你身体不好——”

沈素被他逗笑了，她一脸认真地听着他的话，看着眼前比她小十几岁的男孩青涩的模样，她不由得内心感慨了一句，年轻真好。那种清澈的少年感只有 20 出头的人才会有。

“好了，谢谢你，借着和你聊天，我也抱一抱曾经少女的自己。”礼貌性地聊了十几分钟，沈素表示第二天她还有一个非常重要的会，她示意服务生埋单。

“可以留个微信吗?”男孩的声音显得十分在意，“我不是什么坏人，我只是想认识你。”男孩眼里满满的宠爱和虔诚，那份炙热藏都藏不住。

“我之于这座城市，就是个过客。喝杯酒可以，但交朋友我真没时间。”沈素平日里习惯性地发号施令，语气之中充满了说一不二的威严。她从没想过和比自己小的男孩子谈恋爱，何况她结婚了，当然直接拒绝了。

只是，那男孩遗憾的双眼，一直留在沈素的记忆中。

“想什么呢?”

脑海中的一刹那走神被走进来手里面拎着下午茶的张十三看在眼里，沈素突然的发呆引起了对方的疑问。

“没，没什么。”沈素连忙掩饰自己的尴尬。

是啊，胡思乱想什么呢。

沈素清空脑内奇怪的思绪，加快了整理桌上文件的动作。每次张氏下午茶的菜单都丰富到惊人：从主食到甜品，从零食到水果，一应俱全。

办公室内，午后裹了阳光，安静流淌。

8

（十个月前）

“头儿，我当时真的都惊呆了，我以为她怎么也会象征性虚情假意地挽留下，没想到，她没有任何挽留，对，丝毫的挽留都没有！”穿着雪纺材质白色镂空薄开衫，梳着小丸子头的南希气鼓鼓地向沈素抱怨着。

作为公关部最为不安分的社交小天后，号称什么类型男人都统统玩儿得转的“陀螺”，南希一向热衷于八卦消息。这下可好了，积蓄了半年能量苦于无人诉说的她，噼里啪啦全部兜售给了沈素的耳朵。

“头儿，一朝天子一朝臣，以前跟着你也是忙碌，但是至少有回报，无论是现金还是职位，那都没的说！哼，但是最近这半年，我才真正看清楚了白思琪是个什么样的人，她就是那种只为了自己活的人，压根儿不是那种铁肩担道义的老板。现在下面所有人都不服她，可是，那又怎么办呢，老板像是被施了魔咒一样，无条件挺她，所有人敢怒不敢言，哼，我严重怀疑他们两人之间有一腿！”

南希说话一向浮夸，沈素倒也没有放在心上，她随口劝慰道："你呀，没有真凭实据，不要这样说别人。"

南希一脸委屈，噘着嘴道："头儿，有件事我还是和你说下。"

"怎么？"

南希神秘兮兮地看了沈素一眼，压低声音道："大概半个月前吧，咱们一直使用的监测公司负责人离职，他准备去另外一家公关公司，因为未来还想拿新生意嘛，他私下里和我喝酒，喝多了，无意中透露了个秘密。"

沈素瞪了她一眼："有事儿快说！"

"你出事儿那几天，他不是负责日常监测嘛，结果在监测过程中发现了大量负面稿件的发布，都极其有规律性，发布量极大，权重媒体自发性转载当然也有，似乎像是有预谋的发布！"

这个消息对沈素而言无疑是一枚重磅炸弹，她愣在那里，半晌没说话。

"出于好奇，他私下联系了几家业内资源好的发稿公司，果然给他打听到了！"南希十分得意地炫耀她的战果，"头儿，说来巧了，其中一家小公司反馈确实有人联系他们，承诺可以先给钱，不签合同，再发布。"

"是谁？"

"不认识，但是记住了那家小公关的名字。"

"这家公关公司原本没有人注意，但是或许是百密一疏吧，大概半年前，他们被领仕集团收购了。头儿，你想想两者之间的关系。”

“我能够想到一个人，她有这个能力，也有这个实力。”

“领仕集团的负责人韦伯……”

“韦伯？”沈素脸上全是迷茫。

南希循循善诱：“头儿，你再想想，如果韦伯没有动机做，谁又有动机并且能够通过韦伯的手来完成这么漂亮的绝杀呢？”

想想自己离开后，朗睿集团依旧和领仕广告保持紧密的合作关系，联想到先前白思琪对自己的闪烁其词，沈素的脑子里一下子全部串起来了。

南希气不打一处来：“道理很简单，不把你这个顶头上司撸下去，她又怎么能够有机会坐在你的位置上高枕无忧呢？”

她原本不想这么臆断。

但是，南希的话，似乎让一切都坐实了。

就在一个礼拜前的傍晚，她的手机里忽然有一个莫名头像的人加她，留言是：

“关于你丈夫为什么背叛你，我手上有证据。”

她一个寒颤，立即通过了聊天申请。

对方二话不说，直接丢过来三样东西：

第一个是照片，杨峥和白思琪夜坐在咖啡厅，似乎相谈甚欢；

接下来是一段微信聊天记录的截图，沈素认出来其中一人正是朗睿集团反舞弊的负责人——吴天赋，另外一个看对话内容，像是他的某位下属。

“老板，针对这个举报，我们马上启动内部调查程序。”

“不用了，证据确凿，直接报警吧。”

“但是老板，一旦报警，她的声誉至少会受到影响，要不要按照程序，咱们内部先问话沟通一下?”

“你在给我上课?”

“明白，老板，马上执行!”

最后是一个 PDF 文件，打开后是一个有着水印的合同复印件。合同内容是将数十篇新闻稿件链接发布在上千个论坛与网站里面。合同尾部的合作公司是一家名不见经传的小公关公司，但是结尾附了个天眼查的扫描截图，那公司股东里面赫然出现了韦伯的名字!

她好奇地复制了一段链接，到网页地址上面，结果跳出来的内容竟然是与她有关的一段负面新闻。

朗睿集团市场副总裁沈素离职当天被警方带走，供应商即将迎来腥风血雨的洗牌行动

来自北京的消息，以多元化成功经营著称的 500 强企业朗睿集团今天傍晚传来突发讯息，原朗睿（中国）集团市场副总裁沈素（Lisa Shen）离职当天被警方带走，限制人身自由。

朗睿集团的内部邮件通知表示沈素的工作内容分别由现任朗睿集团公共关系与企业传播高级副总裁白洁（JoJo）和朗睿集团市场总监白思琪（Lydia Bai）两人暂代。

沈素于2010年7月正式加入朗睿集团，多年来一直负责朗睿集团旗下各大业务的市场推广工作。此前她曾在朗睿集团公关部担任多年公关总监职位，并已在朗睿供职长达十余年。

或许，在不久的将来，随着沈素的离任，朗睿集团众多的市场营销服务代理商将会迎来全新一轮大洗牌。

沈素呆住了，怔在那里整整一分多钟，难以动弹。

她猛然反应过来，连忙要向对方问个究竟。

“你到底是谁?”

她匆忙打出来字，发过去。

结果微信上显示对方已经开启了朋友验证，你还不是他（她）朋友，请先发送朋友验证请求，对方验证通过后，才能聊天。

她头晕眼花天旋地转，将一切前因后果终于连接在了一起：

是相濡以沫的丈夫，给她背后致命一击突袭，让她就此沉沦湮灭；

是那家被韦伯秘密操控的公关公司，将乌泱乌泱的负面水稿发布出去，那些不堪的谣言让自己身败名裂；

从实习生时代跟着自己却又背叛自己成功上位的白思琪居然和杨峥相识，两人到底在密谋什么？

还有，那位高高在上正襟危坐冠冕堂皇道貌岸然的集团首席风险官吴天赋，就是他，完全忽略了正当流程，原本事情还没有定性，无需报警，可以走内部调查流程，他却直接报警，从此让她陷入万劫不复之地！

沈素感到有一种仇恨的力量从腹腔中默默地燃起，它在腹中酝酿，在体内深处，搅动翻腾。

沈素怒目圆睁，咬紧牙关，她不愿意相信这是真的。沈素不理解一个从实习生时代就跟着自己的人为什么要这么做。

昏黄的酒吧，沈素与南希对坐在那里，眼神之中写满了失望。背叛，当背叛成为一种惯性，这样的理由，这样的借口，连她自己都觉得可笑。一种强烈无比的恨意和怒火猛烈地袭上她的心头，一股从心底最深处传来的怒吼声仿佛说道：我要复仇！我要将我所失去的，一次性拿回来！

“头儿，你没事吧？”

南希自然知道这会对沈素产生多大的冲击，那种被自己培养的人出卖的感觉，她再傻也能够理解这其中的痛楚。

沈素没说话，咬了咬嘴唇，她的身体不由自主地轻微颤抖，原本苍白的脸突然间就被腹中的怒气涨得通红。

她努力告诉自己一定要平静、一定要理智，但是她也清楚地意识到这种平静、这种理智有多么虚假，甚至是比虚假还可怕的荒谬！

“对了，你帮我一件事儿吧。”

“头儿，你说吧，能帮我一定帮！”

“我想要回来……回到朗睿！”

南希的眼神中流露出一丝震惊，满脸地不可思议：

“头儿，你再说一次？我刚才没听清楚……”

9

（九个月前）

“别着急，根据咱们国家的法律规定，夫妻双方失踪两年才可以申请离婚。现在还没有到时间，所以你现在还不能申请离婚。”

苏晓冉一字一顿地向沈素解释，看得出来，她的当事人心情糟糕极了，距离她们第一次见面已经过去一年多，长时间没有去保养的脸部变得干涩，头发色泽灰暗，气色消沉。

从律师嘴里听到这个答案，沈素并不感到任何意外，原本她也不在意这名存实亡的婚姻关系，她没有抬头，像是在沉思。

苏晓冉短暂迟疑了一下，继续道：“有句话，我讲了你别伤心，在我看来，你对于过去与杨峥的这段感情过于信任和执着了，你吧，长期处于强势地位而不自知，你眼里所谓的美满婚姻很可能早已出现了裂缝，并且，可能很早的时候就已经为后来的极端事件埋下了伏笔。”

如此刺耳但又鞭辟入里！

律师劝自己的话她都没听进去，只有这句话才勾起了她聆听下去的欲望，那个男人，他就以这样断然的、无可更改的方式摧毁着自己。她近乎难以相信，追问道：

“你真是这样想吗？”

“这当然是一种极端私欲的无耻体现！但某种程度上，也是一种自我价值觉醒后的蓄意报复。”苏晓冉轻轻地叹了口气，她的手臂轻轻地放在了沈素的肩膀上面，“我不想说劝你坚强这种废话，我只希望你的生活可以开心一点。”

沈素想说点什么，但是最终她还是将这句话生生地咽了回去。

同样作为女人，苏晓冉完全能够从她的声音里觉察到她内心的痛苦与煎熬。她不忍再问下去，但是辩护律师的职责又必须将一切摆在桌面上挑明：

“事到如今，你……还想继续调查下去吗……”

沈素肯定地点点头。

苏晓冉捋了下干练的短发，语气直截了当：“来之前，我和警察通过电话，关于你怀疑白思琪和杨峥之间存在着某种关联或是交易，他们的反馈是，目前所有的证据都没有指向这一点。”

“不，他们是错的！”她以近乎决绝的语调反驳着，外面的冷风吹来，沈素一度紊乱的思绪开始一点点变得清晰起来，“我会以我的方式回去朗睿的。”

“回去上班？”苏晓冉一脸疑惑地问。

沈素的语气淡然却坚定：“当然不是，得一步一步来。现在就算是我想回来，HR（人力资源）也不会让我回去的！但是，她们不能也没有任何权力阻止我成为朗睿集团的供应商！”

苏晓冉刚喝进嘴里的咖啡差点儿一口气喷出来，她的脸上流露出听到天方夜谭般的惊诧：“你要做朗睿集团的乙方？”

“假设不大胆一点，什么时候大胆呢？”沈素的身形定住了，清瘦高挑的背影在这一刻看来是那么寂寞，涩涩的声音在夜风中分外清晰，“以供应商的身份悄然回归，一步步地接触他们的权力核心，相信在这个过程中，白思琪一定能够有什么把柄被我抓到！”

“你是不是要和警察打个招呼，我不知道你擅自计划行动是会推进还是反而会阻碍他们的调查？”苏晓冉好心建议。

她不顾经验丰富的女律师脸上流露出的不可思议的表情，继续道：“如果我能够一步步成为白思琪最为信任的代理商，抽丝剥茧掌握她受贿的证据，就可以让她，像她的前任那样，从那个高高在上的位置跌落！我发誓，我一定要自证清白，让所有人知道究竟是谁在背后做出这龌龊的一切！”

“沈素，我可不是给你泼冷水——”苏晓冉的声音不高不低，却一字一字重若千斤地敲在她心头："可是，你真的有机会吗？好，我们退一万步来讲，即便有，这也是个非常漫长的过程！"

"我没有退路了。"

苏晓冉还是感到难以置信："也就是意味着，这三个月你要找一家广告公司，并且拥有能够入围你老东家年框供应商的资格，你又不是不知道进入供应商库有多难！而且你在此之前都不能露面。"

沈素丝毫没有理会这份理智的提醒："采购负责人徐弘正在进行新的供应商制度调整，这是一个重新洗牌的过程，留给我的窗口期还有三个月。"

"现在都需要满足什么条件呢？"苏晓冉问。

没人比曾经掌握数十亿预算的沈素更熟悉这套规则了，朗睿集团由于业务规模多元且庞大，供应商入库是一个漫长且苛刻的过程。朗睿的市场类供应商一共分为三个级别：核心供应商（年框架采购额5000万以上）、次核心供应商（年框架采购额1000万以上），以及备选供应商（数万到数百万不等）。

"第一，供应商全年要有超过一亿元人民币的流水；第二要有服务同行业的经验；第三就是要拿国内或者国际一线营销案例的奖项。"

"你说的都没错，可是你现在就一个人！你找谁来完成呢？"

苏晓冉的话猛地提醒了沈素，让她想起来一个人！没错，就是上次面试遇到的楚歌，那个讨厌的家伙，现在却成了自己救命的稻草。如果可以和他合作一把，说不定能重新回到轨道看到希望？那个男人，虽然职业度有待商榷，但是他对于朗睿集团的理解却比其他同行要深刻得多。

没有时间了，没有时间了。

顿时，沈素的内心涌现出了一种动力，她的脑子里猛然形成了一个清晰的目标，找到了一些继续生活下去的动力。她的面部表情并没有发生太大变化，她努力克制着自己的情绪，不让自己内心的那团火焰迸发出来。

“我相信我可以做到——”她坚定地回应着，“不管发生什么事情，我都会让所有人意识到，当一个人相信一件事的时候，她可以为此付出多少，做到什么程度！”

苏晓冉再次怔住了，她从没有见过如此决绝的眼神。

她第一次被自己的委托人打动了。

她的内心涌现出来一股正义之火，她想帮帮眼前的这个女人。

第九章　回　声

1

9 月 27 日。

一个普通的星期五。

绫智收到了一份特别的邀请——是由香港举办，旨在鼓励亚太区广告创意行业发展的环球创意节发来的。

绫智提报的“Fun+萌宠品牌上市”创意项目入围了包括竞争最为激烈的年度品牌贡献奖在内的五个重要奖项提名。这也意味——阔别创意舞台十年之久的楚歌有机会重新登上领奖台，再次接受业界的瞩目。

西贡有一家不知名海鲜店。咸涩的海风轻轻吹拂，一年四季都有鲜活的市井海鲜供应，海味一打捞上来，就直接送到店里。本港带鱼拖着仿佛皮带一样长的尾巴，黄螺比手掌还要大一倍，大青龙虾在清水里张牙舞爪……

“有人不喜欢海鲜市场的味道，觉得还没靠近就已经有一大股浓重的腥味涌过来，黏黏地踘着鼻端和嗓子眼的地方。可是对于从小生活在海边的人而言，终年飘荡着的就是这种味道，我太熟悉了，就像是呼吸一样，是大自然的鲜味。”

已经回到香港定居的林宗诚邀请大家相聚在一起，久未谋面，众人相见分外亲切，大家在一间海边的海鲜店里把酒言欢，聊得不亦乐乎。

“我也是海边长大，这个有同感。”沈素笑着。

楚歌还记得自己上次在北京见林宗诚时，他有些落寞，和他在一间日料店小酌，聊他的家庭、孩子，有时他握着酒杯一言不发，楚歌当时也不知道怎么宽慰他，也只能默默地陪着他。

时间过得真快，楚歌不免俗套地唏嘘了一把，依稀记得十几年前实习第一天，他踏入公司，在长长的走廊上，正中站着一人。只见他 40 多岁年纪，穿着的正装是经典美式风格，黑色上衣两侧只有两个口袋，取消了右侧的第三个票兜，老派而考究。脚踏锃亮的皮鞋，手夹雪茄，面戴金边眼镜，斯文优雅，那双忧郁落寞的眼神足以杀死随便一个女人。

你好，我叫 Frank。男人操着一口港普，还主动打招呼起来。

当时的楚歌谁也不认识，人情世故也不懂，只会瞎猜这位老兄挺平易近人。

楚歌每天来到公司，必定看见他钉在那里，仿佛在思考人生，在琢磨点子，又像在暗中观察。他走过，点点头，他回一个，还小声叮嘱：小伙子，刚入行，别光顾着天马行空，注意细节。天使都在细节里，魔鬼都在想象中——当然，也不要怕犯错。犯错，代表你至少敢于创造！

放胆去犯错？有没有搞错？不是吧？

小伙子你告诉我——什么是创意？

创意，放在广告的语境来说，就是用来创造生意的吧。

不。最好的创意一定是可以用来创造回忆的。Frank 像是对楚歌说，也像是对他自己说——我认为创意永远是做别人没有做过、没有想过的东西，我希冀的广告作品是可以用一种巧妙但又震撼人心的方式展现出来。可是，千万别忘了，你的人生才是个 Big Idea（大创意）！

当时不明所以，后来楚歌才知道这是莫大的鼓励。实习了几天，比她早来一个月来的美术搭档权俪私下里告诉他这位就是公司的 ECD（执行创意总监）。一位创意部首领竟然会在意一名小小实习生的感受，这让当时的楚歌颇为感动。

结束实习的时候有机会转正，他鼓起勇气去找林宗诚面试。

对方就只问了一个问题：你凭什么拿到 Offer（录用通知）？

虽然，虽然……我不懂这些复杂的品牌理论，但是我可以学得很快，更重要的是——我就住在公司附近，我可以天天加班！楚歌眼神中虽有胆怯，但语气分外坚定。

林宗诚一拍大腿：这个人，我要了！

儿戏吗？

后来楚歌才知道，其实他对自己观察早已许久。那面试，不过就是走一过场而已。

“对了，林老师，听说你要退休了?”沈素问。

“我呢，根本就是一只闲云野鹤，懒得再管生意，以后你们有需要我的地方，不要客气，随叫随到，记得把机票和酒店钱给我报销喽!”林宗诚朗声大笑。

“看您说的，我们随时恭候大驾——”张十三俨然喝高了，满脸通红，“我在北京还有家烧烤店，您来北京一定要来光顾!”

“好，一定！你们那个案子做得非常漂亮，我替你们感到高兴!”林宗诚发自内心地感到骄傲，“来，我们一起再干了这杯酒!”

一时主宾尽欢，沈素微醺地望着不远处的港口，夕阳已经将整个视线都染红了，分外妖娆，她想起张十三在飞机上对她讲的一段关于张国荣的往事。

原来他对《霸王别姬》剧组的感情极深，拍摄结束时他恋恋不舍，又一次请全剧组吃饭，席间难过得几度泪下，跟每个人对饮，喝了三杯茅台十二杯白酒，素来不擅饮酒的他回房间后呕吐了四个小时爬不起身。张丰毅和巩俐劝他说以后还有相聚的机会，他说:“不同了，以后就算再见，也寻不到这份心情了。”

花有重开日，人无再少年。

她，现在能够体会那份心境了。

2

年度环球广告传播行业颁奖盛典如期在香港 JW 万豪酒店举行，来自全球各地的资深广告行业人士聚集在这里，各色面容、各种语言混杂在一起，交织出属于他们的璀璨夜晚。

楚歌特意预定了一张靠近天台的桌子，九月份的香港天气依然潮湿，穿着西装难免感到一丝闷热，他松了松脖子上面的领带，急躁地看了看手表，距离颁奖礼开始只剩下半小时。

他先前看过组委会官方提供的所有奖项提名名单，老东家领仕（中国）今年表现尤为强劲，几个出街的案例几乎获得了所有奖项类别的提名，想必他们一定派出了庞大阵容来参加这次活动。

作为行业新秀的绫智广告在沈素和楚歌的联手下获得了五个奖项的提名，业内诸多资深人士都预测绫智会成为今年奖项上亚太区的大黑马。

果不其然，秦澈在夜色黯淡之际才赶到酒店，助理早已为他预定好这里的套间，他换好礼服后和三位领仕的同伴一起走了下来，麦翎人在三亚休假，因此并未同行。

此时举行活动的二层露台及大厅早已人群攒动，招待酒会从下午五点就已经开始，不同国籍的人们在热烈攀谈。服务生忙碌地穿梭其中，给嘉宾们递上饮料与酒水。

楚歌一眼就看到了穿着黑色礼服的秦澈，立即大声地招呼他过来，他又叫过服务生要了一大瓶香槟，干脆自己开心地打开，叫嚣着今夜要与秦澈不醉不归。不远处的老外们好奇地张望着这边的喧闹，一位保安人员也朝这边走了过来，以为这里发生了什么事情。

“秦澈，咱们都多少年没见了，两年了吧？”林宗诚主动打招呼。

“您还是那么精神！谁在您身边站着都显得蓬荜生辉。”秦澈开玩笑道，林宗诚两鬓竟然已经有些斑白。

两人热情地拥抱，林宗诚用力拍了拍他的肩膀：“后生可畏，这几年的表现，没有让我失望。”

秦澈一脸谦逊：“我现在还记得当年您就对我说，刚入行的头几年你可能就像在一个黑暗的海里游泳，前面什么都看不见，你必须扑腾，如果不扑腾你就沉下去了，说不定哪一天你看到方向就出来了。”

“这个你都记得，我老了，都忘了。”林宗诚朗声大笑。

“我始终对于我没有追随你这件事情感到特别愧疚。”秦澈转过头看着楚歌，一脸认真。

楚歌并不在意，潇洒一笑：“每个人都有自己的处境，这个勉强不得，你答应韦伯的，就要做到。但是我的大门，随时开着。”

“今天我们不醉不归。”秦澈提议道。

“好，我们不醉不归!”大伙开始起哄，引来其他桌嘉宾好奇的眼神。

他们仿佛就是多年没见的好朋友在这个场合重逢相遇了，没有竞争，没有对立，没有猜忌，只有一杯一杯的一饮而尽。

就像楚歌最喜欢说的那句话：赢当举杯同庆，输则拼死相救。

不远处人群之中，一阵骚动。

众人看过去，一群人正簇拥着一个人，有说有笑朝这边走过来。

秦澈下意识瞟了一眼，脸色一变，低声对楚歌说：“韦伯来了……”

3

迎面走来的那人正是韦伯。

只见他前呼后拥、神采奕奕，领仕（中国）集团是此次广告节的首席赞助商，原本就享有最高的礼遇。此前，组委会在东京的新闻发布会中高调宣布，任命韦伯为2023年亚太环球创意节的评审主席。因此，韦伯这次真是出尽了风头，走到哪里身边都有不少人簇拥着。

韦伯边走边接受着媒体的问话：“在我看来，优秀的创意作品来自世界各地。很多黑马开始出现在重要奖项的舞台上，与传统获奖热门地区平分秋色，我们意识到这个变化非常重要，因此，今年的全场大奖我们都十分谨慎，希望每部参数作品都获得好成绩……”

他的眼神直接看到了楚歌。

两人同时都是一怔，谁也没说话。

身旁的 Serena 和韦伯耳语一番：“要不要让摄像机停止？”

韦伯摆摆手，示意不要，然后自己竟然朝着楚歌的方向走来。

“好久不见，楚歌。”韦伯主动走过来打招呼，那亲和的语气似乎让先前积累的所有矛盾顿时烟消云散，“来了香港我才知道，原来 Fun+的创意居然出自你的手笔，作品不错，不过代理公司绫智，真的是闻所未闻，”他对着记者的镜头大方地介绍着，“这就是我们聊到的黑马，哈哈，我很期待他们今晚的成绩。”

那镜头立即对准楚歌，媒体走上前来，礼貌性地问候了一句：“原来你就是 Fun+这支刷屏创意的背后功臣，有什么想对同行说的？”

楚歌的反应倒也得体，他镇定自若地回答：“哪里，我们就是运气好而已，这里面主要是客户的功劳。当然——”

他话锋一转，半开玩笑半认真地看了韦伯一眼：“也要提前感谢韦伯在评奖的时候高抬贵手，擦亮眼睛才行。”

“老弟你真是会开玩笑，所有做创意的人对创意都是又爱又恨吧，有感情了就是会又爱又恨，跟人相处也是如此。我要反思了，楚歌当时在老东家没有发挥出来真正水平，看来你当时在领仕，是故意隐瞒实力当病猫啊。”韦伯没忘了当众捧杀楚歌。

众人哄堂大笑，都以为韦伯在幽默开玩笑，只是楚歌心里明白，这老家伙是完全没忘了旧日恩怨。

“韦伯，我有一种预感，我们未来一定会在比稿现场上面相遇的。希望到时候你们不要输得太难看。”楚歌心里明白，迟早有一天，绫智这家小公司会和领仕这家庞然大物在同一个战场上相遇。

“真有那么一天，一定奉陪到底！”韦伯皮笑肉不笑地看着他，“告辞了，我还有一个闭门会。”

韦伯带着 Serena、秦澈等人，有说有笑地离开了天台酒吧。

这个时候，恰好去洗手间的沈素走了过来，看到楚歌脸上不好看，连忙问他到底发生了什么。

楚歌一脸不屑：“没什么，撞到鬼了！”

“你说什么？”

“是韦伯那厮……还是那副德行，评委会主席了不起啊……”

沈素的反应有些奇怪：“哦，你没有和他说我在绫智吧？”

“没有，你不是叮嘱过我不要和别人说。”

“那就好，没什么，我不太希望别人知道我在这里，尤其是和朗睿集团有瓜葛的人。”沈素轻描淡写地说道。

一直没吭声的张十三心里暗道不好，他顺势讲出了他的疑惑："素姐，这个老家伙是评审主席，一定有话语权，这支来自中国的作品，他会不会假借着避嫌的原则，光明正大给作品一个不公正的待遇？"

"十三，那些都不重要。何况好的创意是不会被乌云遮挡住的。你要记得，真正的目的地，从来不在任何地图上，哪怕是全场大奖，也从来不是我们的最终目标！"

沈素轻轻地说，也像是对自己说。

4

20：00。到了颁奖典礼正式开始的时候，几次外场提醒后，所有人都蜂拥回到了剧场式的颁奖典礼现场，所有人瞬间从狂欢模式转变为正襟危坐的模样。

楚歌和张十三在一起免不了各种要酒，干脆惹得一个西装革履的印度裔服务生站在旁边，就专职给这两个大老爷们上酒。

"喂，我说，你们不要这么小家子气啊，这么庄重的场合，就你们几个逮住了往死里喝啊。"沈素讽刺道。

"这你就不懂了吧，200 美元的门票，我能不多喝几杯吗？"张十三说着又要了一杯白葡萄酒。

"对啊，你看，到现在我只吃了一份沙拉，值回票价了吗？什么东西都没吃到，还不让我多喝一点了？"楚歌也跟风道。

“楚歌，你怎么也这样?”沈素有些崩溃了。

开场不多时，穿着一身紫色西装、两鬓略显斑白，但颇有风度的林宗诚来到这里，他和楚歌等人热情地拥抱，落座，他们两个人不时窃窃私语，也不参与到众人的欢笑吵闹当中来。

台上的英国主持人不断用笑话调侃着获奖者与颁奖嘉宾，现场欢声笑语与失落叹息夹杂在一起。一个个不同类别的创意奖项正在颁出，领仕不愧是行业创意标杆，秦澈在激烈角逐中拿下来了数个金奖。每颁发一次金奖，秦澈就会冲上去代表团队领奖。这时台下的摄影师镜头都会对准他，坐在一旁的Serena不时挑衅地看向楚歌，搔首弄姿，摆出来一副全场大赢家的嘴脸。

等到了颁发年度新锐广告公司奖的环节，获得提名的有来自马来西亚、日本、新加坡与澳洲的五家新公司。

当主持人最终念出来的年度公司的名字是一家来自新加坡的广告公司后，所有人傻眼了。

但是很快，众人也心知肚明这背后是怎么一回事儿。

22：00，终于到了颁发这一年度全场创意大奖的环节，悬念即将揭晓，沈素和楚歌都在紧张地盯着屏幕上出现的名字。

当主持人故作悬念地在颁奖舞台上说出今年全场大奖的得主来自亚洲的时候，绫智、领仕和旁边几家来自日本、韩国、新加坡等地公司的代表都沸腾了。

然而，主持人宣布了年度全场大奖的结果，花落他家，不是他们。

是另外一个项目，由来自北京的两家创意公司联合提交的卓创公司崇信大桥项目，隔壁桌子的人们疯了似地跳了起来，尖叫着奔冲到舞台上，高高地举起这个所有人渴望已久的全场大奖。

“这个奖我们拿得并不轻松，甚至我们在提报的最初，无数人都告诉我们疯了。但是，我们真的做到了！不过我们相信，这个行业还是会去激励那些带有冒险精神的创造性思维，这也是这个行业最为激动人心的价值，如果你问我有什么秘诀，那就是‘保持到最后的激情和忠诚于最初的灵感’！”

获奖的是两个人，一位是气质高雅的女性，站在她身旁的是一位不羁的男性。

楚歌认出来两人是这些年在行业里风头无二的顾烨和邝子钊。

“今天我还想说的是，其实台上还应该站着一位同事，非常遗憾，他不能到现场来领奖。他是这个想法最初的提出者，他无比勇敢，用自己的行为捍卫了这个想法。我想代表所有我们站在台上的人说一句，‘虽然我们不是英雄，但是我们曾经与英雄并肩战斗过。不管你在不在现场，不管你此刻在哪里，你永远是我们的一员，你是我们所有人的骄傲！’”

女人说完泪水簌簌地流了下来，再也抑制不住内心的激动。在全场掌声雷动当中载誉而归。

“凭什么是他们？”张十三愤愤不平道。

沈素和楚歌相视一笑，“我们能入围已经很开心了，那个案子，是我们难以比肩的。”

全场大奖当之无愧。

“一家商业地产要推广品牌，结果最终的创意却是修一座桥！”楚歌道，“你认为还有比这个更有想象力的吗？”

“什么意思？”张十三彻底懵了。

两人笑着没有作过多解释，张十三对于这个行业的理解还浅，过早的荣誉傍身对这个潜力无限的年轻人而言，也并非什么好事。

所有人刚刚落座之际，正迎来整个颁奖礼的最后一个高潮，即将会颁出的是今晚最后一个奖项，代表行业最高殊荣的行业成就奖，这个奖只会颁发给为全球范围内广告传播行业作出杰出贡献的领导者。

“那么颁奖嘉宾是谁呢？”主持人卖了个关子，“有请我们本次创意节的评委会主席，来自领仕传播集团的亚太区董事会主席韦伯先生。”

主持人的话音刚落，众人面面相觑。

掌声之中，韦伯走上台去，和先前主持人所塑造的浓郁英式搞笑氛围不同，现在他换作了一副严肃认真的表情：

“今年的行业成就奖经过评委会的讨论，九位来自全球不同国家的评委们一致认定，将这次的奖颁给一位来自亚洲、来自中国的前辈，他创立了中国最具有影响力的广告公司，也是诸多业内广告精英的老师，他服务这个行业超过30多年，我们很多创意人员都在受他的影响。他的创意作品都是行业高峰，大家都在学习。他每年都开讲座，或者用访谈的方式向后辈们传授创作经验和心得。他的创作法门都是公开的，没有什么保留，不会藏私。他影响了很多很多人，但也不可能有人再成为他或者接近他。他创作出那样的作品，有难以复制的综合因素，他打通了艺术、心理学、营销学、广告学等领域，有阅历、有天赋，还有那种惟精惟一的创作精神，我见过他写文案，他像推敲诗句一样推敲台词，苦吟一个上午可能就写了一句文案，他写文案是中国所有广告人里最辛苦的。你能做到吗？做不到。不是所有锋芒都因功成而钝化！现在，让我们请出来前领仕中国区董事长林宗诚先生！”

现任给前任颁奖？

为什么偏偏是他？

这背后又有什么寓意？

坐在台下，一向稳重的林宗诚的脸色显然也不好看起来。

众目睽睽之下，他又不好发作，毕竟对方只是颁奖嘉宾。主办方也是好心，以为现任给前任颁奖更加具有传承色彩。

这个消息对于所有人来说都是惊诧至极的，因为大家从没有从组委会获取林宗诚获奖的消息，组委会的保密工作也做到了密不透风。

全场目光都聚焦在他身上，林宗诚站了起来，走向台前。

韦伯和林宗诚，两人电光火石的对视仅在一瞬间。

那眼神中涵盖了太多复杂的情绪。

两人就像是久别重逢的老友，握手、拥抱、开怀大笑，韦伯退到他的身后。

林宗诚云淡风轻地接过韦伯手中沉甸甸的奖杯，站在颁奖台上，从容地致辞：

“能给在我退休的时候拿到这个奖，对我来说，也是职业生涯的一次总结。做人应该是不一样的境地，广告也是这样。首先要有诚心，然后要有运气。没有诚心，不下功夫，写不出来；没有运气，遇不到好的客户，拍不出来。我是幸运的，职业生涯中有无数贵人加持，一路走到今天。对一个广告人来说，诚心和运气缺一不可，但基本上是诚心在前，运气在后。我祝愿有诚心创作的同行们都有好运气。今天，这个代表广告行业最高荣誉的终生成就奖颁给了我，算是对我的一种认可。那么，我把祝福送给在座的每一位，祝大家在这个行业玩得开心，玩出未来！谢谢各位！”

接着，屏幕上面播放出来的是不同年份中的林宗诚，从年轻到成熟再到略显苍老，那是中国广告行业崛起的见证。沈素、楚歌、秦澈等人的眼眶当中都不禁充满着泪水，那也是他们青春的回忆，甚至站在旁边的韦伯也一度为之动容。

正因为群星闪耀，才有了银河的壮观。

不远处就是中环些利街 9-13 号，全香港最高的太平山顶。

隔着山坡茂密的树丛，山下鳞次栉比的高楼大厦，波光粼粼的维多利亚海湾，以及对岸的九龙半岛尽收眼底。万家灯火在夜色当中显得愈发迷离，远处一波一波的海水冲击着海岸，发出阵阵声响，好像黎明之前即将分手的情人间的喃喃细语。

香港特有的地中海式低气压让人感觉到云朵距离自己是如此之近，似乎能够触手可及。沈素抬头看看临近的中银大厦，那怒发冲冠、正在刺向穹顶的神态，好像这个豪气干云的时代一样，燃绽出别样的光彩。

一切正在过去。

5

两个月后，北京。

“你什么情况？电话不接微信不回的，我打给十三，才知道你躲在这里——”沈素走进公司创意人员专用的会议室，看到楚歌一个人伫立在窗边，眼神空洞。

她过去拍了拍他的肩膀：“怎么了，别失落了，虽然今年我们空手而归，但我们明年一定去戛纳拿到最棒的奖！”

楚歌还是没说话，就像是一座尘封的雕塑一般，光线从窗户透进来，打在他的脸上，一动不动，颜色黯淡，如果不知道，真的会以为他是一座雕塑。

沈素好奇地用手在他脸庞前比划着晃了晃，只见他双眼眨都没眨，熟视无睹，完全视她为无物。

“你怎么了？”

沈素这才注意到楚歌的异常之处，以往他都是非常思维活跃，尤其是见到自己，一定有说不完的话要讲。

她看着他的眼睛，他压根儿就没看她，只是嘴里在喃喃自语：“你有没有相信过一个人，特别地信任？”

“我？”沈素问。

他冷冷道：“直到后来你被他骗了，那种感觉真的很糟糕，就像是被人利用了一样。”

沈素一下子联想到了杨峥，她睁大了眼睛，不明白楚歌的话是什么意思。

“乙方的核心竞争力，体现出来就是拒绝。台面上、官网中、案例库里天花乱坠的简介都没什么用。真正看一家乙方是不是有竞争力，就看它有没有底气拒绝。拒绝不清晰的需求，拒绝不合理的要求，拒绝看上去就像滥活儿的活儿，这才是硬实力。我希望绫智，我们的团队，可以成为一个能够拒绝的地方。”他像是自言自语一样，“我和她说过，希望有一天，我们可以跟任何一个客户说不！希望有一天，我们拒掉或炒掉的客户，可以养活十个广告公司！创意，是我们一个字一个字敲出来的，一个方案一个方案码出来的，一个夜一个夜熬出来的。不拼，怎么说不，哪来的资格说不？”

沈素看着楚歌，她没说话，她内心强烈地悸动着，她忍住了，没有解释，只好沉默不语。

“但是，你现在这么做，让我觉得这种拒绝没有任何意义！你给我了一点点希望，现在又将这种希望给抹掉了！”楚歌的眼睛盯着沈素，“我就想问你一句，为什么骗我？”

“我不知道你在说什么？你今天是吃了什么枪药吗？咱们明人不说暗话，你说吧，我骗你什么了，你倒是和我说清楚！”

沈素看着他，心里完全明白了，对方今天完全是冲着自己来的。

楚歌强行按捺住心中的怒火：“在广告圈有个失败的中年男人，他先是被他的客户炒了鱿鱼，众目睽睽之下，他被客户警告说再也不要见到他！他被公司赶出来之后，流落街头，但是那客户也离开了老东家，她以为她再也找不到任何工作了，然后他心软收留了她。他们一起奋斗、一起努力，但是聪明的她从来都让他觉得他才是主宰。但是这个时候他却发现她在骗他，她根本就不是什么找不到工作，而是希望加入广告公司通过竞标最后混进她的老东家。因为她要复仇！”

沈素一怔，下意识矢口否认：“不是的，楚歌，真的不是这样的。你不要这样误会好不好？”

“我误会？我误会什么了？！我现在才知道当初你找不到工作都是骗我的！你就是处心积虑在利用我！你以为我好骗是不是？”

楚歌气冲冲地丢下来一张纸。

沈素上前一看，原来那张纸打印着朗睿集团年度策略创意供应商竞标供应商入库的标准，上面赫然写道：

朗睿集团年度供应商服务商资格准入：

为保证本次招标工作顺利完成，现对各服务商配合事宜通知如下：

1. 时间与地点：

报名时间：2024年5月14日—2024年5月20日12点

招标时间：2024年6月3日开始（确定时间以最终通知为准）

招标形式：现场竞标

招标地点：北京市朝阳区朗睿大厦总部

2. 2024年朗睿集团年度策略创意服务公司竞标项目提报内容：

（1）年底策略创意规划解决方案；

（2）公司介绍、成功案例、服务团队；

（3）整体项目报价及明细；

3. 投标公司要求（至少满足两项）

（1）三年内服务过高科技、地产、汽车、消费品等行业，报名时提供服务过行业合作合同，并在提案中展示案例；

（2）全职服务团队进行项目服务，并在本次提案中说明核心团队成员背景，年营收超过 5000 万人民币；

（3）服务过全球 500 强品牌，并且获得过营销创意类奖项。

楚歌鼻子里冷哼了一声："所以你才拼了命去竞标 Fun+对么？因为绫智这家公司就差一个世界 500 强客户，我当时还奇怪，你为什么会向我低头？为什么就找不到工作！原来就是为了这个，你为什么要骗我？难道说出真相，我们就会不帮你了吗？"

沈素望了眼楚歌，没说话，低头默默地捡起来那张纸。

"楚歌，如果你认为我居心叵测，只是利用大家的话，我无话可说，但是我必须告诉你，问心无愧地告诉你，这不是我的本意，我也从来没想过利用大家来实现我不可告人的目的。"

"很多人问过我，为什么和你合作，原因很简单，就是因为你和其他人不一样，被聪明的人看起来傻傻的，被很多'冷眼旁观的'人觉得是徒劳无功的，但你依旧满腔热情执着地造梦，依旧亲力亲为、全力以赴地在追逐和实现梦想！你身上的那份专注就成了比聪明更宝贵的品质。"楚歌的反应是如此强烈，让她吃了一惊。他站起身来，扯着嗓门大声道："我所认识的沈素是个从尘埃里站立起来的坚强女人，带着泥痕草色和与生俱来的认真和凶猛，敢于挑战任何对手，而只要是赢回来的，就努力保护、精心培育——跟神争夺土地，然后种出自己的金橡树。但是遗憾的是，现在，我已经不认识她了。"

甩下来这番话，楚歌径直地离开了办公室。

她完全能想象到他内心的痛苦。否则，以楚歌的冷静，怎么会发这么大的火？

现在，只剩下沈素一个人怔怔地站在那里。

第十章　十三的身份

1

“我刚到美国的时候，根本不懂得自处，每逢佳节必邀好友喝得烂醉如归，这种感觉热烈且有烟火气，所以我喜欢每个周末晚间的喧嚣，能扯着脖子在酒吧和好友大喊来压过音响声的聊天方式，感觉自己热烈、过得自我，有三五酒肉好友就已足矣。可是凌晨回到屋子里躲起来睡得天昏地暗，下午醒来却仿若被世界抛弃，尤其落霞之时，昏黄昏红的太阳折射在墙壁上，幽暗静穆，想想昨天的呼朋唤友把酒言欢，今时今日的落寞更令人难以接受。一个人躺在大床上，倘若你不主动打出一通电话，全世界都不会在意你存在与否。”

唐月扬眉浅笑，对此显得心领神会：“这种孤寂感对比前晚的喧嚣显得更真实，于是，你越怕一个人相处，就越要在周末玩个痛快，不愿意睡去。”

张十三眼眸里思绪沉淀："每当这个时候，我就想去找人陪我逛菜市场，你说怪不怪，新鲜蔬菜瓜果简直有一种魔力可以安抚人心，只要看到他们，我的心情瞬间就会好起来。"

"还好，你没有完全失去对于食材的嗅觉，这烧烤店看起来短期内不会倒闭喽！"唐月反诘了一句话，她今天心情不错，特意穿着一件紫色裙子，两人就像一对亲密的情侣一样，拿着布袋子走进了喧嚣的菜市场，这里热热闹闹，挨挨挤挤，让人感到一种生之乐趣。

张十三失笑："你别提了，'刮风减半，下雨全无'，对这八个字我是深有感触。开烧烤店这段时间，最大的收获，就是锻炼了耐心，克服了眼高手低的毛病，认识了一群有意思的食客，睡眠特别好，生活特别踏实！"

唐月没搭话，只身自顾自地挑选一些合适的蔬菜，只见一排排西红柿按个头码得匀称，黄色玲珑的金雀花旁边，会搭配白白圆润的小茉莉花苞，红润透亮的柿子底下，一定会铺一张绿绿的芭蕉叶。

张十三站在一旁安静地看着唐月，突然间他的内心充满了感动，这些年她默默为他做的一切，他记在心里，只是太过于理所应当，反而忽视了她的感受。他知道，其实她对于自己的感情，一直都在。

只不过他没办法承认罢了。

"你真的决定要自己去提案？"唐月直视着张十三的眼睛问。

张十三目光一凝，眼中似有红光隐隐闪现，沉声说道：“我现在还有什么退路么？不过现在，我只想给你做顿好吃的晚餐。”

唐月笑吟吟地望着他：“你还有机会改变主意，明天的会我可以帮你去开！”

“不用了。”他笑容中目光渐渐笃定，“我想过了，我是真的想为她做点儿事。”

“对了，你给绫智垫付的这几百万，什么时候把真相告诉沈素？你总不能瞒她一辈子吧？”唐月突然冒出来这句话。

张十三一脸淡然：“以后我会告诉她的。”

“她一定会问你，你哪里来这么多钱？”

“开烧烤店赚的，又不是偷的抢的，有什么可怕？”张十三一副满不在乎的神色。

唐月冷冷道：“哼，你以为她会信么？这是几百万，不是开玩笑。”

张十三乐了：“你不是总叮嘱我，当你身上的光芒足够闪耀时，就不再会有人去注意你的影子了。”

“这个暂且不谈，接下来你要做的才是冒险，你知不知道？”唐月脸上呈现出来一抹担忧的神色，“如果有人认出你怎么办？”

“我又不是什么通缉犯，就算是被认出来了，又怎样？”

“你别忘了，你和你父亲发过誓，这辈子不掺和公司的事儿！他最不希望看到的就是一个家族企业，他希望朗睿可以是延续100年的好公司。”

“走一步算一步吧，将来的事将来再说，”张十三抿抿嘴巴，恢复了和往日一样的姿态，“我什么也不是，就是一个想要入库的小供应商。”

唐月被他这句话弄得有些气恼，一时没忍住，脱口而出：“浩然，你有没有想过，沈素之所以这么拼命回来，她就是想要复仇！她希望找到真相！而不仅仅是这单生意！但是现实的一切注定了她只能躲在幕后，而在前面冲锋陷阵抛头露面的人，就是你！你不要被人当棋子，好不好？”

张十三虽然心潮起伏，但还是强行抑制住了自己想要去辩解的冲动，他知道唐月对沈素的情感十分微妙，他不想此时再徒增两人间的矛盾。他摆摆手，最后淡淡说道：“我意已决，你别再说了，如果一个人遭受了不公，都没有人愿意为她去讨回公道，这才是真正的没有作为！”

他内心再清楚不过，数十万人的朗睿集团只有区区两个人认识自己：

一位是掌管集团人力资源的高级副总裁林子琪；

还有一位就是自己的亲生父亲，集团董事长兼首席执行官，栾贺臣。

张十三的本名，叫做栾浩然。

2

其实很早以前，张十三就见过沈素。

只是当时她手下太多人，不记得了而已。

那年大一，他心血来潮回国想找份实习工作，原本想找个年轻的游戏公司，结果一下子被老爸拒绝，直接被安排进了当时如日中天的朗睿集团市场部。他涉世未深，什么也不懂，既来之则安之，反正市场部的小姐姐们都长得挺好看。

他的身份没有对任何人讲过。

他的父亲一直在叮嘱他。

他也明白自己在公司里的身份，就是个再普通不过的实习生而已。

十三所在的市场调研组工作强度不高，每天就是看看网络舆情以及竞争对手的分析报告，他性格随和，不像一般的富二代那样，总是坚持自己的想法，谁都喜欢他，有活儿他就干，没活儿他就趴在网上摸摸鱼买点自己喜欢的东西。

终于有一天，让他开始产生好奇的是一个比他大很多岁的女人。

因为每天他周围所有人的工作都似乎是为了迎合她的喜好，或者为接受她最后的裁决而诞生。

她就是时任市场总监的沈素。那年她刚刚 30 岁。

涉世尚浅的张十三一个人没事的时候，就坐在工位上胡思乱想，坐在西南角落里高高在上、指手画脚的女人究竟长什么样子？她一定十分跋扈吧，自己的顶头上司市场专员 K 整日如履薄冰，小心翼翼，生怕说错一句话惹了麻烦。听她说，服务品牌的广告公司新客户总监来了，大气不敢出，她直接朝着对方总经理要求更换对接人，因为她的长相不符合品牌气质。这个女人可以轻而易举，将自己老板的老板——干练的市场经理白思琪骂到一个人躲去洗手间哭泣。

一次发布会的采访，他第一次见到了她。

穿着一身灰色职业装的女人，连看都没看自己一眼，身上带风从他眼前闪过，坐在专访间里，就像一个最骄傲的女皇，接受着所有媒体的采访。

唇不点而红，眉不画而翠。月出佼兮，佼人撩兮，那千回百转的韵味。即便私底下，她也有一股浓浓的女人味和书香气，可温婉、可大气。面部突出的骨相会赋予本体高冷、孤傲的气质，给外界以距离感，极具高级感。

他看着镁光灯下闪耀的女人，举手投足间，除了那种强势与笃定之外，还有一种亲切感。是男女之情吗？当然，一定有。但是，除了这个之外，似乎还有些别的什么东西，一直在默默地吸引着他。

就像是一种气息。无法解释，也没办法解释。就像夏虫不可语冰，井蛙不可语海，凡夫不可语道。

他觉得这辈子要找的，就是她。

张十三的主管是一个缺乏职场安全感的女孩 K，总是被她的顶头上司白思琪训斥，她不敢早回家，只能留在公司很久很久。张十三也没啥事儿，整天陪着她加班。偌大的会议室里，就只有他们两人。

发布会上，需要一个虚拟数字形象的员工亮相，所有人都觉得这个活儿有风险，推掉了。只有 K，她是新人，需要证明自己，证明给所有人看。但是制作公司的资源是白思琪找来的，十分强势，没人帮她，她只好低三下四谈判。

活得不像个甲方。

大家好，这一版着重调整的地方：

1. 眼型匹配，卧蚕加大，鼻头变小，笑得再灿烂点，眼睛再有神些；

2. 眉毛再浓一点，类似化妆描眉；

3. 头发蓬松，增加发量；

4. 双眼皮再明显一点，往上抬一点，眼珠颜色再深一点；

5. 笑容可以再灿烂些，人中缩短，苹果肌要上移。

虚拟形象制作公司的对接人仗着与白思琪认识，身为乙方反而强势不已，直接下场在群里挑战 K：

“不过是因为啥不过？你能不能一次性说明白了！毕竟超写实模型的修改不像修图那么简单，话都让你说了，到底要啥呀！”

看得张十三火冒三丈，但他一个小小的实习生，人微言轻，干着急却无可奈何。他小小年纪，第一次知道人在职场，其实是很无力的。

张十三预感 K 的试用期可能过不了。

在朗睿集团这种大型的公司，尤其是在非技术岗位，只有业务能力，永无出头之日。有种能力凌驾业务能力之上，叫做接触核心利益者的能力，但是这方面 K 显然并不擅长。张十三从小耳濡目染，他对商业没什么兴趣，但是看人，那是分外准确。

果不其然，三个月后，白思琪找 K 谈话，认为她不称职。列举了一大堆罪证，尤其是这个虚拟员工的形象老板并不满意。

K 只有走人。

没有对错，如果从结果来看，无可厚非。

但是，职场真的只能讲过程吗？

张十三内心五味杂陈，年轻气盛的他心中不免有些伤感。他还是气不过，反正自己就是个小小的实习生，还能怎样？K 离职的最后一天，张十三胆大妄为地给沈素写了封邮件，把 K 遭受的不公待遇告诉了她。

压根儿没想到可以有回复，结果沈素竟然要他来办公室找她。

他紧张极了，内心怦怦乱跳。

他努力让自己变得镇静，敲了敲门，走了进去。

他看到她的时候，觉得自己眼中看到了光。

“我只有五分钟时间，说吧。”

他从来没有这么着急地解释过。越说声音越低，越说越没有自信。

“我看了你的邮件。有时候，我是很难干涉下属的决定的，也就是说，为了我的下属权威，我不能保证所有人公平。但是，我永远鼓励那些敢于站出来说话的人。谢谢你的声音。”

一瞬间张十三的思绪一片空白，完全不知道怎么反应好，只能呆呆地看着她。

沈素简单道了声再见，就从桌上拿起一个从柬埔寨带回来的红蜡烛送给他，说是许愿很灵。后来张十三在生日那天点燃了沈素送的红蜡烛，并给她发了邮件感谢她。

沈素在后来的回复中这样写道：“生日快乐，相信你的梦想一定会成真，这是一个什么都有可能的时代，你持续地相信，一件事是真的，它常常就会是真的。祝福你！”

他看到了这个女强人绝无仅有的温暖一面。

尽管转瞬即逝，但是它真的存在。

他知道她早已忘记了这件事，但是他却一直记得她的双眼。

遇到她以前，他从未对任何一件事、一个人有过真正的热爱、偏执与坚定。但人活一世，总要疯狂、忘我地投入爱一次。

不是吗？

3

“为什么找我？”

“你们对外宣传不是信誓旦旦地讲，有任何贪腐线索都可以找你吗？难道不作数了？”

国贸附近的一间小咖啡馆里面，客人并不多，一对中年男女坐在不起眼的角落里聊天，点的咖啡一口没动，像是某种神秘的接头。从表面上看，这两个人并不熟悉彼此，只是她就这么专注望着他，听他说话，眼睛湿润明亮，好像吐露出的困惑和失落都可以被他很好地承接。

“当然，我们欢迎任何人针对贪腐线索的举报。”男人停顿了下，“前提是你得有足够的线索或者证据。”

她穿着薄开衫，松散的发尾扎着棉布发圈：“我现在没有。”

“你是在和我开玩笑吗？”

“你知道为什么我选择这家咖啡厅吗？”女人停顿了下，她的眼神像是隐秘刺客般阴冷，声音却分外温暖，“就像它的名字——naive 理想国。这是一家天真而理想的咖啡馆。”

男人这才抬头看了看周围的环境，他一直关注着眼前的女人，从进来到现在倒没有特别留意周遭。只见这家咖啡馆的吧台足够长，一进门的四米是意式咖啡、手冲咖啡的出品区域，靠近室内的另外四米是鸡尾酒区，相互不干扰，谁也不会喧宾夺主。

女人压抑着内心深处燃起的怒火，脸上挤出来笑容，虽然她恨他，但是现在却不能有丝毫表现："它会吸引着天真的人们流连忘返，不知归路。"

"天真？"男人笑了，"你知不知道自己在说什么。"

她凝视着他的双眼，一字一顿道："我调查过你，你以前也是个理想主义者，不是吗？为了坚持理想，甚至你的女朋友会被人报复！"

男人怔住了，昏黄的灯光映在他脸上，愈加显得他一身孤寂。从来都是他去调查别人，想不到自己有天也会被人私下调查。

"你还知道我。"男人终于露出了笑容，"说说看，你知道我多少？"

女人像是一个没有感情的朗读器一样照搬宣科：

"吴先生，你算是个杂家吧，从履历上看，你拥有计算机学士学位、刑法学硕士学位，以及经济学博士学位。毕业之后你曾在省公安厅待过几年，后来辞职加入了一间律所，专门负责商业反舞弊案件的侦查。再后来，你躬身入局，加入了一家当时风头正劲的地产公司，刚去没多久就协助警方侦破了年度经侦大案，因此名声大噪。可惜，好景不长。"

“好的，已经足够了！”男人摆摆手，显然不想再继续听下去，以免掀起来他内心深处最为不愿意触及的伤痕。

“我只要你配合我做几件事，我一定可以帮你把她揪出来！”女人一脸决绝。

对方沉默了半晌：“你知道的，我差点儿把你送进监狱。”

“但是同样是你，又把我从距离监狱一步之遥的地方拉了回来。不管怎么样，我还是要谢谢你。”

“我没那么伟大，你要感谢的是警方！”男人三言两语岔开，没有接这个话题。

“不管怎样，我希望你也可以调动资源去调查她！”女人没忘了补充一句，“就像当初查我一样！”

“我没有权力随随便便调查别人。我还是想告诉你，员工在成为一家公司的员工之前，首先是一个人，应当拥有基本的权利。”男人的表情藏在阴影里，语气冷冷的，“理论上说，公司没有权力在办公网络下监控员工私人聊天信息、要求核查微信聊天记录，以及叫员工到密闭的小会议室问话。”

“你不用和我说这么多冠冕堂皇的话，毕竟我已经不是你们的员工了。”她眼睛中流露失望，有点不甘心地说，“非要我点破吗？监控隐藏在看不见的地方。如果你试着去问一个在职的人，是否知道或察觉自己正在被监控，不出意外，你会得到一个肯定的回答。但如果继续追问：你是如何被监控的？或许很少有人能和你说清楚其中门道，就是一种感觉而已。但是女人的感觉，一向是非常准的。我就问你，你不想揪出来一条大鱼吗？”

男人神色平静：“先告诉我这个人的名字吧。”

“白思琪。”

……

男人哑然失笑：“你这么做，我有理由怀疑你是蓄意报复。”

“信不信随便你，我现在手里面掌握的就是这么多了。”她给他递过去一个信封后，毫无预兆地起身，准备离开，“希望我们这一次可以合作顺利。”

“你等等——我还没有答应你。”这个动作出乎了他的意料。

“我相信你可以做到最好，毕竟你之前——也是个警察。”

话音刚落，整个人就已经不声不响地离开了咖啡店。

看着沈素逐渐走远的消瘦背影，吴天赋陷入了沉思之中。这究竟是个什么样的女人呢？原本她已经走了，已经退场，甚至他已经把她忘记。

可是她又回来了。

他在朗睿集团所负责的是一个看不见的系统，一种被有意构筑的、森严冷酷的秩序，它的规则、处罚、尺度，大部分都存在于员工的猜测中，很多人都能感觉他的存在，但谁来放网、操控、收网，却鲜有人知。

但是眼前的这个女人，并不像系统里的人们那样畏惧他。

她已经失去了重新进入系统的资格，即便她要拿回属于自己的东西。

不过，他隐隐有一种预感，一种前所未有的强烈预感。有一场轩然大波，就要从这个女人的再次出现开始了。

离开警局前，他的师兄曾经对他说过一句话，令他记忆犹新——人追求什么就会被什么裹挟，争取什么就会被什么吞噬。

那天北京下雪，下了很大的雪。

从咖啡馆里面走出来，已是深夜。吴天赋的四周雪花环绕，如在云中行走。天蓝得发紫，风把附近老旧居民区房顶上的积雪吹得满天都是，好像才刚睁眼看到世界本然。突然，月亮猝不及防地刺透云层，前方素裹银装的地面仿佛一下子灿若白昼，如同某种特殊使命在隐隐召唤着。

他伫立良久，看月亮高高挂在半空之中，如同指引前方未知的路。

第一部 完

初稿完成于 2021 年 12 月

二稿完成于 2022 年 3 月

终稿完成于 2022 年 5 月